KB236798

수미산 옷을 벗다

윤정옥 장편소설

새미

수미산 옷을 벗다

마음의 달은 홀로여서 완전하구나.
빛은 수만 사물을 삼킨다.
빛이 대상을 비추는 것도 아니요,
대상이 존재하는 것도 아니다.
빛과 대상이 모두 사라져버렸으니,
남아있는 것은 무엇이란 말인가?

— 고대 禪師 —

1

창밖에 바람이 부는가. 운동장에 흙먼지가 뽀얗게 날린다. 몇몇 아이들이 농구대의 골대 안에 공을 집어넣느라 아랑곳 하지 않고 먼지 속에서 뛰고 있다.

'그는 정말 어디로 간 것일까?'

백방으로 수소문을 해도 모두들 근래에는 그를 보지 못

했다는 것이다. 현실 도피였을까? 그렇다면 이유는? 외부적으로 드러난 증표도 없었다. 설령 그럴만한 이유가 있다 하더라도 그는 내면의 작은 이유로 자신을 숨겨버리는 소인(?)은 결단코 아니다.

예원은 다시 채점하던 시험지에 시선을 준다. 자신이 허수아비 같다. 몸만 의자에 앉아있지 정신은 창밖의 먼지와 같다. 목표도 없이 이리 저리 배회하고 있지 않은가. 답이 나오지도 않는 물음을 계속 물어가며.

크지 않은 키에 단아한 모습의 성희운. 반듯한 이마며 선량한 눈빛의 광채가 때론 섬뜩하게 때론 부드럽게 상대를 제압하기도 했다. 입은 자주 열지 않으며 평소 평화로 굳게 다물고 있었다. 어딘가 쉽게 다가갈 수 없는 모습의 그였다. 너무 어려운 묘사였나, 어쨌든 그에게서는 늘 성직자의 분위기가 맴돌았다. 친숙해지기 이전의 그의 모습이 다시 객관적 시선을 타고 예원 앞에 낯선 사람처럼 서있다.

성희운. 참 생각할수록 알 수 없었다. 그간 서로 쌓아왔던 마음의 돌탑이 이렇게 쉽게 허물어지듯 약한 것이었나? 결혼약속까지 한 희운은 예원에게 말하지 못하고 숨겨야 할 무엇이 있었단 말인가. 설령 그에게서 몰랐던 어떤 단점이 나타나더라도 예원은 그의 인품을 믿는다. 모두 포용할 수 있을 것 같은 여유가 앞선다.

예원은 빈 교실에 혼자앉아서 시험지 채점을 하던 손을 놓는다. 집중이 안 되고 자꾸 헛손질을 하고 있었다. 몇 번째나 눈에 들어오는 활자인데도 머릿속까지 들어오지 않는다. 그녀의 시선은 다시 교실 창문 밖으로 향한다. 학교 운동장 구석에는 줄넘기를 하고 있는 여자아이들 몇 명과 여전히 농구대 앞에서 공을 갖고 뛰고 있는 남학생 너 댓 명뿐이다.

그녀는 의자에 걸쳐놓았던 재킷을 입는다. 책상 정리를 하고 의자를 밀어 넣은 채 밖으로 나와서 교실 문을 잠근다. 예원은 운동장 한가운데를 걸어 나간다.

자신을 숨길 수밖에 없었던 희운의 괴로움은 무엇이었을까……. 그에게서는 신비에 싸인 안개 같은 것이 늘 맴돌았다. 그런데 보이지 않는 그 안개 같은 것은 아무에게나 전달되는 것이 아님을 예원은 새삼 확연히 깨닫는다. 그 안개를 느끼는 순간 질색으로 돌아서버리는 사람도 보았다. 그런데 예원은 반대였다. 환희이듯, 가슴에 와 닿는 차오름이 안개로 가득하여 눈물이 핑 돌았다. 분명 감동이었다. 영적 교감이 이루어지지 않으면 느낄 수 없는 것이리라.

예원은 36세의 초등학교 여교사이다. 예원이 처음 마포에 있는 성희운의 한방병원에 들러 진맥 했을 때 한의사인 희운은 물었었다.

"신경을 많이 쓰시는군요. 스트레스를 많이 받습니까?"

"근래에 소화가 안돼서 동네 내과에 갔더니 위염이라더군요. 약을 한 달가량 먹었는데 약 먹을 때만 소화가 되고 근본적으로 낫지 않아서 왔어요."

"마음이 주인이고 육체는 객客입니다. 육체는 주인인 정신을 따라가게 돼있어요. 아무리 호사를 누리고 지내도 마음이 편치 않으면 힘든 일한 것보다 못해요. 사람들이 병드는 이유는 주인인 정신이 먼저 죽기 때문이에요. 육체는 정신이 가는 대로 따라가는 데도 요즈음 사람들은 몸이 가는 데를 마음이 쫓아가고 있죠."

예원은 희운의 말에 고개를 끄덕이며 책상 위를 바라보았다.

희운의 책상위에 놓여있는 작은 액자에는 이런 글귀가 씌어 있었다.

병은 분노에서 오고
분노는 번뇌의 과果이며
번뇌는 욕慾에서 오거늘

그대의 치병은
불 지피며 연기난다고 굴뚝을 막음이니 어리석도다
그대의 삼독은*
무슨 약으로 다스리려 하느뇨?

"식사 때마다 이것저것 가려가며 건강을 생각해서 조심하며 꼭꼭 씹어 먹는다면 백이면 백 모두 소화불량에 걸립니다. 이런 사람은 조금만 먹어도 속이 더부룩하고 거북해하며 각종 궤양이 떠날 새 없죠. 하지만 별 신경 안 쓰고 꿀떡 삼키는 사람에게는 이런 병이 없어요. 도대체 건강에 조심하고 건강을 걱정하는 사람치고 건강한 사람 못 보았어요."

"건강치 않으니까 염려되어 그러는 것 아니겠어요?"

"이 세상에 자기가 완벽히 건강하다고 믿고 사는 사람은 한 명도 없습니다. 먹을 때마다 조심스럽고 짜증나니 그게 잘 내려가고 피와 살로 흡수 되겠어요? 정신력이 살아 있으면 체력은 저절로 생겨나기 마련이고 무엇이든 할 수 있는 능력이 생깁니다. 병원에서 주는 지시에 얽매이지 말고 좋은 기분으로 잘 먹고 적당한 산책과 운동하며, 그보다 우선 마음을 다스리세요. 지나친 예리함도 건강에 도움을 주진 못하죠."

---

* 삼독=탐진치, 탐내고 성내고 어리석음.

　성희운은 환자의 상담일지에 몇 가지를 적었다. 그의 얼굴빛은 투명하고 맑았다. 눈빛은 잔잔한 호수를 닮아 있었다. 불이 나도 절대 당황하지 않을 사람 같았다. 그 차분함은 어디서 오는 걸까? 그러면서도 자기의 의지로 감정을 철저히 컨트롤 할 수 있는 그의 내면은 무엇으로 다져진 것일까?

　얼굴은 얼의 꼴이라고 했다. 내면의 세계가 얼굴에 나타나고 오랜 세월 가며 굳어지면 그 사람의 특징적 인상이 된다. 관상을 보고 사람을 알 수 있으며, 통계에 의한 판단이므로 사주보다 정확하다고 한다. 대체로 반듯하게 살아가는 사람에게는 자연스러운 아름다움이 있다.

　"위산의 분출은 대뇌의 정신 작용에 의한 것인데, 신경을 많이 쓰면 위산은 더 많이 나옵니다. 반대로 아예 안 나오기도 하는데, 위산 과다와 위산 결핍은 본시 같은 것이죠. 여하간, 신경을 쓰게 되면 간이 부풀고 열이 납니다. 간에 열이 나면 위산이 더 죽죽 나오니 결국 위궤양이 됩니다."

　예원은 논리적으로 설명하는 희운의 말이 쉽게 이해되었다.

　"위궤양에 쓰는 양약은 먹을수록 위궤양이 점점 더 심해지기만 할뿐입니다. 사실 위궤양 약을 먹고 나은 사람은 없습니다. 이유는 위궤양 약이 수백 가지라고 해도 그 주성분은 중조重曹밖에 없어요. 위 점막 보호제니 어쩌니 하며 아무리 둘러대도 결국은 중조로 만드는 것입니다.

이런 약을 먹으면 위산이 중화되어 물이 됩니다. 그래서 위가 쓰린 것이 멈추죠. 위산이 물이 되어 위산으로서의 적정 농도를 유지하지 못하면 대뇌뿐 아니라 온몸에 즉시 비상이 걸립니다. 위에는 산이 있어야 되는데 없으니 두 배 농도의 위산을 위에 내려 보내라는 명령이 발동하고, 그 명령은 즉시 실행되죠. 위궤양 약을 먹으면 먹을수록 위산은 점점 더 분비되어 절대 낫지 않습니다.”

“어째야 좋죠?”

“위궤양에서 벗어나려면 마음을 편하게 먹고 즐겁게 생활해야 됩니다. 그것이 첫 번째 치료법이고 부수적으로 자연산 그대로의 왕소금을 조금 먹으면 완화되기도 합니다. 오바해서 먹으면 부정적 요소가 많으니 조심하시고요. 자연산 왕소금은 위산을 중화시키기도 할 뿐더러, 상처를 아물게 하는데 이보다 더 좋은 것은 없습니다. 한 번 실험해 보시고 참고 하세요.”

“약은 내일 모레 건강 검진한 결과가 나올 텐데 그때 보고 참고해서 같이 지을까요?”

예원이 물었다.

“상관없습니다. 정기 검진 한다고 피 빼고, 초음파 검사니, 조직검사니, 주기적으로 엑스레이 촬영하고 하는데 하면 할수록 병에 걸릴 소지가 점점 더 커집니다.”

“네에?”

예원이 놀란 눈으로 희운을 바라보았다.

“예를 들어 폐암 검진을 받는다고 합시다. 검진을 받으러 가면서 내가 그렇게 담배를 피워댔으니 무사할리가 없어, 이렇게 기침이 나니 이건 분명히 폐암일거야 하면서 두려워하게 됩니다. 의심을 가지고 우려를 합니다. 그렇죠? 이와 같이 병적 우려가 폐암 형성의 요인이 된다는 말이죠. 폐암뿐이 아니라 일체의 병은 내가 만드는 것이에요.”

깊이 골몰하고 우려해서 걱정을 하면 그 어두운 기氣가 모여서 안 좋은 현상으로 나타나는 경험을 예원은 가끔 체험하였다.

“<심인성 암>에 대해서 생각해 보셨어요? 양의들은 알지 못합니다. 조기검진으로 병의 요인을 찾아내어 미리 예방하자는 건데, 건강을 전제로 돈 좀 벌어보려는 수단인 거죠. 사람들이 거기에 현혹되어 쫓아가는데 문제가 크다고 봅니다. 걱정이 되어 미리 약을 먹어둔다는 바보들까지 등장하고 있어요. 화공약품을 먹고 몸이 망가지면 쉽게 고치기도 어려운데 말이죠.

사람들은 보신이 된다면 벌레이든 야생 조수든 가리지 않고 찾아다니며 잡아먹고 있으니 이미 깊은 정신병에 감염되어 있어요. 사람은 누구나 병들고 때가 되면 죽는데, 미리 병을 생각하는 작태는 오히려 병든 사람보다 더 불쌍해요. 병든 사람은 아플 때나 아프지.”

예원은 의사의 이야기를 곰곰이 삭혀보며 이틀 후에 약을 짓기로 하고 병원을 나왔다. 예원은 마음을 바로 쓰고 즐겁게 생활해야 낫는다는 의사인 희운의 말에 가슴이 뜨끔하였다. 그 소리에 헤어진 남편 기철이 떠오르자 온몸이 경직되어왔다. 맞을 것이다. 의사의 말이. 속을 끓이면서 소화가 안 되고 더부룩한 채 잘 먹지도 못했다. 때론 삶을 이탈하고 싶은 꿈을 꾸었다. 의사가 말한 자신의 병은 온전히 마음에서 나온 것이라는 걸 예원도 공감했다.

기철의 의처증이 생생하게 예원의 머릿속에 각인되어 있다가 느닷없이 화면같이 예원 앞에 펼쳐졌다.

기철의 시선이 예원의 머리끝에서부터 발끝까지 예리하게 훑어 내렸다. 거울 앞에 서있는 예원의 뒤로 소파에 비스듬히 앉아있는 기철이 예원의 시선에 들어왔다. 기철은 거울 한 귀퉁이에 자신이 비치는지 모른다.

"왜 머리를 잘랐지?"

"좀 새롭게 변화를 주고 싶어서요."

"왜 갑자기 변화를 주고 싶었는지 그걸 말해봐."

"내가 그걸 당신에게 이해시켜야할 이유도 없고, 갑자기 기분이 변하는 그런 감성적인 것들을 어떻게 말로 표현해요?"

"그러니까 그게 이상한거야. 여자들은 심경변화를 일으키면 머리를 자른다더군."

기철은 장식장 문을 열고 술병을 잡는다.

"당신은 왜 또 술이 먹고 싶은 거예요?"

"내 문제의 원인은 당신 때문이야. 나를 절망하게 만드니까. 나를 비참하게 만들지만 않았다면……"

"모든 것이 내 탓이라고 한다면, 그걸 내가 인정한다면 술을 끊을 수 있나요?"

"흥, 병 주고 약 주는군."

예원은 이렇게도 저렇게도 할 수 없는 기철이 숨이 막혀오며 한심했다. 정말 자신이 저렇게 만들었나, 잠이 안와서 신경안정제를 지어다가 매일 밤 먹고 잤다. 오히려 기철보다 자신이 더 병들어 가는 것 아닌가, 우울해졌다.

예원은 처음에 기철의 병을, 부인을 사랑하는 데서 오는 것이라 믿었다. 기철이 의심하는 병만 고치면 본바탕이 악하지 않기에 크게 문제될 것이 없었다. 만족스럽진 않아도 다 이해할 수 있는 수준이었다.

그런데 날이 갈수록 기철의 병은 점점 더 심해져 갔다. 기철은 예원의 휴대폰을 검색해 보고 도청을 했으며, 때론 미행을 하는 듯했다. 남자를 만나면 불륜으로 믿고 증거 수집을 하려 들었다. 질투 망상이었다.

"누구야?"

확정적인 근거를 갖고 있는 듯 기철의 살기어린 시선이 예원을 찌를 듯 노려보았다.

"뭐가요?"

"아까 낮에 모임에서 악수한 작자가 누구냐고?"

"악수한 사람이 한, 둘이에요?"

"능글맞게 손을 꼭 잡고 흔든 늙은이 말야!"

"참, 나 자세히도 봤네요."

"그 작자하고 따로 만나기로 한 암호였지?"

"제발! 제발! 그만할 수 없어요? 지겨워요…… 이젠."

예원이 소리쳤다.

"말 회피하지 마라! 넌 화냥기가 충분히 있어."

한숨을 토해내는 예원. 분노와 어이없음이 말문을 닫게
했다.

"왜 대답이 없어? 사실이라고 인정해! 고백해! 그러면 더
이상 안 물을게."

이글거리는 기철의 눈빛이 예원의 이마 위에서 번득이다
가 독기를 내뿜었다. 대꾸하지 않는 예원의 무시를 기철은
견딜 수 없어 했다. 그는 갑자기 예원의 목을 조르기 시작했다.

"그런 미소로 남자에게 대하지 마라. 꼬리치면 침 안 흘
릴 남자가 어디 있어?"

기철의 손아귀에서 놓여나려는 예원은 필사적으로 온몸
을 뒤틀었다. 그녀의 몸부림이 처절했다. 기철은 하얗게 질
려가는 예원을 패대기치고 거실 장식장으로 가서 유리문
안쪽에 세워져 있는 양주 한 병을 꺼내 들었다. 분풀이에서
만족치 못한 그는 양주를 병째 들고 마셔버렸다.

"……넌 날 사랑해서 결혼한 게 아냐, 애정도 없으면서
왜 공원에서 나하고 입맞춤했지?"

분노에 몸을 떨던 예원은 반발심이 솟구쳐 비아냥대었다.

"그냥 분위기가 좋아서요."

"흥! 화냥년이군!"

"그래요, 인제 알았어요? 대단히 가슴이 넓은 남자라고

생각한 내가 잘못에요. 이중인격자에요. 당신은!"

술을 들이켠 기철에게는 환상이 보였다. 거실 유리문의 위에는 어떤 남자와 예원이 서로 포옹하며 얼싸안는 장면이 펼쳐졌다. 질투로 이글대는 기철의 표정. 갑자기 그는 예원을 낚아서 침대로 쓰러뜨렸다.

"아직도 네 가슴속엔 어떤 작자가 숨 쉬고 있단 말이야. 내겐 빈껍데기뿐인 너야! 널 잡아내고야 말겠어!"

예원의 옷을 잡아 뜯는 기철. 블라우스의 단추가 바닥으로 떨어져 내렸다. 예원은 있는 힘을 다해 기철을 밀쳐버렸다. 난폭하게 예원을 타 누르고 성폭행하려는 기철. 예원이 버둥거릴수록 집요하게 그녀를 탐하려는 기철이었다.

"헛 껍데기가 아닌 속 알맹이를, 너를 갖고 싶어!"

쓰러져 포기하는 예원의 눈에선 항거할 수 없는 절망으로 눈물이 흘러내렸다.

악몽. 예원은 고개를 흔들어 털어버렸다. 마치 그 상황에서 벗어나려는 듯이.

이해를 하면 용납이 된다. 예원은, 처음에 기철이 아내를 너무 사랑해서라고 해석하고 넘겨버리던 것들이 갈수록 평균치에서 이탈된 행동들로 돌출되자 깊은 고뇌에 싸였다.

기철은 왜 그렇게 된 것일까? 예원에겐 풀지 못하는 수수께끼였고, 뇌신경 치료를 해주려 해도 병원에 가지 않으려는 기철이 안타까웠다. 예원이 혼자서 기철의 병에 대해 정신과 상담을 해봤다. 의사는 망상증의 일종은 향정신성 약물치료를 해야 한다고 했다. 왜 자신이 그런 망상을 갖게 되는지 통찰해주고 분석해 주는 치료가 필요하다고 했다. 예원은 병원을 나오며 하늘을 올려다보았다. 답답해져서 흘러가는 구름을 보며 한숨을 쉬었다.

예원은 기철과의 다정했던 연애시절을 떠올리며 언제부터였을까, 원인이 무얼까, 이런 병은 어떻게 치유 할 수 있을까, 곰곰이 분석해 보았다. 결론을 내렸다. 저 사람에게 필요한 것은 보살핌이다. 부모 없이 누나 밑에서 고독한 유년기를 보냈고, 누나를 사랑하지만 바람둥이인 누나의 행동에서 여자에 대한 불신을 키웠을 것이다.

기철에겐 사랑이 필요하다. 그의 상처를 어루만져 주자. 애정을 갖고 다시 봉사해 보자. 그도 본래는 인정이 많은 사람이잖은가. 최선을 다해보고, 또다시 실망한다면 그 때 헤어져도 늦지 않으리. 예원은 자신을 다독이고 또 다독였다.

예원은 차츰 퇴근 후 기철이 있는 집으로 간다는 것이 암울해졌다. 지는 해만 보아도 가슴이 쓸쓸해졌다. 착잡해지며 우울함에, 세상과는 동떨어진 기분이 들어서 빈 교실에 앉아 엎드려 울었던 적이 일주일에 한두 번씩 이어져 갔다.

남의 발에 밟히며 살아가고 있는 길가의 저 풀 한 포기도 고치지 못하는 병에 좋은 약이 될 수 있도록 소양을 갖고 태어났는지도 모른다. 기철이 이 세상에 태어나 이웃에게 도움을 줄 수 있는, 그만이 갖고 있는 소양이 무엇인지 찾게 해주자. 어쩌면 이런 고통을 받으면서 신은 자신의 영적 진화를 위하여 살아가게 기철과의 운명적 만남을 주셨는지도 모를 일이다. 예원은 갖은 해석을 붙여보며 그를 이해하려고 노력했다. 그에게 치료가 될 수 있는 약은 정녕 이 세상에 없는 것일까……

학교 업무로 인해 늦어질 때, 예원은 못마땅해 하는 기철의 표정이 부담스러웠고 예원이 방을 비웠을 때는 기철이 예원의 핸드백을 뒤졌다. 수첩의 겉표지와 속 내용지가 따로 떨어져 있었는데 예원은 다시 새 수첩에 옮겨 적기가 귀찮아서 그냥 넣고 다녔었다.

그런데 어느 날 핸드백을 뒤져 수첩을 찾으니 겉과 속이 가지런히 포개져 한 귀퉁이에 있었다. 꼼꼼한 기철의 손길이 탔음을 직감으로 알 수 있었다. 조금 더 지나니까 견딜 수 없다는 듯 남자 이름의 전화번호는 전부 칼로 도려내어 버린 자국이 당당하게 눈에 띄었다.

결정적인 행동을 본 이때부터 예원은 혹시나 하는 희망이 무너지며 더 큰 절망을 안고 지내야 했다. 병적인 기철의 증상이 그녀의 가슴을 옥죄어 왔다. 기철은 상상에서 오는 의심에, 증거가 없는데도 그럴 것이라고 철저히 믿었다. 예원의 사소로운 변화에도 기철은 예리한 칼날을 들이댔다.

예원은 마음속으로 간절히 기도했다. 기철의 영혼을 좀먹어 가는 나쁜 인자를 거두어달라고. 예원은 병원의 치료가 필요한 것 같아 기철에게 같이 가자고 해도 '이젠 반대로 나를 정신병자로 모는 군' 빈정거렸다. 지치고 지친 어느 날 예원은 폭발했다.

"야! 남기철! 너 왜 그렇게 됐니? 엉? 네가 미친놈이지 누가 미쳤어? 엉?"

기철이 꺼내는 술병을 예원이 빼앗아 집어던져 버렸다. 술병은 장식장을 치면서 박살이 났고 붉은 양주가 거실 카펫위로 흐르며 붉게 적셨다. 예원은 퍼지고 앉아 엉엉 소리내어 울었다. 자고 있던 세 돌이 지난 딸 준희가 나와서 엄마! 하면서 예원의 목에 매달리며 울었다. 시간이 흐른 후 예원은 결심했다. 기철과의 인연이 이것밖에 안되는구나.

"당신은 당신 갈 길로 가고, 나는 내 갈 길로 갑시다."

늘 그렇듯이 이혼이란 말만 나오면 기철은 두 손을 싹싹 빌었다. 반복 되는 기철의 태도에 또 다시 속아주기엔 예원으로선 돌이킬 수 없도록 증오가 컸다. 예원은 최종 결정을 내리고 기철과 헤어졌다.

예원은 얼마나 괴로웠고 시달렸으면 법정에서 이혼하고 돌아온 날 무거운 짐을 목적지에 내려놓은 것처럼 홀가분했다. 준희가 가여워졌을 뿐이었다.

침묵만 지키던 예원의 어머니가 혀를 찼다.

“하이고, 별꼴이야. 별꼴이야. 우리 집안에 이혼이라니. 별일이 다 있네……”

“그렇게 내가 일부종사 못해서 가문에 먹칠을 했다면 재혼 안하면 되잖아요? 세상에 이혼한 사람이 나 하나야? 엄마 같았으면 의처증 남편하고 살 수 있겠어?”

예원은 짜증으로 뱉었다.

“멍든 가슴으로 한세상 사는 것보단 헤어지는 게 낫지…….”

이 말엔 노모도 입을 꾹 다물었다.

기철과 헤어진 후 예원은 처음 일 년간은 인생 낙오자 같은 기분이 들었다. 그러나 의심의 눈초리를 염두에 두고 만날 퇴근하면서 조금 늦는 날에는 안절부절 해야 했던 지난

날들에 몸서리가 났다. 동동거리며 집으로 왔고 죄짓지 않았어도 죄인이 되어 눈치를 봐야하는 살얼음 같은 생활이었다.

예원은 이방인이 되어 낯선 거리를 걸었다. 자신은 삶의 긴 여정에서 어디에 와 있는 걸까. 태어났을 때 어느 영혼이 자신에게 들어와 과거와 현재와 미래를 만들어 가고 있는 걸까. 이전 생에서의 기철과 자신은 어떤 관계였을까. 예원은 처음 만났을 때의 기철을 기억 속에서 불러내어 생각의 심연 속으로 빠져든다.

2

　기철은 자신도 왜 생각은 끊임없이 의심스러운 쪽으로만 떠오르는지 알 수 없었다. 아내가 늦게 퇴근을 하고, 화장을 조금 진하게 한다든지, 새로운 옷을 맞추었다는 등의 얘기를 들으면 자신이 왜 그렇게 괴로운 건지 알 수 없었다. 의심쪽으로만 달려가는 자신을 제어시키지 못했다. 기철은 예원과 이혼하고 싶은 마음은 추호도 없었다. 스스로 자신을 이해시키려고 무척 애를 써보았다. 그러나 기철은 자신을 설득시키는데 늘 실패했다.

　이혼을 한 뒤에도 기철의 병은 나아지지 않았는지 그는 가끔 예원의 뒤를 캐 보고는 하였다. 몇 개월 전부터는 기철도 희운의 병원에 환자로서 치료차 다니고 있었다.

　어느 날 예원과 희운이 병원 문을 나서는 것을 지켜보던 기철이 골목으로 몸을 숨겼다. 기철의 눈에 비친, 병원 문을 나서는 예원의 표정과 희운의 얼굴은 행복한 모습이었다. 기철은 혼자 외딴섬에서 배회하는 것 같은 느낌이었다.

자신이 왜 이곳에서 서성대고 있는가, 기철은 반문해 보았다. 희운은 기철을 진맥하고 처방을 내린 다음, 걸려온 전화를 받았다. 그 통화의 대상이 예원이란 것을 기철은 직감으로 느꼈다. 수화기에 대고 6시 반에 병원으로 오라고 한 희운의 말을 확인하고 싶어졌다. 기철은 두 시간 남짓을 병원 근처에서 배회하였다.

정확히 6시 반에 예원은 병원 현관에 나타났다. 산뜻한 하늘색 꽃무늬가 있는 블라우스와 하얀 스커트가 봄날의 화사함으로 예원을 감쌌다. 기철은 그런 예원의 화사한 모습이 결혼 전에 보았던 모습이었다. 결혼 후 예원은 나날이 표정이 어두워져 갔었다.

환하게 웃는 예원의 표정에서 기철은 질투가 났다. 모든 것 끝난 뒤에도 기철은 아직도 예원이 자기 아내라고만 믿고 싶은 것인가. 두 사람은 무슨 말을 하며 얼굴을 마주 보고 웃는데 누구도 근접하지 못할 만큼의 따뜻함과 안정감이 느껴졌다. 기철과 살 때 예원의 그런 미소는 좀체 찾아볼 수 없었다. 늘 삐거덕 댔었으니까.

결혼은 평범한 가정에서 무난하게 자란, 성격 좋은 사람이 제일 좋은 조건이라더니 예원이 자신을 만나지 않고 그런 사람과 만났더라면 행복했을 여자이다. 기철은 결손가정에서 자랐고 비뚤어진 의식을 가진 자신에게 문제가 있었음을 뒤늦게 깨달아 갔다.

그러나 이제 와서 어찌하랴. 거기에 독점력, 지배력이 높아 가끔 웃는 예원의 모습에서 심사가 뒤틀렸다. 그녀가 괴로워하고 눈물을 흘리면 감싸주고 싶었고 슬픈 그녀의 시선이 가장 진실해 보였으며 내안의 여자라는 묘한 느낌을 받았다. 그것이 그때는 비뚤어진 자신의 착각이란 걸 몰랐다. 아아, 불행은 자신의 성장과정에서 만들어진 성격 때문이었다. 콤플렉스에서 오는 비뚤어짐이랄까.

그러나 기철은 반발하고 싶었다. 누가 무슨 죄로 그런 환경을 만나 불행을 겪어야 한단 말인가. 본인이 원하지 않았는데도. 전생의 업보? 그건 자신의 의식 속에서 보지 못했으니 인정할 수 없다. 행복한 사람들을 보면 죽여 버리고 싶었다던 TV속의 범인은 불특정 다수에게 범행을 저질렀다. 그것을 보며 기철도 한 가닥 실낱같은 쾌감을 느꼈던 것도 사실이었다.

이제 이렇게 꼬아져 버린 심성을 어떻게 바로 잡을 수 있을까. 이제 와서. 긍정적이기 보담은 부정적으로 먼저 받아들이는 자신은 DNA 때문인가. 그렇다면 누나인 정례는 소탈하며 남을 이해부터 하는 긍정적 성격 아닌가. DNA, 환경, 다 아닌 것 같다.

타고난 사주나 오행 때문이라면 쌍둥이들은 똑같아야 된다는 말이 된다. 그러나 쌍둥이들도 현격히 다르다. 취미나 사고방식, 성격 등 전부 다르다. 그러면 가장 가까운 것은 인과응보를 들먹거리는 전생이 가장 맞을 것 같다.

그 먼 생애에서부터 저질러온 자신의 업보로 인해 구름처럼 모여 있다가 어느 순간에 운명의 비로 터져서 쏟아져 내리는지도 모른다는 생각이 들었다. 우산도 없이, 대책도 없는데 소나기에 홀랑 젖어버리는 사고를 당하는 것이다. 억울하기만 했다. 기철은 그냥 세상살이가 억울하기만 한 것이었다.

다시 예원과 재결합을 한다면? 예원이 그렇게 해줄 리도 없지만 그렇게 된다면 기철은 정말 예원에게 잘해 줄 것만 같다. 아아, 예원이…….

기철은 희운의 병원에서 신장과 방광이 약하다는 진단을 받았는데 희운은 환자에게 이렇게 말했다.

"누구나 건강하게 살기를 바라지만 병이 없는 생명체는

이 지구상에 존재하지 않습니다. 고통의 차이가 있을 뿐이죠. 방광이나 신장이 약한 사람은 인내심을 길러야 합니다. 그런데 이상하게 이런 사람들한테는 참지 못할 요인만 계속 발생해요.

이는 이 사람을 더 완전체로 만들기 위하여 이 사람의 인내를 시험하는 요인으로서 그 상황 속에 빠트리는 것입니다. 따라서 자꾸 참고 포기하는 습관을 들이면 신장이 제대로 활동하기 시작합니다. 여기서 활동이란 물리적 기능이 아니라 대부분 정신적인 기능을 말합니다. 정신력이 강해지면 꿋꿋하게 어떤 괴로움도 물리칠 수 있습니다.

한 번 상당 기간을 두고 시험해 보세요. 신腎은 원래 인내하며 남기지 않고 배설하는 것이 대표적 속성인데 정신적인 면에서도 잊어야할 것은 빨리 버려야 합니다. 그러지 못하면 오히려 더 신장을 나쁘게 만들 수 있습니다.”

참고로 기철은 사주의 오행상 수水가 부족하여 그렇다는 말도 함께 들었다. 기철은 처음엔 별 생각 없이 용하다는 소문을 듣고 희운의 한방병원에 갔었다. 몇 개월 후에, 이혼할 즈음 예원이 그 병원에 다니고 있었고 그들은 연인관계로 발전하여 간다는 것을 미루어 짐작하게 되었다.

길을 걷다가 기철은 포장마차 집의 휘장을 들치고 들어

갔다. 기철은 소주를 빈속에 반병쯤 마셔버렸다. 금방 내부에선 환희를 하며 정신을 환상에 들뜨게 했다. 환상은 이내 반갑고 기쁨에 도취 되었다. 절제가 고통이었던 것이 일제히 무너져 내리며 절망감으로 인해 모두가 무가치하게 느껴지던 것들이 전부다 잘 될 것만 같은 성공적인 기대감을 주었다. 기철은 다시 나머지 반병을 다 마셔 버렸다. 상처로 다가온 예원과 희운의 미소도 곧 와해되고 예원은 처음처럼 기철씨~ 하며 자신에게 달려올 것만 같았다.

기철은 술기운으로 인해 여유로운 기분이 되어 길을 걸었다. 모든 것이 부럽지 않았다. 이는 위대한 술의 마력인 것이다. 도대체 누가 술을 만들어 낸 것인가. 그는 집 현관문을 열었다. 방으로 들어와서 형광등 스위치를 누르자 늘어져있던 방안의 모습들이 갑자기 환해진 빛에 두서없이 달려들었다. 침대 머리맡에 던져 둔 주역 책이 오래 기다린 지루함으로 늘어져 있는 것 같았다.

기철은 책을 집어 들었다. 접어놓은 페이지가 저절로 벌어지며 시선이 갔다.

주역은 우주변화의 원리를 말한 것이어서 기철은 늘 가까이 두고 재미있게 읽고 있는 중이었다.

48쾌로서 수풍정이다.

해설이 재미있었다. 가득한 우물도 두레박 없으면 퍼 올
릴 수가 없는데, 두레박과 끈은 끊으려야 끊을 수 없는 관계
이다. 또한 아무리 맑은 물도 퍼올리려는 의욕과 노력 없이
는 안 된다는 요지였다. 우물은 퍼낼수록 새로운 물이 고이
는데 자신의 목만을 추기지 말고 남에게도 봉사해야 한다
는 깊은 의미를 슬쩍 비추고 있었다.

여기에 새롭게 해석한 주역 전문가의 해설이 더 깊이 가
슴에 다가왔다.

두레박이 깨지면 새로운 두레박으로 바꾸어야 마땅한데
정치가 부패하면 백성이 고통을 받는다. 그렇다고 백성을
바꿀 수는 없다. 관리와 정치가가 교체되어야 한다. 이러한
이치를 '마을은 옮길 수 있어도 우물은 바뀔 수 없다'는 것
에 비유한 것이다. 따라서 해설은 개혁의 정당성을 간접적
으로 밝히고 있었다. 기철은 남의 위에 있는 사람은 부하의
노고를 치하하고 그 목마름을 풀어줄 것을 잊어서는 안 된
다는 구절에 밑줄을 그었다. 진리의 우물······.

멋진 말 아닌가. 기철은 어떻게 사소로운 것 하나에서 이
렇듯 인간의 도와, 나아가야 할 길을 밝혀낼 수 있단 말인
가. 주역은 운세가 너무 강성하면 겸손을 가르치고 첩첩산
중으로 막혀 있으면 희망을 북돋운다. 주역이 중용을 가르

침에 존경스럽지만 그만큼 어렵기만 한 것이었다.

주역의 해설을 보노라면 기철은 스승 앞에서 무릎을 꿇고 배우는 제자같이 자신의 존재가 한없이 나락으로 구르는 것만 같았다. 아니 이럴 땐 솔직히 콤플렉스가 느껴졌다. 형편없는 자신의 행동들……. 자신의 존재가 어둠속의 동굴에 갇혀 있어서 기철은 세상의 공허가 두려워 떨며 울기 시작했다. 세상 밖에 내동댕이쳐진 자신은 영원히 혼자 일 것만 같은 두려움이 일었다. 술기운 탓인가? 무서웠다. 외로움이.

패배자의 몰골을 한 기철은 침대에 벌렁 누워버렸다. 그의 눈에 익숙한 천정 무늬가 들어 왔다. 그는 무늬를 세었다. 세고 세며 또 셌다. 도대체 어디서부터 잘못된 것인가. 자신의 삶은 지금 어디로 향하고 있는 것일까. 예원도 혹 후회는 하고 있지 않은지……. 아니다. 아닐 것이다. 기철이 없어지므로 인해서 홀가분해졌을 수도 있지 않은가. 왜 자신은 남에게 사라져 주었으면 하는 존재로 전락해 버린 것일까. 기철은 처량했다.

이럴 땐 할머니가 떠올랐다. 아, 할머니……. 쪽을 진 머리에서 하얀 머리칼이 삐어져 나와 거푸 수수한 모습과 검버섯이 핀 주름진 뺨, 쪼그라든 손과, 손자의 헌 러닝셔츠를 입고 늘어진 작은 젖가슴을 감추지도 않는 할머니의 초라한 모습은 그대로 기철에겐 산 부처였다.

　노력은 하지 않고 열매만 획득하려는 사람은 치매에 걸릴 확률이 가장 높다고 한다. 평생을 올곧은 자세로 성실하게 산 사람은 치매에 걸리지 않는다고 성희운 의사는 말했다. 주제에 맞는 생활을 하며 욕심 없이 부지런하게 몸을 놀리고 남의 것을 탐 낼 줄 모르던 할머니는 죽는 순간까지 흐릿한 정신을 볼 수 없었다. 그 성실함은 타고난 것일까. 주역은 대체로 인간들에게 도道를 향해서 살아야 한다고 외치고 있다. 할머니는 배우지 못하고 책 한줄 못 읽었어도 주역 속에 나오는 그 어떤 훌륭한 군자보다도 따라갈 수 없는 도인이었다.

　할머니는 늘 그랬듯이 지금도 하늘에서 자신을 내려다보며 옥황상제께 빌어주고 계실 터였다. '올 곧게 살아야 한다' '바르지 않은 것에는 아예 눈도 돌리지 마라' 기철은 바로 곁에 할머니가 서계심을 바라보았다. 때론 할머니의 숨결과 자신의 숨결이 하나가 되어 빈 공간을 지켜 볼 때가 있었다.

3

따뜻한 봄날의 데이트.

대학 2학년 때 미팅으로 만난 예원과 기철은 첫 느낌이 서로 싫지 않았다. 서로에 대한 기대감으로 찻잔을 마주한 채 그들은 수줍은 미소를 띠었다. 늦은 봄날의 설레임. 기철은 그날 예원을 집까지 바래다주었다.

"아, 저기 슈퍼 위에 있는 집이 저희집이예요."

기철은 예원이 가리킨 집을 바라보았다. 단층으로 된 벽돌집이었다. 그들은 집 앞까지 조금 더 걸었다.

"이제 다 왔네요. 엄마가 웬일인가 하실 거예요."

"엄마가 집에서 기다리는 사람은 좋겠어요."

기철은 예원을 보며 선망하는 눈빛으로 말했다.

“엄마가 안 계시나요?”

예원이 조심스럽게 물었다.

“네, 아버지도. 아버진 내가 열한 살 때, 어머닌 중학교 때 돌아가셨어요. 집에는 누나와 저뿐이에요.”

순간, 싸한 바람이 예원의 가슴을 쓸며 지나갔다. 기철의 가라앉은 표정이 문득 슬퍼보였다.

“들어가 보세요.”

“네, 오늘 즐거웠어요.”

미소 짓는 예원의 표정은 해맑았다. 예원의 입가에 작은 보조개가 기철은 인상적이라고 느꼈다.

“전화 드려도 되죠?”

기철이 다짐을 청했다. 눈으로 웃는 예원의 대답은 긍정이었다.

“조심해 가세요.”

밤길 속으로 사라져 가는 기철의 뒷모습을 애잔한 마음으로 보고 있는 예원. 기철이 휘파람을 불며 가다가 멈칫 뒤돌아서서 예원에게 손을 흔들었다.

그들의 만남은 그렇게 시작되었다.

예원이 기철을 처음 집에 데려와 소개 했을 때 어머닌 사람이 좀 밝아야 되는데 어째 좀 어두워 보인다, 하고 말했

다. 범죄, 마약, 불륜 등은 근본적으로 견디기 힘든 인간의
외로움 때문 아닌가 예원은 생각해왔다.

인간에게 외로움보다 더 큰 형벌은 또 없을 것이다. 그러
나 예원은 기철에게 쏠려 있었기 때문에 이렇게 말했다. 행
복해지려는 마음 자세가 돼있는 사람은 만남도 떠남도 행
복한 거예요. 그리고 속으로 '내가 그의 외로움을 거둬주어
야지' 하고 되뇌곤 했다.

그 후 예원과 기철은 여러 번 만났다.

만날 때마다 기철의 얼굴 어딘가에는 우울이 앙금같이
가라앉아 있었다. 때론 슬프게도 보이는 그 점이 예원의 마
음을 잡아당겼는지도 모른다. 그녀의 모성심리를. 한 학년
올라가서 대학 4년인 기철과 교대 3학년이 된 예원의 첫사
랑은 그렇게 꿈 빛으로만 덧칠해 갔다. 걱정이 있다면 예원
은 첫사랑은 깨진다는데, 하는 통속적 개념만이 꺼림칙할
뿐이었다. 어떤 조건이든 기철과 함께라면 이겨낼 수 있을
것 같았다.

음악이 흐르는 카페의 실내에서 기철은 늘 예원을 기다
렸다. 의자에 푹 파묻혀 눈 감은 채 예원을 기다리고 있던

기철. 앳된 모습에서 제법 숙녀 티가 나는 예원은 기다리고 있는 기철 곁으로 가 앉았다. 커피를 갖다놓는 웨이터. 그날, 눈을 뜨며 기철이 말했다.

"차 빨리 마시고 나가자."

"왜?"

"좋은 데 데려가려고."

씨익 웃는 기철.

"좋은 데가 어디야?"

"가보면 알아."

차를 다 마시고 찻잔을 내려놓는 예원은 의아하게 기철을 바라보았다. 밖으로 나온 그들은 쏟아지는 소낙비에 멈칫 바라보다가 기철이 우산을 하나 사서 펴들었다. 비 내리는 거리를 걸어가는 예원과 기철.

"꼭 유괴되는 기분인데?"

기철이 받친 우산이 흔들릴 때마다 예원의 바깥 어깨로 물방울이 떨어졌다.

"그런 생각을 하고 있으면 유괴되진 않지."

"정말 어디 가는 거야?"

"물 맑은 곳이야. 가평"

"기철씨 고향이잖아? 갑자기 거긴 뭘 하러 가?"

“그 다음 얘기는 기차타고 가면서 말해줄게.”

궁금하여 기철의 표정을 살피는 예원의 머리가 갸우뚱했다.

두 사람은 기차에 올랐다. 자리를 잡고 앉으며 기철이 말했다.

“가평 왜 가냐고 물었지? 내가 자란 고향이기도 하지만, 나를 키워주신 할머니 묘가 거기 있어.”

달리는 차창 밖의 풍경은 평화로 잠들어 있는 듯 했다. 가평에 내렸을 때 거짓말같이 날은 개어있었다. 현리에 있는 야산에 그들을 실은 택시는 멈추어 섰다. 둘은 내렸고 택시는 급하게 돌아 나갔다.

산비탈을 조금 올라가자 초라한 묘가 하나 나왔다.

“할머니, 나 왔어요. 기철이가 왔어요……”

“인사해. 예원이.”

예원은 기철이 펴주는 신문지 위에서 절을 했다.

“할머니, 얜 내 여자 친군데 보시다시피 예쁘게 생겼죠? 장차 결혼할 사이예요.”

“……”

“오늘은 유난히 할머니가 보고 싶고 또 예원이도 보여드리고 싶었어요.”

기철은 감개무량한 표정으로 묘 주변을 둘러보았다. 기철이 들고 온 소주병을 땄다. 무덤위에 뿌렸다. 나머지는 기철이 마셔버렸다.

부모 없이 커가는 기철과 누나인 정례를 가슴에 품고 눈물짓던 할머니. 검버섯이 피어나고 쪼그라든 할머니의 손에서 하얀 손수건으로 싼 따뜻한 감자와 고구마가 나왔을 때, 무턱대고 맛있게 먹던 기철을 대견스럽게 바라보던 할머니……. 그런 할머니의 눈빛이 기철의 머릿속에 떠올랐다.

할머니는 기철의 손을 꼭 잡은 채 눈을 감지 못하고 돌아가셨다. 한 번도 호강시켜드린 적이 없는 기억이 기철의 가슴을 후벼대었다. 기철은 숨이 막히는 아픔을 느끼며, 눈물을 참아내려는 눈시울이 뜨거워졌다. 싸늘한 바람에 몸을 옴츠리는 예원의 어깨에 기철은 잠바를 벗어서 걸쳐줬다. 날이 어두워 갔다.

산비탈에 할머니를 혼자 두고 내려가는 기철의 걸음은 휘청였다.

시내를 나와 저녁을 먹고 밤이 되자 예원은 불안해 졌다.

"예원이, 오늘 들어가지마. 나하고 밤새 이야기 하자."

"안 돼, 헤어지기 싫은 기철씨 마음은 알겠지만 엄마가 걱정하셔. 막차 끊어지기 전에 일단 나가보자."

급한 걸음으로 간 버스 터미널과 텅 빈 기차역은 막차를 모두 떠나보내고 을씨년스러웠다.

예원과 기철은 가까운 곳의 여관에서 하루를 묵어야 했다. 낯선 방에서, 사랑한다는 말이 무가치하게 들릴 정도로 젊음의 열정이 그들을 하나로 묶었다. 하늘을 향해 무겁게 솟은 산이 끝없이 펼쳐진 땅 위에 음과 양으로 합하여 반쪽에서 하나인 완전체가 되었다.

영계靈界엔 지상의 결혼이라는 개념이 없다고 한다. 남녀의 2차 상징도 없다. 육체의 결합이 아니라 둘이 합쳐 하나의 영혼이 되는 '결혼'이 있긴 하다. 영계의 행복감은 '마음의 상태 변화'에 의해서 이루어진다. 마음의 상태 변화란, 작가의 상상력과 비슷한 것으로, 우리들의 '기분'과 같은 것이다. 진선미하게, 화려하게, 웅장하게, 재미있게, 즐겁게, 성스럽게…….

불꽃놀이의 불꽃과, 오로라의 극광처럼 영적 의식의 현란한 변화가 행복의 수준을 결정한다. 창조적 변화가 없는 영혼의 상태는 곧 죽음과 같다고. 영혼들은 변화가 없는 이런 무기력한 상태를 가장 두려워한다고 한다. 그러므로 창조적 상상력이 넘치는 글은 높은 영적 수준을 나타낸다고.

문득 예원은 기철과 영계에서 같이 지내던 오누이 같았

다. 예원은 후회하지 않았다. 그와의 의식을 곱게 결혼까지 간직하고 싶었다. 기철 역시 모두를 쏟아 부은 예원이 자신에게 특별했고 소중했다. 그날 예원은 기철의 슬프게 자란 성장과정을 들어야 했다.

기철은 할머니 밑에서 누나인 정례와 함께 컸다.

정례는 성격 좋고 활달했으나 여자 친구들 보다는 남자 친구들을 더 좋아했다. 남학생들과 늘 어두운 곳에서 시시덕대며 성에 눈떠 갔다.

할머니가 누나를 불러와서 밥을 먹으라고 했을 때, 기철은 집 주변을 돌아다니며 누나를 찾았다. 돌아다니다가 공터에 세워 놓은 임자 없는 빈 컨테이너 안에서 두 남녀가 엉클어져 있는 것을 보았다. 기철은 직관으로 여자는 누나라는 것을 알았다.

정례는 여학교를 졸업하던 해 핏덩이 계집아이를 낳았다. 할머니가 임신 사실을 알았을 때 유산 시기는 이미 늦어 있었다. 8개월 됐을 때 유산기가 있어 아이를 돌려 낳았다. 죽기를 바란 아이는 조산으로 정상이었다. 할머니는 허둥대는 손으로 아기를 담요에 싸서 먼 친척집의 아이 없는 집에 주어 버렸다. 기철은 숨어서 그 모습들을 몰래 지켜보았다.

소문 때문에 할머니는 손녀를 위해 용단을 내리고 고향을 떠났다. 이사한 지 3년 후에 정례는 맞선을 보고 동대문에서 옷가게를 두 개나 가진 남자에게 시집을 갔다. 엄청난 사실이 여드름 하나 짜내듯 아물자 다시 순결해진 듯 정례는 행복해 했다. 기철의 매형은 부인만 사랑했다. 대학교 다닐 때 기철은 그 약점을 무기로 정례를 협박하여 용돈을 뜯어냈다. 그 후 기철은 여자를 보면 무시하고 싶고 순결한 사람은 없다고 보았다.

예원이 대학을 졸업하고 직장을 잡은 지 1년 만에 그들은 결혼했다. 결혼 후 두 사람은 2년 동안 행복해 했다. 그런데 언제 부터인지 기철은 예원을 의심하기 시작했다. 동네의 은행에서 직원과 인사만 해도 언제부터 사귀었냐고 했고, 학교에서 긴급회의로 늦는다고 전화해도 기철은 이상하게 믿지 않았다. 확인 전화까지 하였다.

퇴근이 늦어져서 집에 도착하자마자 부엌으로 들어가서 밥부터 앉힌 예원은

"당신 배고프겠다. 10분만 기다려줘요. 다 됐어요."

기철을 향해 미안한 웃음을 지었다. 예원은 찌개를 끓이며 속으로 '도대체 내가 이게 무슨 죄야? 업무 때문에 늦은

걸 죄인이 되어 살아야 하니……' 한숨이 나왔다. 기철은 '당연히 네가 죄를 지었잖아, 그런 한숨지을 필요 없어' 하는 자세로 시큰둥했다.

"그런데 당신 옷에서 왜 그렇게 담배 냄새가 나?"

"내 옷에서요?"

예원은 미처 외출복을 갈아입지도 못한 채였는데, 자신의 옷을 냄새 맡아봤다. 담배냄새가 배어 있었다. 회의 때 학년주임이 곁에 앉았었는데 그가 핀 담배 냄새가 예원의 옷에 배인 모양이었다.

"옆에 앉았던 선생이 애연가라서……"

"아직도 실내에서 담배 피우는 사람이 다 있어? 선생이란 사람들이?"

"선생은 사람 아닌가? 별사람 다 있기는 마찬가지지."

"허긴 나이트에 가서 자정이 넘도록 흔드는 선생도 있으니까, 학부형 눈에 띄면 무슨 소문을 들으려고?"

그건 지난주 전근 가는 선생이 있어서 송별회식을 하고 3차까지 간 데 대한 기철의 불만이었다.

"그런 학부형 있으면 데리고 와봐, 내가 쪽을 못 쓰게 해줄 테니까."

예원은 당당히 큰소리를 쳤다.

"흥! 적반하장이군."

기철은 완전한 승자요, 죄인은 예원이 되었는데 기철은 가정을 해서 상상한 것도 전부 사실이라고 머릿속에 기록하고 있었다. 과대망상이 아니면 뭐란 말인가?

그런 날은 예원은 기철 곁에서 자기도 싫었다. 베개를 안고 부엌방으로 가서 잤다. 아침에 일어나서 밖으로 나오려고 방문을 여는데 문이 찰떡같이 문틀에 붙어서 흔들리기만 할뿐 열리지 않았다. 예원은 온힘으로 문을 밀었는데 문이 열려 밖으로 나와서 방문을 보니 문 가장자리에 누런 강력테이프가 문 틈새를 따라가며 붙여 있었다. 기철이 밤새 잠들었을 때 예원이 외출하는가, 체크하기 위해서 붙여 논 거였다. 테이프가 떨어져있냐 아니냐가 핵심의 관건이었다. 섬뜩했다. 나날이 예원도 신경이 옥죄어오는 듯 했다.

어느 날 기철은 잘 다니던 직장에 사표를 내었다.

그리고 자신의 꿈을 펼쳐 보겠다며 사업을 하겠다고 고집을 부렸다.

나를 밀어줘, 이 사업이 성공하면 난 당신 손 물에 담그지 않게 해줄 수 있어. 공무원 생활에 사표를 내고 나와서 기철은 애원했다. 예원은 3년간 부은 적금과 딸아이 교육을 위해 들은 교육보험, 정기예금 통장 모두를 해약해서 기철의 사업자금에 쏟아 주었다. 기철은 혼신을 다해서 새로 시작한 자기사업에 열정을 쏟았다.

주변 사람들이 관심을 보이고 격려를 해주었다. 기철은 탄력을 받아 새벽에 나가고 밤 11시가 넘어서야 들어오는 고된 생활을 하면서도 힘들어 하지 않았다. 그의 희망만큼이나 예원도 들떠 있었다.

경제침체기가 오래 끌었다. 줄줄이 연결되었던 기업체들이 도산했고 은행에서 빌려 썼던 융자가 이자의 무게에 눌려 허리를 펴지 못했다. 거기에 납품이 끊기면서 기철은 손을 들고 패잔병이 되었다. 그때부터 기철은 술로 위로를 삼았고 절망의 늪에서 헤어나지 못했다.

예원은 종목종목 점검해 나갔다. 그대로 주저앉을 수 없잖은가. 어디서 실패의 요인이 있었는지 짚어봐야, 다시 시작한다 해도 똑같은 실패는 없어야겠기에 아니 기철을 일으켜 세우기 위해 예원은 꼼꼼하게 아이의 숙제를 체크하듯 감독하였다.

전에 없던, 아니 잘 드러나지 않던 기철의 치부가 하나하나 적나라하게 들어났다. 느닷없이 경제가 무너지자 그의 능력은 나락으로 굴러 긍정적으로 보이지 않았다. 포용하며 이해해 줄 수 있었던 그의 처세는 예원의 눈에 전부 단점으로 드러나기 시작했다. 집의 베란다에 파란 빈 소주병이 가득 채워지고 또 그 위를 덮어갔다. 그것을 보며 예원은 기철이 저렇게 나약한 인간이었나, 정신상태가 그것밖에 안 됐었나 실망을 거듭해 갔다.

4

　위궤양이 걸려 종합 진찰을 받고 약을 한 달이나 먹었어
도 예원의 병은 낫지 않았다. 어머니가 소개해준 동창의 아
들네라는 성희운의 한방병원에서 마음치료가 먼저라는 소
리를 들었다. 예원은 이상하게 편안해지는 걸 느끼며 의사
인 희운의 지시를 따라 약을 달여 먹고 마음이 편해지면서
잠도 잘 잤다. 신경안정제를 끊었다. 이혼한 지 일 년 후 모
든 건강이 제자리로 돌아왔다. 예원의 평화스런 생활은 2년
이나 지속되었다.
　예원은 컴퓨터를 켜고 이메일을 체크했다. 그녀는 희운
에게 자신의 병이 선생님 덕분에 나았다고 고맙다는 인사
말을 한 것에 대한 희운의 답신이 와있었다. 클릭.

― 성 선생님, 예원이예요.

부쳐주신 병원의 책자 감사히 받았습니다. 잘 읽을게요.

요새 많이 좋아져서 몸무게가 늘었어요. 식욕도 돌아오고 모든 게 좋아지고 있습니다. 감사드려요. 이번 주 중에 제가 저녁 살게요. 편히 주무세요.

― 오늘 그냥 편지를 쓰고 싶었어요. 무슨 이유가 있겠어요? 아마 티 없이 웃는 모습의 예원씨가 무한히 따뜻하게 느껴 졌기 때문이겠지요. 속은 많이 편해졌는지요? 저녁을 사주 신다니 기다려 볼까요? 건강관리 잘하세요. 희운 드림.

희운과 예원은 이틀 후 저녁 퇴근시간에 만났다. 희운이 예원을 자신의 병원 근처에 새로 개업한 음식점으로 안내 했다. 생선요리가 주 메뉴인 웰빙 식단의 집이었다.

"육류보단 생선이 위에 부담이 적을 것 같아서 왔는데 매 운탕 괜찮아요?"

희운이 예원을 배려하면서 물었다.

"네, 이젠 가리는 것 없이 잘 먹어요. 원래 식성은 까다롭 지 않구요."

「산해진미」라는 광고문이 벽에 붙어 있었고 메뉴판에는 자연산의 여러 생선 종류가 적혀 있었다. 익숙한 매운탕 이름이 눈에 띄기도 하였다.

"오늘 예원씨가 사주시는 저녁이라 특별히 더 맛있을 것 같은데요?"

주문한 대로 맵지 않은 찌개냄비가 상 한가운데 올라왔고 싱싱한 채소반찬이 놓여졌다.

보지 못한 물고기가 냄비 속에 담겨있었다. 희운과 예원은 서로에게 부어준 소주잔을 들었다.

"고맙습니다. 맛있게 먹을게요."

"제가 감사해야죠. 이렇게 다 낫게 해주셨는데요."

공중에서 그들이 부딪긴 잔소리가 상큼하고 정겹게 들렸다.

내용물이 익어가는 냄새가 식욕을 돋우었다. 희운이 얘기하기 시작했다.

"요새「산해경」이란 책을 보고 있는데 상상도 해보지 못한 동물들이 나와요. 당시에는 사진이 없었기에 전부 그림으로 표현됐는데 참 신기하고 재미있어요. 물고기에 날개가 달린 활어라던가, 중국 흠산 쪽에는 당강 이라는 짐승이 사는데 생김새가 돼지와 같고 이빨이 있으며 그 울음소리가 자신의 이름을 스스로 부른답니다. 아마 당강당강 하고 우니까 후세에 사람들이 이름을 그렇게 붙였겠죠? 사람의 눈에 뜨이면 천하가 크게 풍년이 든답니다.

또 만거산에 가면 「마복」이란 동물이 있는데 그 생김새가 사람의 얼굴과 같고 호랑이의 몸을 가졌으며 소리는 어린아이 같이 낸답니다. 사람을 잡아먹기도 한데요.”

예원은 반 아이들에게 들려주면 재미있어할 것 같았다. 금세 냄비속의 찌개가 끓어올라 김이 뿜어졌다. 예원은 뚜껑을 열고 찌개를 한 접시 퍼서 희운의 자리에 놔주며 말했다.

“나도 그 책을 들춰 봤는데 호기심으로 읽으면서 이게 다 정말일까? 허무맹랑하게 여겨졌어요. 아마 공룡처럼 오랜 세월 지나면서 지금은 멸종된 거겠죠. 백두산 천치에 괴물이 산다는 것도 그런 종류의 동물이 살아 내려오는지도 몰라요.

앞으로 오랜 세월 몇 백 년 지나면 유전자 변이를 일으켜서 이상한 동물이 나올 거라고 봐요. 내 쪽에서 보면 그들이 이상한 것이고 그쪽에서 보면 사람이 이상하겠죠. 괴상한 것은 자신에게 있는 것이지 사물이 괴상한 것이 아닌데 말이죠.”

“그러니까 자기가 보는 것만이 진실이라고 우기는 데서 오류가 생겨요.”

희운이 말했다.

“「구미호」는 들어 보셨죠? 중국의 청구산이란 곳에 사는데 생김새가 여우와 같고 꼬리가 아홉 개 달렸고 어린애 소리를 내며 사람을 잡아먹는데 이 짐승을 잡아먹으면 요사스런 것을 만나지 않는다고 돼있어요."

"구미호는 이제 익숙해 졌어요."

"사람들은 늘 익숙한 것들, 상식으로 알고 있는 것들은 거부 반응 없이 그럴 것이다, 라고 받아들이는데 자신이 모르는 것은 의심만 하며 인정하려 들지 않고 간단히 취급하고 넘기려는 습성이 있어요."

"성 선생님 말씀 맞아요. 진리를 말하면 두 가지 유형의 사람이 나타나는데, 모르니까 자신과는 상관없으니 가볍게 넘기는 유형하고, 무슨 소리인지 모르겠지만 무언가 있겠지 하고 관심을 기울이는 유형하고요."

"한 선생님은 어느 쪽이세요?"

희운이 물었다.

"저는 지식 욕심이 많아서 하나라도 더 알고 싶어 관심을 갖고 듣는 편이에요."

"역시 타고난 교직자시군요."

희운이 찌개속의 하얀 살코기를 떠서 예원 앞에 놔주었다.

"그래서 아무리 실력 있고 똑똑해도 의식의 폭이 좁으면 똑똑한 게 아니라고 하나 봐요. 달의 겉면만 보고 우리는 계수나무와 토끼만 있다고 고집하잖아요. 달의 뒷면은 보지 못했으니, 자신이 본 것만 머릿속에 인식돼 있으니까요.”

“세월 따라 진리도 바뀌는데, 우기면 먼 훗날 함정에 빠져요. 사람이 태어나서 병들고 늙으면 죽는다는 것도 일종의 최면이랍니다.”

두 사람은 어느새 밥그릇을 다 비워가고 있었다.

희운은 직업이 한의사라서인지 세상사는 이치보다도 이상적인, 미래지향적인 것에 더 관심을 기울였다. 다른 사람이 들으면 지루할 이야기들도 예원은 학구적인 희운의 얘기들이 재미있게 들렸다.

그들은 저녁을 먹고 가까운 찻집에 갔다. 향긋한 모과차를 마시며 더 진지하게 이야기를 나누었다. 실내엔 예원이 대학시절 즐겨듣던 기타반주의 곡이 흘렀다. 로망스. 조용한 공간을 감미롭게 채웠다. 기철과 늘 만나던 학교 앞 카페에서 듣던 음악이었다.

희운의 표정과 눈빛은 호수의 잔잔한 표면처럼 결코 출렁일 때가 없다. 그의 의식이 그의 내면을 지배할 것이다. 끝없는 사막에서 헤매다가, 오아시스를 만나면 춤을 추다가 적을 만나면 칼날을 들이대는 기철의 정서가 그땐 왜 박력 있는 사나이로 보였던 것일까.

"무슨 생각해요? 예원씨."

잠시 공상으로 빠진 예원을 희운이 불렀다.

예원은 희운을 바라보았다. 두 사람은 미소를 지으며 시선을 마주한다. 희운은 문득문득 예원의 텅 빈 눈을 볼 수 있었다. 황량하고 쓸쓸함이 배어있는 시선. 예원은 자신을 바라보는 희운의 따뜻한 시선에서 그윽한 국화향이 느껴졌다.

희운은 가끔 외부 강연을 나가기도 하는데 예원보고 그때 오라고 시간과 장소를 알려주었다. 두 사람은 피곤한 줄 모르고 희운의 병원 건물 주차장에 놔둔 예원의 차에 오기까지 끊임없이 서로의 이야기에 빠져들었다.

희운은 한 달에 두 번 자신의 병원에서 무료진료를 했다.

또 기업체와 방송의 초빙으로 건강에 대한 강의를 했다. 예원은 빼놓지 않고 그의 강의를 들었다. 희운에게서 몸의 원리와 병의 원인에 대하여 강의를 듣는 날에는 예원도 알아듣기 쉽게 정리해서 학교 아이들에게 가르쳐 줬다.

강의가 끝난 후 예원은 자신의 차에 희운을 태우고 그의 병원까지 바래다주었다. 희운은 하차하여 예원에게 미안해서 모두 퇴근한 밤에 병원 문을 열고 원장실로 들어가 차를 한 잔 대접했다.

희운은 늘 인체의 신비와 그 치유에 대해 이야기 했다.

"20세기는 비타민의 시대였지만 21세기는 유황의 시대랍니다. 나쁜 공기와 물, 농약 멜라민 각종 화공약품 등으로 인한 독성들이 우리 몸에 가득 찼는데 유황은 이를 중화시키고 면역력을 높입니다."

"언젠가 티브이에서 유황에 대한 프로를 본 것이 기억나네요. 오리에게 유황을 먹이니까 오리가 펄펄뛰며 날던걸요?"

"그건 광물성 유황이라 독성이 있어서 오리에게 먹여 독성을 제거하는 역할을 시킨 것이고요. 근래에 100퍼센트 식물성 유황이 나옵니다. 직접 섭취해야 효과가 더 좋겠죠. 해송에서 추출한 것으로 독성이 전혀 없어서 임산부가 먹어도 좋아요."

예원은 놀라웠다.

"토질은 이미 산성화돼서 채소에서는 유황섭취가 어렵고, 조리할 때 높은 온도에서는 유황이 파괴되니 식생활에서는 좀체 섭취할 없는 거예요. 관절, 비염, 호흡기질환은 물론 아토피에도 체질을 바꾸어 주어서 깨끗이 낫고 있어요. 참 신기해요. 당뇨는 물론, 골밀도도 높이고 혈전을 녹여요. 콜레스테롤 수치를 낮추니 혈압도 내려가죠. 유황의 위력이 이렇게 큰 줄 몰랐어요. 저도 먹고 있는데 한 달 정도 먹으니까 몸으로 느껴져요. 머리가 맑아지고 피곤한 줄 모르겠어요. 꼭 약장사 같은데요? 하하하하……”

“저는 폐가 약한 편인데 거기에 백묵가루와 교실에서 아이들이 뛰니 먼지 때문인지 자주 가래가 끓어요. 가래 때문에 기침을 해대니 목이 자주 붓고요.”

“제가 한통 드릴게요. 동의보감에도 유황을 복용하면 무병장수한다고 돼있어요. 몸 안의 냉기를 몰아내고 양기를 돕는 한편 사기를 다스린답니다. 면역력이 높아지니 만병을 물리칠 수밖에요. 사포닌 함유량이 산삼의 60배랍니다. FDA를 비롯, 식약청 허가 제품입니다. 안심하셔도 돼요. 바닷가 해송에서 추출한 거래요.”

희운은 일어나서 진열장 문을 열었다. 그는 하얀색 작은 통 하나를 꺼내와 예원에게 내밀었다. 식물성인 MSM 유황이 담긴 거였는데 뚜껑을 여니 하얗고 작은 정제로 된 것이었다. 예원은 소중하게 받아들며 잘 먹겠다고 인사했다. 자신의 기관지와 노모의 관절과 심하진 않지만 딸아이의 아토피가 낫는다면 하는 소망으로 고맙게 받아들었다.

예원은 희운의 강의를 들으며 잘못 박혀있는 의학상식이

너무 많은 데 놀라웠다. 희운은 많은 의학상식 외에 아무도 연구하지 않은 한의학의 한 분야를 자기만이 탐구하고 있었다. 그의 의식 전부를 차지하고 있는 듯 했다. 희운은 차를 마시며 자신이 탐구하는 과정을 예원에게 알아듣기 쉽게 설명해 주었다. 그리고 그는 의료정책에 대해서도 일가견을 갖고 있음을 피력했다.

"세계 어느 곳에서도 못 고치는 병을 우리만의 민간요법으로 고치는 예가 많아요. 고질병인 나병, 폐병, 간질 같은 병을 전통요법으로 고치는 예가 있는데 이를 국가차원으로 발전시켜서 세계적 제품으로 만들어 진출시키면 막대한 이익을 볼 수 있죠. 개인이 해서 성공하면 뒤에 국가에서 밀어주겠다는 방식은 성공하기 어려워요."

희운과 예원, 그들만의 시간은 평화스럽고 진지했으며 의식의 틀을 벗어나 자유스럽게 의견 교환을 하는 서로가 가족이 된 기분이었다. 아니 그들은 은근히 그런 시간을 보람으로 느끼며 즐기고 있는지도 몰랐다.

5

기철은 다시 희운의 병원을 찾았다. 언제 봐도 희운의 모습은 인상이 좋고 인품이 있는 사람으로 보였다. 그는 한결같이 감정의 변화가 없는 사람 같았다. 그 점이 아무나 쉽게 범접할 수 없는 울타리를 만들고 있는 듯하였다.

의사와 환자와의 대화지만 기철은 그의 의학상식이 쉽고도 재미있어서, 주로 바쁜 시간을 피해서 퇴근 임박시간에 갔다. 진료를 받고 의사가 해주는 건강에 대한 이야기를 기철은 환자들 여러 명과 함께 강의식으로 들었다.

희운은 한의사로서 뿐만 아니라 정신건강에 대해서도 많은 지식을 갖고 있었는데 환자를 치료 할 때는 언제나 환자가 처한 환경의 고통을 짚어내어 마음을 열게 하고 상담하였다. 그는 늘 강조하는 말이 있었다.

병의 원인은 상당수가 마음에서 근원한다. 마음이 육체를 지배하기 때문이다. 마음에 증오나 분노, 미움이나 공포가 있는 한 건강한 육체는 기대하기 어렵다. 마음의 평온을 유지한다면 우리 육체의 건강은 보장된다. 사람들은 마음의 평온을 유지하는 법, 우주법칙에 따라 조화롭게 생각하고 살아가는 법을 모르기 때문에 병에 걸린다고 했다. 태양이 떴을 때 일하고 밤이 되면 잠을 자야 자연의 순리대로 살기 때문에 건강하고, 거꾸로 살면 병이 나게 돼있다고도 하였다.

의사가 환자에게 여행을 하라거나 세상을 바라보는 시선을 새롭게 해보라는 요구는 오래된 의식세계를 세탁해야 할 필요가 있기 때문이다. 여행이 치료해주는 것이 아니라 오래된 생활습관에서 벗어나 새로운 사물들을 보고 새롭게 생각하기 때문에 생각의 변화에서 치유가 일어나는 것이다. 그는 평온상태를 유지하기 위한 마음 수련이 필요하며 육체는 너무도 불가사의 한 기관이라고 말했다.

또 내분비선에 이상이 생기면 모든 질병을 일으키는 원인이 되는데 특히 갑상선의 호르몬 부족은 사람을 지치게 하며 면역을 약화시키고 특이물질에 알레르기를 일으킨다. 호르몬 분비가 정상으로 가동 된다면 모든 질병은 이겨낼 수 있고 갑상선의 티록신 부족으로 감기에 자주 걸린다고 기초 의학을 설명하며 질병에 대해 환기시켜 주었다.

기철은 열정적으로 설명하는 성의사의 얼굴에서 문득 예원의 행복한 미소가 떠올랐다. 도무지 두 사람 사이에서는 트러블이란 있을 수 없을 것 같은 상상이 오는 것이었다. 그들은 천생연분 같은 사이로 발전할 것 같았다. 기철의 정신은 잠시 배회하고 있었다. 공상속으로.

기철이 마지막 순서로 진료겸 상담을 마치고 병원 문밖으로 나오는데 비가 쏟아지고 있었다. 막 뒤따라 나온 희운이 멈칫하다가 기철을 보았다. 두 사람은 비 그칠 때까지 소주나 하자며 근처 음식점으로 향했다. 출출했던 그들은 순대국을 시키고 소주를 나눠 마셨다. 희운은 감기 기운이 있는 기철에게 이렇게 말해주었다.

"똑같은 감기라도 사람마다 나타나는 증세가 같지 않음은 그 사람의 해당 장기에 그런 병변을 일으키기 쉬운 요소가 있기 때문예요. 더워서 창문을 열고 갑자기 찬바람을 쐬면 감기 든다고 창문을 못 열게 하는데, 그렇다고 누구나 다 걸리는 게 아니죠.

걸리는 사람의 원인은 팔식 중의 장식藏識으로서, 장식은 세포 속에 숨겨진 속성입니다. 이렇게 병증을 일으키는 장식은 약을 먹는다든가 수술로 고쳐지는 것이 아니기에 일상생활에 임하는 마음가짐을 고쳐나가야 건강을 얻을 수 있습니다. 감기를 앓고 나면 장기에 있던 노폐물이 빠져 나가서 깨끗해지는 이점도 있습니다.”

기철의 눈에 성희운 의사는 의학에 관한 이야기를 할 때에 제일 눈빛이 빛나고 열정적이었다. 깊은 학문으로서가 아니라 일반 상식에 속한 이야기라 기철도 재미있게 그의 말에 귀 기울였다.

그리고 비 그친 뒤 다시 희운과 기철은 병원으로 들어가서 신체의 약한 부분을 커버할 수 있는 보신이 되는 기철의 약을 처방했다. 보약이 왜 그렇게 값이 싼 것이냐고 묻는 기철에게 희운은 이런 말을 했다.

“대부분 사람들은 보약이라면 인삼 녹용이 들어가야 좋은 약으로 알고 있죠.

비싸니까 좋을 것이라는 선입견을 가지고 있는데 거기에 의사들도 맞장구치기에 문제인 것이에요. 돈 버는 데만 최우선을 삼으니까요.

사람들은 보약이라면 대체로 밥맛이 돌고 살찌게 하는 약이거나 정력제인줄로 알고 있는데 보약은 글자 그대로 몸을 보補하는 약으로서, 기능력이 떨어지는 장기의 허약함을 활성화하고 도와주어 정상화시키는 한약의 한 가지 유형입니다. 일례로 십전대보탕은 아무나 먹어도 괜찮은 보약의 대표 방이죠.

보약을 먹으면 살이 찌는가? 아니에요. 보약이라면 체내에 축적된 노폐물을 태우기 때문에 오히려 살이 빠져야 정상이죠. 그렇지만 사이비 한의사들 중에는 일부러 화공 약품을 약제에 넣어 살을 찌게 만드는 이들이 있어요.

감기 몸살을 비롯해서 이런 유의 화공 약품은 공히 신장 기능을 저하시키기 때문에 이런 약을 먹으면 당장 입맛이 돌지만 배설이 안 되기에 먹는 대로 살이 찌는 것입니다. 사람들이 그렇게 요구하니 의사도 양심을 버리고 장단 맞추는 격이죠. 오장육부의 허와 실을 분명히 모르고 쓴 약은 모조리 독입니다.

약에는 보약補藥, 중화中和약, 공벌攻伐약이 있는데 보약은 상약上藥이고 공벌 약은 병약病藥에요. 그런데 보약에 인삼이 안 들어가는 것도 많고 또 공벌 약에 인삼이 들어가는 것도 많아요. 이럼에도 불구하고 한약에 인삼이 들어가면 보약으로 간주하여 의료보험에서 제외하니 일반 국민이 한약의 혜택을 저렴하게 받을 기회가 없는 것이죠.”

“……”

“화 잘 내고 남과 싸움질 잘하고 싸워서 이기려고만 드는 사람들은 대부분 간이나 심장에 병이 있는 사람이 많아요. 그럴 수밖에 없잖아요? 남을 뒤집어 놓으려면 자기가 먼저 뒤집어져야 하는데, 남에게 화를 내면 33명을 죽일 수 있는 아드레날린이란 호르몬이 몸에서 나온답니다. 그 독이 자신을 상하게 하지 않겠어요? 건강해 지려면 모두 평화스런 마음을 가지도록 노력해야 해요.”

이야기를 나누는 중 기철은 ‘이 사람은 생각의 바탕이 선량하고 영혼이 참 맑은 사람이구나’ 하는 직관이 왔다. 그가 의사이기도 하지만 인격적으로 어느 틈엔가 저절로 고개가 숙여지는 것이었다.

또 희운은 요즘 세상에 보기 드문 양심적 의사였다. 좋은 약을 저렴하게 받았고 한 달에 두 번은 무료진료를 하며 봉사하고 있었다. 그 날은 늦은 시각까지 침을 맞는 할머니들로 붐볐다.

희운은 기철을 환자로서 대할 뿐 예원의 전남편이란 것을 전혀 연관 지어 생각하지 못하는 듯 했다.

6

국어과목의 읽기 쓰기 시간이었다.

예원은 칠판에 열다섯 개의 새로 나온 낱말을 적어 놓고 다섯 명씩 그룹을 지어 찾게 했다. 어느 팀이 빨리 찾나 시합을 붙였다. 아이들은 각자 단어를 세 개씩을 맡아 가지고 서로 찾기에 바빴다. 먼저 찾은 아이가 그 뜻을 불러주면 같은 팀에서는 다 같이 받아 적게 했다.

다 마친 팀이 손을 들어 알리면 점수가 올라가는 진행이었다. 우연히 공부 잘하는 아이가 대다수로 모인 팀이 우승을 했다. 두 번 다 승리 했다. 옆에 팀이 지니까 그 팀 아이들은 시샘을 냈다.

한 아이가 손을 번쩍 들었다.

"선생님, 쟤네들은 사전이 새 거라서 그래요!"

어이가 없었음에도 예원은

"그래? 그럼, 그 팀하고 사전을 모두 바꿔, 다시 새 낱말을 적어 줄 테니 다시 시작!" 다시 하라고 지시했다.

한 팀은 모조리 사전을 새것으로 바꾼 뒤 다시 찾기 시작했다. 역시 잘하는 아이들 팀이 먼저 완성했다. 그러자 조금 전 사전이 헌것이라서 그렇다고 이의 제기를 했던 아이가 '선생님, 쟤네들 너무 잘난 척해요!' 하고 일러 바쳤다.

"사전 새것으로 바꿔줬는데 왜 못 찾냐고 했지, 우리가 언제 잘난 척했냐?"

한 팀의 아이들은 의기양양했고 한 팀의 아이들은 시샘을 부렸다.

아이들은 어른들 축소판이었다. 어쩌면 인간은 저렇게 시기 질투의 화신인지도 몰랐다. 어떡하든지 잘하는 사람을 흉보고 끄집어 내려서 자기 밑으로 깔보아야 안유를 받는 것이다. 한마디로 남 잘난 꼴을 못 봐주는 것이다. 상대방이 앞서서 잘하면 저도 노력해서 그 사람을 앞지르려고 하지 않는다. 그건 고통을 수반하는 일이니까.

"네가 걔네들보다 더 열심히 해서 앞지르면 돼. 그리고 가르쳐주면 되잖아? 자기보다 잘하면 잘한다고 인정하면 되는 거야. 그건 하기 싫고 비난하는 것은, 나 못 났습니다

하는 거야. 노력해야 이길 수 있어.”

비상할 정도로 우수한 아이들이 따로 있는 것을 보면 역시 유전인자가 있는 모양이었다. 외울 때도 힘들게 시간을 끌며 외우는 아이들이 다음시간에 질문할 때 기억하는 수준에서도 떨어지는 것이 이상했다. 그리고 못 따라 가는 만큼 질투심만 많았다. 인간은 자기보다 못한 사람에게는 상대가 되지 않으니까 질투를 하지 않는데 자기를 앞지르는 사람을 보면 질투심에 자기 밑으로 비하하고 싶어 한다. 예원은 아이들을 가르치며 인간탐구를 하는 것이 재미있었다.

또 요새 아이들은 건망증이 심하다. 건망증은 소심해서 오는데 소심함은 겁이 많고 욕심이 많아서이고, 겁이 많고 욕심이 많음은 게을러서라고 했다. 게으름은 아주 무서운 병인데 게으르면 정성이 없고, 정성이 없으면 욕심이 생긴다는 말은 곰삭혀 볼수록 맞는 말이었다.

욕심이 들면 과정을 빼버리고 오직 결과만을 추구하게 되는데 게으른 사람의 특징은 과정이나 노력 없이 항상 결과만 획득하려는 것이다. 따라서 부지런하려면 반드시 정성을 합해야 하며 결과도 좋게 된다는 것을 우리는 쉽게 체험하지 않았던가.

그러나 대부분의 사람들은 노력은 안하고 운으로 좋은

복이 떨어졌으면 하고 바라고 있다. 아이들과 어른 모두 마찬가지이다.

'선생님, 다수결로 해요!'

아이들은 판가름을 내야할 일이 오면, 다수결이 무슨 신이 내린 판정이라도 되는 양 당연시 했다. 99%찬성에 1%의 반대가 있었다면 때론 그 1%가 맞는 경우도 있지 않은가. 예원은 아이들을 가르치며, 가장 합당한 방법으로 알고 있는 민주주의식이라는 '다수결의 방법'에 대해서 다시 생각해 보았다.

예를 들어서 한 무리의 사람들이 밤길을 간다고 가정해 본다. 모두들 이 길로 가야 한다, 저 길로 가야한다고 의견이 분분할 때 우리는 '그럼 다수결로 정합시다' 하고 결정을 짓는다. 사실은 그 길을 갔다 온 사람만이 안전한 길이 어느 길인지 알고 있는 것이다. 사람들은 아무리 옳다고 우겨도 의심만 할 뿐, 한 사람의 말은 듣지 않는다.

자연히 그들은 민주주의식 교육을 받고 자랐으므로 다수결로 어느 길로 갈 것인가를 결정한다. 그리고 많은 숫자의 사람들이 손을 들은 대로 결정하고 그대로 따라 간다. 그들은 험한 길을 가야하는 것이다. 이것이 민주주의 맹점 아닌가?

특히 요즘 사람들은 지식인이건 무식인 이건 낮은 자리의 사람부터 대통령까지 여론에 눈치 보며 산다. 옳으면 옳은 길로 나가는 것이지, 그것을 설득 시키지 못하고 여론에 살고 여론에 죽는다. 옳지 않은 것을 옳은 것이라고 착각하는 것이 문제이지, 왜 옳은 길로 가지 못하는가. 완전히 여론에 의한, 많은 사람들의 숫자는 공포의 마왕이 되어버렸다. 연예인들이나 정치가나 지지 받는 사람들의 숫자가 많고 적음에 따라 승자와 패자로 나뉘었다.

또, 우리는 '과학적'이란 수식어에 속으며 살고 있다. 인간들이 그럴 것이라고 생각해서 정한 테두리를 진리라고 판단하고 살고 있기 때문이다. 이러한 조건이나 한계, 또는 규칙 등에서 출발하면 항상 자기 오류에 빠진다. 어제까지 옳던 이론이 오늘은 쓰레기통에나 넣어야할 진리가 되어버린 예가 부지기수이다. 또 서양의 진리가 동양의 진리는 아닌 것이다. 예원은 진리를 알고 싶다면 자유롭게 생각할 줄 알아야 한다고 깨달았다.

현재 교육은 예원이 학교 다니던 시절과는 판이하게 달라졌다. 발전했다고 해야 할까? 아이들과 교사, 학부모가 투명해지고 부정적 촌지가 오고갈까 서로가 두려워한다. 스승의 날에는 하루 쉬는 학교가 많아 졌다.

옛날에는 서당에서 책을 한권 떼면 부모가 떡을 해오고 잔치가 벌어졌다. 책거리를 하는 것이다. 아름다운 미풍양속이었다. 이런 좋은 풍습도 사라져 갔다. 빈대 잡자고 초가 삼 칸 태우는 부작용이 생겨난 것이다.

예원이 모친에게, 학부형이 주는 봉투를 되돌려 보냈더니, 다시 돈을 두 배로 넣어 또 보내왔다고 이야기 하니까, 노모는 '너 때도 다 상납했어, 받아도 돼' 하는 것이었다. 노모는 '봉투 받고 아이 차별하지 않으면 되잖아?' 했다.

"엄마, 봉투를 받으면 그 부담 때문에 저절로 차별이 되지, 어떻게 안돼요? 사람인데."

"네가 2학년 막 올라가서였는데, 반에서 제일 냄새나는, 별명이 독가스라는 아이가 있었다. 부모 없이 할머니 할아버지 밑에서 자란 아인데 걔를 돌아가며 아이들이 왕따 시켰지. 냄새 난다고. 그런데 하루는 선생이 걔를 너하고 짝을 지어준 거야. 외딸이라 부모가 올듯한데 안 오니까 그렇게 꾸민 거지.

하루는 네가 와서 울면서 하는 소리가, 선생님이 독가스가 못하면 옆에 짝인 나를 한 대씩 때린다는 거야. '독가스가 못하는데 왜 내가 맞아야 되요?' 하고 똘똘하게 대꾸를 했겠다, 그래서 내가 곰곰이 생각하니까 아무래도 이건 아니다 싶어서 이튿날 돈을 봉투에 넣어서 담임을 만나러 학교에 갔지. 봉투를 주고 나니까 함박웃음을 지며 이튿날 당장 짝을 바꿔주더라. 주고 나서도 그런 년들이 교단 다 배려 논다고 속으로 욕을 했어.”

“그런데 엄마는 나보고 봉투를 받으라고? 그 죄를 어떻게 받으려고?”

이 말에 예원 모친은 아무 소리 못했다. 그리고 움츠려들은 소리로 교육계가 제일 썩었잖니? 아직도 1학년 담임은 암묵적으로 이루어지니? 도대체 무얼 개혁했다는 것인지 원…… 하는 것이었다.

“옛날 소리에요. 지금은 어림도 없어요.”

“그렇다면 다행이구나. 휴 — 꼬맹이들 가르치는 것도 어려운데, 옛날부터 선생 똥은 개도 안 먹는다는 말이 있다. 얼마나 속이 터지면 그러겠어? 직업에 만족하는 사람 없으니 참아야지.”

“엄마, 그래도 괜찮아요. 지루할 만하면 방학 한 달씩 있고 제시간에 퇴근하고……”

아이들처럼 가끔 예원을 질투하는 동료 교사들이 몇 있었다. 사람의 성정이 뒤틀린 사람들이 가끔 신경이 쓰일 뿐이었는데 그들을 관찰해보면 반드시 성장 과정에서 문제점을 갖고 있었다.

앞에서는 부드러운 미소를 띠면서 뒤에서 불평불만 하며 수군대는, 체질적으로 부정적인 사람들이 언제나 남에게 화살을 쏘아대고 책임도 못 지는 소인들이었다. 그래서 결국 자기가 쏜 화살에 자기가 맞는 그런류의 인물들은 이 사회 어느 조직에서나 있기 마련이었다.

어제는 옆에 반 윤서영 선생이 차를 같이 마시면서 시어머니에 대한 불만을 늘어놓았다. 휴일에 외출을 하고 들어와 보니 시어머니가 아이를 안고 우유를 먹이고 있는데 아이 입가에 흐른 우유를 혀로 핥아 주더라는 것이다. 윤선생이 몹시 싫었다는 얘기를 하였다.

그때 떠오른 것이 예원이 갓난 아기시절에는 젖이 부족하면 엄마들이 밥을 끓여 먹였다. 이유식으로 호두나 잣 같은 것 혹은 과일 들은 어머니가 씹어서 먹였다는 이야기를 해주었다. 그 시대는 모두들 그렇게 했다. 어머니 입에서 아가 입으로 전달해 주던 때이다. 물론 비위생적이지만 그래도 별 탈 없이 잘 자랐다는 이야기를 해주었다.

요즘 아이들은 물병의 물도 나눠 먹을 때 절대로 입을 대지 않고 고개를 젖히고 물병을 떼어서 입속으로 쏟아 붓는다. 먹고 나서 입을 댄 자리를 닦아주면 될 것을 흘리고, 혹 기관지로 들어가 기침을 해대는 등 온통 법석이다. 옆자리에 떨어진 휴지를 주우라고 하면 '내가 흘린 것 아녜요' 하고 줍지 않는 아이들이다. 어른 말에 고분하게 순종하는 아이들은 보기 어려워졌다.

며칠 전 점심시간에 일어난 사건을 떠올리며 예원이 말했다.

점심시간이 돼서 반 아이들 모두 줄을 서서 급식 판을 들고 배식을 받아 자리에 갖다 놓았다. 가운데 분단에 앉은 한 아이가 그만 실수로 자기 자리 바로 뒤에 와 앉아 배식 판의 수저를 들었다. 옆에 아이와 얼굴을 마주했는데 자기 짝이 아니고 잘못 앉았다는 걸 알았다.

아이는 바로 제자리인 앞자리로 돌아와 밥을 먹기 시작했다. 잠시 뒤 큰 소리로 엉엉 우는 소리가 나서 예원이 바라보니, 뒤늦게 손을 씻고 와서 밥을 먹으려는 아이에게 옆에 앉은 짝이, 네 밥, 앞에 애가 먹으려다가 제자리로 돌아갔다고 고자질한 것이다. 그런데 수저 끝이 그 아이 이빨에 닿았다는 것이다. 수저가 입술에 닿았나 아니냐로 옥신각신하며 싸우고 큰소리로 울었다.

예원은 모두 야단을 치고, 옛날에는 큰 번철에 밥을 볶아서 한 식구끼리 둘러 앉아 수저만 들고 퍼 먹었다는 이야기를 들려주며 오히려 지금보다 더 따뜻하게 살았다는 것도 곁들여 얘기해 주었다. 곧 죽을 것처럼 우는 아이와 일러바친 아이까지 야단을 쳤다. 예원은 그때 윤선생 같으면 어떻게 처리했겠냐고 물었다.

아이들 세계에 파묻혀 살려면 아이들과 한 둥우리가 되어 놀아야 되는데 이때 선생은 방향 제시를 해주어야 한다. 요즘은 남의 아이를 예쁘다고 함부로 쓰다듬어도 고소감이요, 시어머니가 먹던 숟갈로 아이 입에 넣었다고 이혼한 가정도 있었다. 살벌한 세상은 모든 인간관계를 깨나가고 있었다. 윤선생은 이야기를 들으며 배시시 웃었다.

그때 과학 과목을 좋아하는 아이가 와서 '선생님 3년 후에 지구가 멸망한대요, 정말예요? 하고 심각히 물었다.

"지구는 절대 멸망하지 않아. 멸망하는 것은 인간들이지 지구는 아냐. 인류전체가 다 죽더라도 지구는 인간들이 상상하지 못할 만큼 오래도록 살아남아. 걱정하지 말고 오늘 네가 할 공부나 열심히 해."

"엘니뇨는 지구온도가 올라가기 때문에 생기는 거지요?"

"엘니뇨 현상은 원인이 아니야, 당연히 그것은 결과적인 현상일 뿐이야. 현명한 과학자가 되어서 난데없이 왜 지구상에 엘니뇨 현상이 생기게 되었는지를 먼저 탐구해야 해."

"······?"

"현대인들은 과학이 모든 것을 설명할 수 있다고 착각하지만, 기실 어떤 현상이든 현대 과학으로 설명할 수 있는 부분은 극히 미소한 일부일 뿐이다. 네가 훌륭한 과학자가 되어서 원인을 규명해봐, 할 수 있을 거야."

아이가 고개를 갸우뚱 하며 웃음을 머금고 제자리로 돌아갔다. 이렇듯 아이들의 관심과 호기심은 무궁무진한 것이어서 예원은 그들에게 희망을 심어주고 싶었다.

자신이 초등학교 시절 선생님을 꿈꿔 왔을 때, 담임선생님은 예원에게 용기를 주었다. '예원이가 선생님이 되면 상당히 잘할 수 있을 거야. 훌륭한 선생님이 될 걸?' 지나가듯 한 이 말 한마디가 예원의 꿈을 확실히 굳혀주었고 예원은 교대를 지원했다. 그리고 그 믿음대로 선생님이 되었다.

일주일전에는 한 가지 문제로 한 학년 교사 전체회의가 있었다. 며칠째 아파서 학교를 결석한 아이가 그날 처음 등교를 했다. 같은 반 친한 아이가 교실 문을 열고 들어서는 그 아이를 보자 반가워서 부둥켜안고 포옹을 했는데 그만 이 약한 아이가 힘이 센 아이의 품에 안겨서 꼼짝 못하더라는 것이다.

나중에 병원에 가서 보니 갈비뼈 하나에 금이 간 것이었다. 아이는 입원을 하고 다시 학교에 결석을 했는데 학부모가 고소를 하니 어쩌니 하고 분노했다. 그쪽 부모가 인사도 오지 않았다는 것이다. 이쪽 부모는 배상비를 논의했다. 요즘 사람들은 서로가 남이 자기를 먼저 이해해주기를 바라지, 자기 스스로 남을 먼저 이해하려 하지 않는다.

입원하고 누워 있는 아이가, 반가워서 어쩔 줄 모르며 껴안다가 그랬는데 어떻게 배상비를 달래느냐며 울먹였다고 한다. 두 아이는 어른들의 삭막한 처사에 상처받고 울었다. 이것이 지금 세상 돌아가는 현주소인 것이다. 예원은 옆에 반의 윤선생과 아이들 교육이 날이 갈수록 어려워지고 있다고 깊은 숨을 쉬며 우려했다.

7

　대학에서의 강의실에도 희운의 과목엔 언제나 수강생이 가득 찼다. 강의 끝나고 나올 때는 뭔가 하나쯤 가슴 속에 품고 나올만한 것이 있기 때문이다. 그는 한의대의 전임강사이며 훌륭한 의사이다. 무엇보다 환자를 내 가족처럼 생각하고 환자의 생활과 사고방식, 병이 왜 생겨났는가에 대한 생활습관 체크와 심리상담도 함께 병행하였다.

　희운은 또 심심찮게 한의학과 현대의학을 비교해가며 자신의 경험을 얘기하고 독특한 철학으로 결론을 내리는 것이었다. 학생들 사이에 소문이 나자 그의 강의실에는 타과의 청강생까지 몰려들어 강의실 문까지 학생들로 가득 차는 것이었다. 그의 조용하면서도 열정적인 음성은 강의실 밖 복도를 지나는 사람도 자연히 귀를 기울이게 만들었다.

"의학의 의술術은 기술이고 테크닉이지요? 조형 미술 음악 등 창작하는 예술도 술이고 무술이나 검도도 술術입니다. 술에는 각 종류 마다 서로 다른 경지의 기교가 있을 뿐 근본은 하나이죠. 그러니 술은 절대 삼차원 세계를 벗어나지 못합니다. 하지만 도道라고 하면 시간과 공간을 넘어서 그 주변 모두 수직과 수평, 앞뒤좌우를 다 알아야 합니다.

선생으로서 제자들에게 지식 전달을 잘 하는 일이나 악기를 잘 다스리는 예술도 잘 닦여진 술術입니다. 현대 의학의 해부학이라면 해부술이 있고 한의학에서는 침을 놓는 침술이 있습니다. 근본은 같습니다. 그러면 히포크라테스 선서의 의미는 무얼 뜻할까요?"

교수의 질문에 학생들은 자기 나름의 답변을 만든다고 작게 중얼거려 보느라 조금 소란해 졌다. 희운은 다시 학생들의 이목을 집중시켰다.

"히포크라테스의 선서는 의술術을 잘 하도록 마음가짐을 갖는 중요한 법이죠. 모든 술術이란 그 상황에 가장 적합하게 끼워 맞추는 기술입니다. 술에 비하여 도道는 주변을 살펴보고 현재와 미래까지 시공간적으로 전부가 합일 되도록 맞추는 것입니다. 영원히 맞추는 것이죠.

예를 들어 어느 의사가 환자의 통증이 되는 부분을 조사

하여, 원인이 되는 어떤 인체의 한 부분이 어떤 동기로 무엇의 침해를 받아 통증이 되었다는 것을 안다고 합시다. 이런 병의 원인을 찾아내고 결과를 알아내면 의술이 통했다고 말합니다. 이런 사람은 아마도 삽시간에 장안의 제일가는 명의로 손꼽힐 것입니다.

이에 비하면 의도醫道란 그 병이 생기게 된 원인이 무엇인가, 그 이유를 다시 캐보는 것이죠. 즉, 환자와 상담을 통해 대화를 하면서 환자의 인성과 생활습관 가치관까지 참작하여 이러저러하게 살아가라고 마음을 바로 잡아 주거나 편안한 마음을 가지도록 해주면 이것은 훌륭한 의도를 행하는 사람이라 하겠습니다.

그렇다면 의술이 잘못된 것일까요? 그렇지는 않습니다. 당장 급하게 닥친 병을 고치는 면에서 보면 전혀 잘못된 것이 없습니다. 어떤 의술이라도 병을 완치한다는 면에서 보면 다 훌륭한 방법들입니다. 하지만 당장 그 사람을 치료하여 낫기는 하지만 영원하지 못하다는 사실입니다. 술術로는 이 세상을 영원히 잘 살아 가도록 할 수는 없습니다. 닥쳐온 현재의 병은 고치지만 긴 미래를 볼 때 근원적인 면에서는 그 사람을 성숙시키지 않으니까요."

여기까지 이야기 하자 학생들은 '무슨 소리야, 당장 고치기도 힘든데 영원까지 생각하다니’ 엉뚱하다는 표정으로 성교수를 주시했다.

“자, 이렇게 한 번 생각해 봅시다. 갖은 의술을 활용하여 병을 낫게 해주는 치료행위가 오히려 사람을 더 못 되게 만들 수가 있습니다. 예를 들어 만날 부인을 두들겨 패는 놈이 어느 날 구타하다가 손가락뼈가 삐끗했다 합시다. 이를 고쳐주면 이 사람이 나가서 또 무엇을 할까요? 이 사람을 치료하는 것은 이 사람을 더욱 나쁘게 만드는 결과를 초래하겠죠?

또, 도둑질에 재미 들린 놈이 창문을 뛰어내리다 발목을 삐끗했다 합시다. 그 발목을 고쳐주면 또 무얼 하겠어요? 의술을 베풀어 이런 망종을 고쳐 주면 또 그 짓을 할 뿐입니다. 의술을 펼쳐 그 사람의 고통은 없애주었을지라도 그 사람의 나쁜 습성은 못 고친 셈입니다.

여기서 결론은 단순히 고침은 술術이요, 도둑질을 못하게 함은 도道입니다. 간단히 말해서 환자의 마음을 고쳐 주면 의도를 행하는 것입니다. 이것이 진정한 의도행일 것입니다. 의술이나 사회의 모든 윤리, 도덕도 결국 우주의 돌아가는 순리에 순응하는 것, 즉 인간의 삶도 이렇게 맞물려 돌아가는 원리에 역행하지 않아야 순조로워 진다는 것을 말씀

드립니다. 자, 오늘 강의 여기까지."

강의실 안은 박수소리와 열기로 가득 찼다. 그의 강의는 암기해야 할 공식적 강의보다 훨씬 부드러웠고 요점은 비유법으로 절로 머릿속에 넣어주는 이야기식 강의였다. 의학을 넘어서 오늘은 엉뚱하게 도道를 강의 했다.

희운은 강의 끝나고 교수 휴게실로 들어왔다. 커피를 한 잔 타서 마시며 희운은 신문의 큰 활자에 시선을 주었다.

아파트 베란다에서 놀다가 17층에서 떨어진 아이가 멀쩡히 살았다는 보도가 눈에 들어왔다. 그렇게 사는 예가 드물게 있다. 심지어 놓친 공을 따라 차도에 뛰어들다 달리는 자동차에 부딪쳤는데 아이는 멀쩡하고 자동차 범퍼만 충격으로 찌그러든 예가 있었다. 아이는 놀라서 울 뿐 병원검사에서는 아무 이상이 없었다는 것이다.

이런 현상을 어떻게 설명해야 하나? 의학적으로는 납득하기 어렵다. 기적이라고만 판단하기에는 불가사의 하다.

어느 책에서 실험한 결과를 발표했는데 사람에게 최면을 걸고 지금 펄펄 끓는 물에 손을 집어넣는다고 거짓말을 했다. 실제로는 얼음물에 손을 담게 했더니 놀랍게도 동상이 아니라 화상을 입었다고 했다. 이것은 어떤 면이 공통된 점이었을까.

희운은 4차원의 세계에 대해서 읽은 기억이 났다. 그것은 '마음의 힘'이라는 것이다. 암에 걸려 앞으로 길어야 삼 개월을 산다는 의사의 진단은 그 사람을 죽인다. 육신만 죽이는 것이 아니라 정신까지 죽인다. 완전히 기를 죽이는 것이다. 그 상황에서 자신의 마음을 잘 다스려 편한 마음으로 살다갈 사람이 몇이나 될까? 아마 도인의 경지가 아니면 어려울 것이다.

설사 삼 개월 후에 목숨이 떨어진다 하더라도 그것을 모르고 자신이 산다는 확고한 신념이 있다면 숨이 떨어져도 이 사람은 자기 갈 길을 똑바로 간다. 하지만 의사가 환자에게 죽는다는 의식을 심어 놓으면 그걸로 끝이다. 그래서 의사는 거짓말을 잘 해야 한다고 희운은 생각하는 것이었다. 다음 주 강의는 이것을 주제로 삼아 학생들에게 실제 예를 주변에서 찾아와 리포트를 쓰라고 해야겠다고 희운은 메모했다.

마음을 잘못 쓰면 몸을 망칠 수도 있다.

실제로 모 병원에서 이런 경우가 있었다. 어떤 사람이 자기 아랫배 가죽의 특정 부위를 만지면서 아프다고 의심하기 시작하였다. 실제로는 아픈 부위가 전혀 없더라도 '이상하게 아픈데, 아픈데' 하고 생각하고 자꾸 마음을 쓰면 몸은 즉시 반응하여 생각하는 부위가 붓게 되고 정말로 아프게 된다. 병원을 전전하며 통증을 호소하고 진찰을 받아 보았지만 의사들은 한결같이 아무 이상이 없다고만 하였다.

이 사람은 이 병원 저 병원 다녀도 똑같은 말을 하는 의사를 믿지 못하게 되었다. 스스로 자신이 약을 지어먹기도 하고 치료도 하였다.

그러다가 의사를 졸라 결국 조직을 떼어내 조직검사까지 하였지만 역시 이상이 없다는 판정을 받았다. 이 사람은 끝까지 자기가 괜찮지 않다고 생각하던 차에 조직을 뗸 곳에서 염증이 생겨 종기가 되었다. 그리고 그는 이 종기를 스스로 암이라고 판정하여 의사를 졸라 방사선 치료를 받던 중 결국 사망하였다. 사람들은 이 얘기를 들으면 코메디 같은 소리로 들려 웃을 것이다. 그런데 웃을 수만 없는 것이 실제 있었던 얘기이기 때문이다.

요즘 사람들은 몸을 너무나 생각한 나머지 병이 있다고만 믿는데 그것을 심기증이라고 한다. 어떤 환자는 균 배양 검사를 한 후, 의사가 그 정도의 균은 의사인 자신도 갖고 있다고 이상 없음을 알려주며 아무리 설득하여도 안 믿고 병이 있다고만 굳게 믿는 것이었다.

병의 원인은 본래 균 때문이 아니다. 균은 병이 일어나서 만들어진 결과물일 뿐이다. 몸을 위해서라면 곤충이나 구더기까지도 서슴없이 잡아먹는 요즘 사람들이다. 누구나 건강하게 살기를 바라지만 병이 없는 생명체는 이 지구상에 존재하지 않는다.

전염병도 자신의 내적 소질이 외부 자극을 충분히 이겨내면 이 사람은 전염병에 절대 걸리지 않는다. 한방에서는 균 따위에 대한 언급을 거의 하지 않는다. 중세 때에 지구인들을 공포에 몰아넣은 페스트도 대부분의 사람들이 걸려 죽었지만 살아남은 사람도 적지 않았다. 그 사람들은 무어란 말인가?

몸은 마음 쓰는 대로 따라 간다. 정신의 지배를 받는 것이다. 어떻게 쓰느냐에 따라 자신에게 복이 되기도 하고 화가 되기도 한다. 마음의 힘은 우리의 상상을 초월 할 만큼 위대하다. 이를 불교에서는 일체유심조一切唯心造라 하지 않는가. 모든 것은 마음먹기 나름인 것이다.

설사 지구상에 대규모 지각 변동이 일어나고 중력이 변화하더라도 상상력이 풍부하고 포용력이 있으며 마음이 넓은 사람은 살아남을 수 있다. 희운은, 삼풍백화점이 무너진 사고 때에 지하에 갇혔다가 모두가 죽고, 살아남은 몇 사람은 전부 낙천적이라는 공통점이 있었다고 방송한 말이 머릿속에서 아직도 잊혀 지지 않고 있다.

중력이 변하면 사람의 덩치도 달라질 수밖에 없다. 그렇 듯이 자신이 의심 없이 믿으면 날을 수도 있다. 앉은뱅이가 걸을 수 있게 되는 것도 같은 이치이다.

유리겔라가 말로만 숟가락을 구부릴 수 있다고 하면 사람들은 믿었을 것인가. 그가 직접 전 심력을 다해 염력을 할 때 숟가락이 구부러졌다. 사람들은 그것을 TV를 통해 똑똑히 보았다. 이렇듯 4차원의 세계는 분명히 있는 것이다. 예수님이 물 위를 걸은 것도 분명한 사실이었고 4차원이다. 인공위성을 띄워 달나라에 갔다 와야 하는 일도 4차원의 세계에서는 영령이 금방 갔다 올 수도 있다고 한다. 이것은 모두 같은 이치이다. 유리겔라처럼 도술로서만 기氣를 활용하지 말고 인류에 희망을 주는 쪽으로 연구해할 것이었다. 안좋은 쪽으로 이용할 때 그 능력은 사라지게 만드는 것이 신의 섭리인 것이다.

희운은 가방을 들고 교수휴게실을 나섰다. 석양에 그늘지기 시작하는 학교 건물의 과 사무실로 가기 위해서이다. 가끔은 이렇게 혼자만의 시간이 주어질 때가 있었다. 예상치 못한 여유가 올 때 희운은 문득 미아처럼 주변을 돌아보고 자신을 돌아보게 되지만 조금은 쓸쓸한 기분이 들었다.

　의사들은 환자가 타고난 명까지 조금 더 생명을 보존하도록 병이 났을 때 도움을 줄 뿐이지 그들의 생명을 연장시키는 능력을 부여받지는 않았다. 외과의사인 친구의 경우, 환자들의 고통과 낫고 싶은 소망에 몸부림치는 그들을 볼 때 의료의 한계는 터무니없이 얕아서 의사로서 무기력감에 젖을 때가 가장 괴로웠다고 했다. 온 정성을 다해 치료하던 환자가 죽었을 때 보호자 앞에서 표현하지 않았지만 그때마다 그도 가슴으로 눈물을 흘렸고 창조주를 떠올렸다고 한다. 누구인가. 우리 모두의 운명을 쥐고 흔드는 이는…….

　희운은 하늘을 바라보았다. 다른 행성에서 온 사람같이 구름을 처음 보는가. 낯설고 경이로웠다. 실로 얼마만인가. 하늘을 바라 본 지는.

8

그날도 오늘처럼 그렇게 하늘이 푸르른 날이었다. 예원은 점심도 먹지 않았다. 배가 고팠고 지친 기분이었지만 먹고 싶은 의욕이 나지 않았다. 퇴근 후 예원은 어느새 희운의 한방병원으로 차를 몰고 있었다. 희운의 병원에 들러 그와 대화를 하면 좀 기분이 나아질듯 하여 느닷없이 방향을 튼 것이다.

마침 희운은 한가로운 모습으로 의학서적을 펼쳐놓고 생강차를 마시고 있었다.

예원의 노크소리를 듣고 돌아보던 그는 반가운 표정으로 그녀를 맞았다. 지쳐있는 예원의 모습이 눈에 띄었는지 희운은 물었다.

"왜 그렇게 기운이 없어 보여요?"

“살맛이 안 나서요.”

빙긋이 미소만 짓던 희운. 어떤 충격이 와도 그는 표정의 변화를 일으키지 않는다. 당황이 그의 표정에서 출렁일 때는 없었다.

“무어가 그렇게 살맛을 안 나게 합니까?”

“차나 한 잔 주세요.”

“아, 생강차 괜찮아요?”

“아무 거나요.”

예원은 심드렁하게 주문했다.

“선생님은 이렇게 책보고 연구하고 환자를 진료하는 것이 재미있으세요?”

“좋으니까 택했겠죠.”

희운이 생강차를 예원 앞에 놔주었다.

“고맙습니다.”

예원은 따끈한 차를 한 모금 마셨다. 메말랐던 입안에 생강의 향이 번지며 촉촉이 적셔 주었다.

“선생님, 진정으로 말세라고 생각해보신 적 있으세요?”

“많죠.”

“어떤 면에서요?”

“그것보다 한 선생님이 왜 갑자기 말세 얘기를 꺼내는지,

무슨 일이 있었던 건지 그 얘기를 먼저 듣고 싶은데요?”

“역시 선생님은 한의사보다 심리학자라야 더 어울리실 것 같아. 세상을 꿰뚫어 보는 철학자라든가……”

예원의 입에서 자연스럽게 낮에 있었던 일이 화자 되었다.

옆에 반에서 사건이 터졌다. 아니 그 일은, 일이 터졌다기보다 사건이라고 해야 옳았다. 고함치는 소리와 함께 비명 소리가 들려서 종례로 마감을 하던 예원은 교실을 뛰어나와 옆에 반 교실로 갔다. 그 반은 아이들이 막 다 돌아간 후였다.

학부형이 3학년 4반 담임인 윤서영 선생의 머리채를 낚아채고 있었다. 이미 그녀의 입술에선 피가 맺혀 있었다.

“무슨 일입니까?”

예원이 소리쳤다. 학부형은 넌 뭐야 하는 표정으로 힐끗 예원을 노려보더니 발길로 윤선생의 복부를 걷어찼다.

“그래, 준비물 좀 챙겨오지 않았기로서니 아이를 때려?”

상황을 짐작할 수 있었다. 예원은 피가 끓어올랐다.

“어떻게 이럴 수 있습니까? 교사한테!”

“뭐라고요? 선생이면 다예요? 어떻게 기른 자식인데 함부로 귀한 자식들을 때릴 수 있는 거냐고요? 홍, 말이 좋지 사랑의 매!”

“왜 학교는 보내는 겁니까? 집에서 더 훌륭한 교육을 시키시지요!”

예원은 휴대폰을 꺼내 흐트러진 윤선생 모습을 촬영했다. 학부형에게로 휴대폰 카메라 눈을 들이대자 학부형은 우악스럽게 휴대폰을 빼앗아 교실 바닥에 패대기쳤다. 그리고는 교실 문을 화들짝 열어 제치고 나가 버렸다. 윤선생을 추슬러 주는데 웅성거리는 소리가 들렸다. 아이들이 교무실에 알린 모양이었다. 교장과 몇몇 교사가 현관을 향해 나가고 있는 학부형을 가로막으며 교무실로 안내하려는 것 같았다.

예원은 우선 하얗게 질려 호흡까지 고르지 못한 윤선생을 보건실에 뉘여 놓았다. 예원은 그녀의 남편에게 전화를 걸어 상황을 대충 알려주며 윤선생을 데리러 오라고 했다. 예원은 일단 수습을 해놓고 그녀의 남편을 기다렸다. 윤선생이나 예원이나 다친 상처보다 가슴에 받은 상처가 더 컸다.

학교 후문 가까이에 그녀의 남편 사무실이 있다더니 윤선생의 남편은 금세 나타났다. 예원은 목례를 했다. 그녀의 남편은 당황스런 표정으로 침대에 누워있는 윤선생에게로 갔다. 얼굴에 멍이 들고 입술이 터진 그녀를 보며 이야기를 들은 그는 분노하면서 고소하겠다고 말하고는 어금니를 굳게 다물었다. 그의 눈에서 독기가 뿜어져 나왔다.

이제 교육은 지나가던 개도 쳐다보지 않을 정도가 되었다. 세상은 극으로만 치닫고 있었다.

"물론 옛날부터 바른 선생과 그른 선생은 있었어요. 사적인 일로 공연히 아이들에게 화풀이를 하면서 자기 스트레스를 풀기 위해 때리는 거죠. 저희 때도 그런 선생님 많았어요. 허지만 지금이 어느 시댑니까?"

희운은 무거운 표정으로 예원의 말을 듣고 있었다.

어느새 찻잔이 식어 있었다. 희운은 다시 뜨거운 차를 두 잔에 부었다. 희운이 무겁게 입을 열었다.

"동방예의지국이란 아득한 옛말이 되고 말았어요. 우리 사회가 지금처럼 질서 없이 무너지고 몰염치해진 까닭은 아이들에게 사람의 도리를 가르치지 않았기 때문예요. 오히려 서양보다도 더 방종하고 무질서 합니다. 오로지 학교에서는 성적 외에는 별 신경 안 씁니다. 인성교육이란 사람 됨됨이를 가르치는 것인데 학식이나 기술만을 가르치는 것도 한심한데 거기에 친구들 사이에서 경쟁심만 부추기니 적개심만 살아나고요. 이대로라면 한국의 미래가 밝을 수가 없지요.”

“결국 교육 문제로군요.”

“끊임없이 개혁을 한답시고 도대체 무엇이 더 나아졌습니까? 배우고 못 배우고를 떠나서 사람의 도리 중 가장 중요한 예의와 효도, 이 두 가지만 가르쳤어도 우리의 가정과 사회가 지금처럼 병들지는 않았을 겁니다.”

예원의 생각에, 예禮와 효孝는 당연히 하는 것이다. 표면적인 예의범절은 늦어도 초등학교 저학년 수준에서 끝내야 하며, 사람이 나이 15세가 넘으면 효의 실천은 당연히 하는 것이라고 어느 책에서 읽은 기억이 났다. 인성교육! 그렇게 어려운 것인가.

요즈음 학부형들은 자기아이 기죽지 않게 해달라고 담임에게 특별히 당부하곤 했다. 기죽지 말라는 소리는 수단과 방법을 가리지 않고 상대방을 이겨버리라는 극단적인 가르침이다. 자기중심의 이기심 표출이다. 이렇게 배운 아이일수록 효를 몰랐다. 부모는 자신만을 위해 사는 존재라고 여길 뿐이었다.

예원은 가진 것 없고 배우지 못한 부모라도 아이들에게, 지극한 효를 다해야 한다는 정신을 심어주어야 한다고 생각해왔다. 또한 부모가 자식을 대할 때는 항상 욕심 없는 진실 된 마음이 바탕이 되어야 부모의 상이 바르게 몸에 배는 것이다, 라고.

요새 아이들은 어른에게 사소한 꾸지람을 들어도 즉시 반발하며 눈썹을 치켜 올리니 점점 더 교정이 어려워진다. 거기에 학교에서 교사가 야단치면 학부형이 대뜸 달려와 자기 아이를 옹호하며 항변을 하니, 선생들은 적당히 문제 일으키지 않고 넘겨가자는 쪽으로 흘러간다.

이런 세태 때문에 돌이켜보면 가르칠만한 자격이 있는 선생도 드물다. 선생 또한 자신이 이기적인 교육을 받고 자랐기 때문에 아이들이 믿고 따를만한 선생은 찾기 어려워 졌다. 교단에 있는 사람부터 예를 모르고 이기적이니 학생 들에게 무얼 가르치겠는가? 선생부터 바뀌어야 한다며, 예 원은 딱한 현실에 깊은 숨을 몰아쉬었다.

"내면에서 깊은 성찰을 못하고 겉으로 드러난 가장 표면 적인 것만 고쳐보려고 하니 제대로 될 리 없는 거예요. 잘못 된 것은 말과 글로 고치지 못하죠. 인성교육으로 돌아가야 합니다. 공부 좀 뒤떨어져도 바른 인간상을 심어주면 제대 로 된 길을 갑니다."

창문으로 들어온 석양이 희운의 얼굴에 머물며 애틋함이 그의 눈에서 빛났다.

“저녁이나 먹으러 갑시다.”

“병원은요?”

“예약환자 다 끝났어요.”

두 사람은 자리에서 일어났다. 예원은 뒤죽박죽이었던 마음이 희운과 얘기를 나누며 많이 가라앉았음을 느꼈다. 늘 그렇게 희운은 예원에게 스승이 돼주었고 믿고 의지하고픈 지팡이가 되어 주었다. 그가 곁에 있는 것만으로도 예원은 푸근함을 느꼈다.

마포의 뒷골목에 있는 한 음식점은 저녁시간대라서 구석구석 사람들로 붐볐다. 허름한 기와집에 한식 안주와 동동주는 잘 어울렸다. 벽 쪽으로 붙은 빈 테이블을 찾아 희운과 예원은 앉았다. 희운은 예원에게 먼저 묻고 동동주와 해물전을 시켰다.

“선생님은 술 잘 안하시잖아요?”

“오늘 같은 날은 예원씨에게 위로주가 되겠죠?”

“선생님한테는 고욕주가 될까봐서죠.”

두 사람은 웃었다.

“자, 오늘 있었던 스트레스 푸세요.”

희운이 예원 앞의 잔에 동동주를 부었다.

“미친 세상을 만들어 가는데 우리도 일조를 가해볼까요?”

예원의 말에 희운이 재미있다는 듯 웃었다.

"이 세상에서 제일 어려운 문제가 아이들 교육 문제인 것 같아요. 가정에서 엄마들이 흔히 겪는 것이, 아이를 호되게 야단쳐야 할 때 그냥 넘어가고, 그냥 넘어가 줘야 할 때는 매질을 하거든요? 결국 이게 뭐겠어요? 감정을 다스리지 못한다는 것이죠. 아이를 잘 다스리지 못한다는 건 자기 마음을 다스리지 못하기 때문에요. 버르장머리 없어도 예쁘니까 그냥 넘어가고 또 아이들만의 특성을 이해하고 살려 줘야 할 때는 야단을 치니 아이들 입장에서 보면 어른들이 표리부동하고 뒤죽박죽으로 보이죠."

예원은 자신 스스로도 유치원생인 딸 준희에게 어긋난 부모의 행동을 할 때가 많았음을 떠올렸다.

"요즘 부모들은 자기 자식들을 화초처럼 키우려고 해요. 자식에게 너무 관대한데 문제가 있다고 봐요. 관대한 이유는 자기 자식들을 인격체가 아니라 애완동물처럼 키우기 때문이죠. 스스로 자신이 즐거워지는 아이의 상을 만들고, 아이들을 그 틀에 넣어 애완동물로 만들어 가죠. 아이가 자라면서 이런 접대를 받지 않으려고 하는데도 어미의 품안에서 계속 똑같이 취급하니 부모에 대한 반발로 나타납니다. 사춘기가 되면 자아상실에 대한 반항으로 가정과 밖에서 이중적 행동을 합니다.”

강아지도 주인이 길들이기에 따라 버릇이 달라지는데 무턱대고 예뻐만 하면 버르장머리가 없어지듯이, 아이들이 잘못하면 당연히 체벌을 해야 하는데 최근에는 체벌을 못하게 하는 법을 만드니 이미 갈 때까지 다 간 것일까?

고학년 아이들 중 잘못을 야단치면 선생님 앞에서 ‘씨팔!’ 하고 돌아서는 아이들이 한 두 명은 있었다. 이런 아이들은 부모 앞에서도 그럴 것이다. 그런다면 어느 부모가 받아들일 것인가.

또 고등학교에서는 교실에 아가씨 선생님이 들어가면 성추행을 하고 싶어 하는 아이들이 드물지만 점점 늘어가는 추세이다. 또 반 아이들은 선생님 말은 안 들어도 주먹이 센 아이들의 말은 잘 듣는다. 뒤에 오는 폭행이 무서워서이다. 반 전체에 이런 분위기가 지배하면 수업이 제대로 될 리가 없다. 교권이 무너지고 있는 것이다.

자존심을 건드리는, 매로 다스리는 체벌은 하지 말고 다른 체벌을 가해야 할 것이다. 체벌을 없애면 많은 아이들을 통솔하기 어려워진다.

물론 선생 자체가 체벌도 가할 수 있는 인격체라야 체벌의 목적을 달성할 수 있기에 일방적으로 아이들만 나무랄

수는 없다. 기실 선생들이 아이들을 어떻게 다루건 내버려 둘 수 있는 질서 잡힌 사회라면 또 모르겠지만, 선생이든 부모든 아이들이든 너무 이기적이라 예원은 답답해졌다.

이런 문제들을 일거에 교정할 수 있는 대안은 정녕 없는 것일까?

"예원씨, 왜 대안이 없겠소? 사람교육을 시키면 됩니다. 인간이 제대로 되면 법이 없어도 되잖아요?"

"……"

"생각해 봐요…"

희운의 생각은 이랬다.

예절교육은 일찍 시작할수록 몸에 배이기 때문에 좋은 것이다. 초등, 중등, 고등과정에서 한 학기 정도를 합숙시키 며 인의예지신을 주된 교육 목표로 하면서 생활 예절을 가 르친다는 것이다.

유흥비를 마련하기 위해 강도짓을 하는 청소년들, 돈 안 준다고 부모를 구타하는 패륜, 이런 범죄가 날로 늘어만 가 고 있는 현실 아닌가? 밥을 굶던 옛 시대에도 그런 범죄는 요즘처럼 흔치 않았다. 아니 흔치 않은 정도가 아니라 거의 없었다.

아무리 막된 세상이라도 부모에게 함부로 눈을 부릅뜨며

말대답하는 아이들을 보면 한심한데 행실이 바른 아이들을 보면 다시 한 번 바라봐지며 누구나 다 잘 키웠다고 할 것 아닌가? 어느 부모나 반듯반듯하고 예절 바른 청년을 보면 누구나 나도 저런 사위, 며느리를 얻고 싶다고 생각하게 될 것이다. 그것이 인간 본연의 심정이기 때문에 그런 교육을 받은 아이들이 사회에 나가면 그로 인한 파급 효과는 매우 클 것이다. 눈빛과 언행이 보통사람과 완전히 다르니 어느 사회에 나가더라도 비교 대상이 없을 수밖에. 직장에서 상사에게도 예의범절이 깍듯하고 행동이 바르면 누구나 좋아하지 않겠나.

회사에서 구조 조정 때 실력 없는 사람들을 퇴출시킨다 해도 상관은 이런 사람은 절대로 못 떨어뜨린다. 제멋대로인 버르장머리 없는 부하 놈과 예절바른 놈 중에 누구를 데리고 있고 싶어 하겠는가? 당연히 의식이 제대로 박힌, 언행이 반듯한 젊은이들은 출세할 수밖에 없다. 이런 교육을 시키지 않고 이런 사회가 도래하지 않는 한 제도나 법을 아무리 고치고 제정해 봐야 소용이 없다. 우선 인간교육이 먼저 돼야 한다는 것이었다.

아이들을 적게 나면서부터 자식을 상전처럼 떠받들어 키우니 그런 대우만 받아오던 애들이 저를 괄시하거나 대우

해주지 않는 직장에서 잘 견뎌낼 수가 없는 건 자명한 사실
이잖은가?

“내 말이 틀렸으면 지적해 봐요.”

예원은 그의 열변에 긍정의 미소를 보냈다.

살아가는데 적자가 나면서 까지 모든 돈을 아이들 교육
에만 쏟아 붓고 있는 요즈음 세태이다. 그래서 아이들을 적
게 낳는 것이 아니라 아예 아이를 낳지 않는 젊은 부부들이
많아지고 있다. 또 내 배곯고 자식들 입에 넣어 먹이며 모든
헌신을 해서 길렀어도 일단 부모가 늙어서 능력 없고 돈 없
는 사람 되어 자식들한테 손 벌리면 그때부턴 죽음이라고
들 말한다.

희운의 말은 계속 이어졌다. 아이들은 아직 정화淨化되지
않은 체體이기 때문에 자기 자신이 이기적이라는 것 자체도
모른다는 것이다. 이렇게 판단이 없는 아이들 앞에서 왜, 어
떻고 저떻고 하며 이론적으로 따지면 먹혀들지 않는다는
것이었다. 자식을 성숙된 인격체로 키우고 싶다면 잘못을
인식시킬 만큼의 자비의 매질이 반드시 필요하다고 했다.

보통 사람들은 자식을 때리지 않고 흥흥대야 자애롭다고
생각하지만 그는 전적으로 잘못된 생각이다. 그런 식의 자

애는 아이들을 방종하게 만든다. 아이들을 애완동물로 키우는 것이지 인재로 키우는 것이 아니다.

욕을 하고 때려도 아이들이 좋아하는 선생님이 있다. 아이들에게서 존경받는 정도의 매질을 한다는 것은 아무나 할 수 없는 높은 차원의 다스림일 것이다. 거기에는 반드시 아이들을 진실로 위하는 마음이 깔려있지 않을까. 인격을 존중한 체벌. 어불성설일까.

예원이 이론적으로 교육학 강의를 들을 때와는 다르게 체벌에 관해서 상반되는 부분이 있었으나 경험으로 비추어 볼 때 아이들한테는 진정한 사랑의 매가 필요하다고 느낄 때가 많았다. 희운의 말은 틀린 곳이 없었다.

"그런데 아무리 훌륭하고 좋은 교육제도와 지침을 만들어 봐야 부패된 사회에서 인간은 황폐해지고 피폐해지게 되어 있어요. 어째야 좋죠?"

예원의 속에서만 쌓였던 말들이 어느 결에 입 밖으로 흘러 나왔다.

"지도층 사람들의 의식이 낮은 곳에 매어있으면 절대 진보가 안 됩니다. 좁은 소견이 가득 차면 그보다 더 넓은 의견은 아예 들으려하지 않을뿐더러 뇌리에 들어가지도 않아요. 나이가 들었다고, 또 많이 배웠다고 의식의 폭이 넓은 것이 아니죠. 일류대학 어디를 나오고 박사를 몇 개를 땄어도 의식의 폭이 좁으면 똑똑한 것이 아닙니다."

희운은 자신의 주장을 펴는데도 결코 흥분하는 법 없이 성품대로 외유내강 쪽이었다. 예원은 그의 그런 면도 존경스럽다.

밤하늘의 별은 공해에 가려 보이지 않지만 늦은 봄의 부드러운 바람은 두 사람의 가슴을 훈훈하게 해주었다. 밤늦은 시각에 예원은 희운의 위로를 받고 헤어졌다. 예원은 그의 따뜻한 시선이 자신의 등 뒤에서 늘 따라 다니는 것만 같았다.

9

　희운이 처음 예원을 봤을 때 물론 환자와 의사의 만남이긴 했지만 예원의 첫인상은 '참 곱기도 하다'는 느낌을 받았다. 그녀의 병명은 오랜 신경성 위염이 위궤양으로 확대된 것 같았다. 가끔 치솟는 오기로 약을 다 끊어버리기도 했다는 예원. 육체에 도사린 통증을 겪으며 사람들은 정신적으로도 많이 성숙되는 것 같았다. 예원은 아픔이 있어 보였다. 몸이 건강해야 정신도 맑을 것인데…….

　어머니의 여학교 동창 딸이라며 그녀를 소개 받았다. 몇 번의 진료와 상담을 거쳐 약을 지어 주었다. 많이 나았다며 주스를 사들고 그녀는 병원을 왔었고 퇴근 후였으므로 편안하게 병원에서 차를 마시고 저녁을 같이 먹기도 하였다. 외부 강의가 있는 날에는 늘 앞자리에 와 앉아서 열심히 메모하던 그녀였다.

자주 만나면서 희운은 언제부터인지는 모르겠으나 어느새 생각의 틈새에 그녀가 끼어 있었다. 조용한 시간이면 문득 예원의 수줍어하는 미소가 떠오르곤 하였다. 두 번 다시 상처받고 싶지 않다는 마음에서 희운은 그녀가 떠오를 때마다 고개를 저어 애써 예원의 모습을 지워버렸다.

희운은 밤늦게까지 서재에서 책속에 묻혀 버렸다. 서양 의학이 못 미치는 인체의 신비로운 조화가 그의 호기심을 자극한 것이었다. 양의들은 한의라면 무조건 배타적이다. 그러나 이런 경우가 있었다.

근래에 아이들이 편도선을 자주 앓아 열이 나는 아이를 병원에 데려와서는 무조건 편도선을 제거해 달라는 부모들이 왕왕 있다는 것이다. 이는 요즈음 편도선을 제거하는 수술이 유행을 타고 있는 듯하였다. 편도선은 몸의 열이 어디에서 났건 '몸에 이상이 생겼습니다. 고쳐주시오' 하고 하소연하는 장소이다.

특히 기관지, 폐, 심장에서 나는 열을 주로 편도선에서 받아 대기大氣와 접하면서 식혀주는 역할을 하는 것이 편도선이다. 이 기능을 못하게 떼버리면 어떻게 되겠는가? 부득불 해달라고 조르니 수술을 해주면서 의사 자신도 한심하게 느껴졌다는 것이다. 그래서 희운의 친구인 외과의사 한사람은 자신에게 분노가 이는 것을 강의실에서 제자들에게 화풀이 식 강의를 하였다고 했다.

"생각을 해봐, 오장육보가 편해야 병이 없는 것 아닌가, 모든 병은 원리를 알고 원인치료를 해야지, 몸에 이상이 왔다고 편도선이 알려주는 것인데 편도선 때문에 열난다고 잘라내고 무슨 짓들이야, 선무당이 사람 잡지, 잡아…….

더 한심한건 단전丹田은 물체로 알 수 있는 부위가 아닌데 내가 단전 부위를 갈라보니 아무것도 없던데요? 하는 황당하고 한심한 의사가 나타나는 거야. 황당할 수밖에 없는 것이, 이를테면, 우리는 왜 기뻐하고 슬퍼하는가? 즐거워하고 괴로워하는 실체가 우리 몸속에 있는 장기 중 어떤 것이란 말이요? 심장이? 위장이? 폐가 기뻐서 웃습니까? 아니면 간이 울어요? 또 우리를 생각에 잠기게 하고, 자식을 보고 사랑을 느끼며 부인을 보면 반가워하는 그런 실체가 우리 몸속 어디에 있단 말이요? 실체가 당연히 없음에도, 덮어놓고 그것이 뭐냐 하고 갈라 보려는 멍청한 짓들만 유도하고 있어요. 이것이 여기까지 밖에 오지 못한 현대과학의 맹점입니다. 여러분들이 더 분발하여 연구해서 빨리 현대 의학을 발전시키십시오. 3차원인 물질세계에서 과학은 아직 보이지 않는 4차원의 영혼세계를 다룰 만큼 성장하지 못했습니다.”

“또 수술하지 않고 나을 수 있다면 최상의 방법인데 대다수 사람들은 수술만이 살길이라고 믿고 있죠. 심지어 뮌히하우젠 증후군(수술 중독증)을 앓고 있으며 이 병원 저 병원 다니며 수술만 하다가 만신창이가 되어 죽는 사람을 보았는데 의사는 수술하지 않아도 될 환자를 감별해 내는 것도 중요한 의료행위입니다. 나도 환자의 질긴 요구를 들어주어 그런 행위를 여러 번 하였는데, 수술은 살 방법이 없을 때 어쩔 수 없이 선택하는, 자연을 거스르는 최후의 방법임을 명심하시오.”

이 말을 했다고 하면서 친구는 허탈하게 웃었다.

희운은 담배를 한 대 빼어 물었다. 어쩌다가지만 그는 간혹 담배를 머리를 식히기 위해 입에 물 때가 있다.

환자들은 근래에 장기이식에 많은 관심을 나타낸다. 아직까지는 수명을 더 연장하는 방법으로서 최후의 수단이 되는 듯하다. 어려운 난점이 있는 독특한 환자에게 장기이식이 성공적으로 됐다는 연구논문들이 심심치 않게 의학지에 실린다. 누구나 그렇지만 인간이 삶에 대한 집착이 무섭도록 강하다는 것에 희운은 몸서리쳤다.

희운은 장기이식에 대해 부정적 견해를 갖고 있었다. 전혀 권할 바가 못 된다고 고집해 왔다. 동물적인 측면에서 보더라도 이식된 장기가 자기 몸에 맞아야 제 기능을 하지만, 완전히 맞는 장기는 없다고 보았다. 똑같은 간이나 신장은 없으며 비슷한 장기를 이식해서 좋은 결과를 얻지도 못한다.

다행히 생명 연장이 되더라도 자기 것보다는 못하고 또 자칫하면 고장 나기 때문에 결국에는 쓸모가 없게 된다. 장기 이식 따위를 생각하기 보다는 차라리 주어진 삶이나마 제대로 사는 것이 더 낫지 않겠나, 하는 생각을 희운은 갖고 있었다.

장기이식은 고통만 더 하는 것이다. 이식된 장기가 기능을 한다 한들 얼마나 하겠는가? 어느 정도 살다가 스스로 마감하는 것이 가장 좋다고 생각하였다. 욕심 부리지 말고 죽음에 임박하면 별 생각이 다 나겠지만 욕되지 않은 삶이 최고 아닌가?

어려운 장기 이식 등을 통해 사람의 수명이 조금 길어졌다 해도 그것이 과연 삶의 질이 높아지는 좋은 것일까? 아니다. 고통이 길어졌을 뿐이다. 더 오래 산다 한들 정상적인 수명 이외에 더 좋은 삶을 유지한 것은 아니었다.

또 전혀 생각이 없어 보이는 식물인간이 얼마나 끔찍한

고통 속에서 사고하고 있는지를 대다수 사람들은 모른다. 그들이 내뿜는 처절한 기를 그는 직관으로 느낄 수 있었다. 이런 사람들에게 수명의 연장은 욕일뿐이며 고통만 연장시킨 것이었다. 편안함이 아니고 고통 속에서 생명이 다한다면 이 사람이 갈 곳은 어디인가? 노모가 늘 말하는 불교의 육도에서 그 어디가 될 것인가, 말이다.

동양의학의 체계는 오랜 옛날 이미 완성되었고, 그 옛날 것이 조금도 변치 않고 그대로 내려오고 있다. 한방韓方법들은 몇 사람이 연구해서 만든 것이 아니고 우주의 깨우침을 이야기한 것이다. 그래서 한의사들은 이 완성체에 대한 접근법을 공부하는 것이지 새로운 것을 개발하며 공부하는 것이 아니다.

반면에 현대 의학은 과학科學을 밑바탕으로 하여 그 위에 의학이 존재한다. 과학은 새로움을 추구해 나가며 반드시 증명이 되어야 한다. 그리고 증명이 되지 않은 것은 철저히 도외시 한다. 엄연히 일어나는 사실도 자신들이 정한 소위 과학적이며 합리적인 증명의 테두리에서 벗어나면 아예 미신이나 주술처럼 간주해 버리고 만다.

현대 의학에서는 인간의 눈으로 모든 것을 이해하려고 하고, 더욱 새로운 것을 창출하려고 노력하여 언뜻 하루가 다르게 발전하는 것 같지만 이미 완전한 것으로 가까이 가려는 노력만 못하다. 암 세포 하나를 죽이기 위해 수십만 개의 정상 세포를 무차별 살상하는 것이 현대 의학의 현 싯점이다. 각기 전문분야에서 끊임없는 연구들을 노력하기는 하나 아직도 가야할 길이 멀다.

한방에서는 병의 근본 원인을 찾는다. 화초가 죽어 가면 죽은 나뭇잎만 떼어낸다고 될 일이 아니다. 어디에 원인이 있는가 뿌리부터 줄기와 흙의 영양까지 전체를 살펴서 문제점을 알아내어 치료 하는 이치와 같다. 그러므로 한방에서 지엽枝葉적으로 약을 쓰면 잘못된 의사이다. 사람의 몸을 하나의 완전한 우주로 보고 이 우주의 흐름이 원활하도록 약을 써야 병을 고칠 수 있다. 한방에서는 특정한 병에 대한 비방 같은 것은 거의 존재하지 않는다.

한방에서는 인체의 흐름을 보고 약을 쓰기 때문에 즉효는 없을지라도 인체의 균형을 깨뜨리지 않는다. 한약은 넘치게 먹으면 토하거나 설사해서 몸 밖으로 배출이 되는데 양약은 몸 밖으로 배출되지 않고 체내 어딘가에 쌓여있다. 이것이 오래되면 체질이 바뀌고 알레르기를 일으키기도 한다는 것이다.

빈혈이라고 피가 부족해서 철분약을 오래 먹으면 자체생

산 하지 않아도 외부에서 들여오니까 공장이 가동을 안 하는 것과 같은 상황이 온다. 자연히 부작용이 따르고 정상으로 가동하려면 많은 시일이 소모된다. 한방 조혈제는 피를 만든 다기 보다는, 습이나 담, 어혈을 풀어 잘 소통시킴으로써 방해요인을 제거하여 조혈을 돕는 것이다. 비타민이나 진통제도 한두 번이야 괜찮지만 장기적으로 의존하면 안 되는 것이 생산 공장이 문을 닫으면 정상적인 신체리듬이 변하게 되기 때문이다.

또 양약은 대부분 정상적인 기氣의 흐름을 막고 끊는 역할만 하기 때문에 이는 기를 수련하는 사람이라면 누구나 동의하는 사실이다. 인체는 경락의 흐름에 의해서 모든 것이 움직이는데 현대의학에서는 경락의 흐름을 부정하고 있다.*

혈穴은 현미경으로도 알 수 없는 것이다. 일례로 허리 뒤쪽의 마혈과 같은 곳은 사실 핏줄이 지나지도 않고 뼈도 아니며 신경조직도 아닌 근육의 일부에 불과하지만 이 혈을 잠시 찌르면 전신이 마비가 되고 놓으면 풀린다. 혈도의 존재는 부정할 수 없는 것이다. 현미경으로 보여야만 인정하고 자신의 머리로 이해가 돼야만 받아들이는 것은 우매한 지식인들의 큰 병이라고 희운은 생각해왔다.

동양 의학에서는 건강을 말할 때에 항상 육체뿐 아니라

정신적인 면의 건강도 포함하고 있다. 이 점이 서양 의학과 결정적으로 다르며 또 우월한 점이다. 육체와 정신은 하나이다. 몸이 병들면 마음이 병드는 것이고 또 마음이 병들면 몸도 병드는 것이다. 이렇게 몸과 마음은 항상 상응하는 것이다.

노크소리가 났다. 이어서 손잡이가 비틀렸다.

"아직 안 자나?"

"네, 어머니, 들어오세요."

고쟁이 차림의 노모가 들어섰다.

"경수는 자나요?"

"응, 조금 전에 막 잠들었어."

"그래, 언제까지 이렇게 혼자 지낼 거야?"

"허 – 헛."

희운은 공허한 웃음을 지었다.

"이사 온 지 얼마 안 된 집이 요 앞에 골목 코너 집에 살아. 그런데 그 집 할머니가 막내딸이 있는데 아직 결혼을 안 했대. 이제 서른일곱인데 말이야. 성당에 피아노 반주하러 봉사도 하고 다닌다는데."

노모는 이쯤 해 놓고 슬쩍 아들의 표정을 살폈다. 희운은 묵묵히 말이 없었다.

“어찌 알았는지 우리 경수까지 알고 있더구먼. 아들 하나 데리고 사는 한의사집이라고 말이야. 나도 얼추 봤어, 참 한 게 얌전하던데 어쩌다 혼기를 놓쳐가지고……”

노모는 예리한 시선으로 아들의 표정을 살펴봐도 무슨 생각을 하는지 감이 잡히질 않았다.

“할미가 아무리 잘해줘도 에미만 하겠나? 애를 생각해서 라도 빨리 재혼해야지. 영영 혼자 살 텐가?”

“알았어요. 어머니……”

“맨 날 알았다는 소린 잘해, 이번엔 내가 좀 서둘러야 겠 어.”

노모의 다부진 말에 희운의 표정이 착잡해 졌다.

“아, 그런데 노인정에 나오는 노인 한 사람이 좀 이상한 것 같아, 나도 그런가 하고 생각해봤지……”

무슨 말씀을 하시나 하고 희운은 노모를 바라보았다.

“교회에 열심히 다니는 내보다 두 살 아래인 할머닌데 교 인을 만나기만 하면 손을 잡고 우는 거야, 그러면서 만난 사 람의 죄를 대신 용서받기 위해서라나? 그러면 상대방도 같 이 눈물이 나며 영혼이 맑아지더라는 것이지.

그러니까 또 옆에 있던 중노인 할머니도 전에는 나도 하 나님을 여러 번 접했는데 지금은 이래저래 마음이 탁해지다 보니 다시 뵐 수가 없더라는 거야. 불교 믿는 사람들도 가끔 그러잖아? 옛날에는 내 영혼도 맑아서 보살도 보고 부처님도 보았다고 말야……”

“그것 전부 정신질환에 가까운 병이에요. 의학적으로 보면 심포心包와 간에 중병이든 거예요. 심포가 특히 약해서 부어있는 사람은 노인일수록 울컥 울컥 눈물이 많고, 이를 접하고 우는 사람 역시 심포가 부은 사람예요. 심포는 심장을 움직이는 무형의 막으로서 눈으로 보거나 만져서 알 수 있는 장기가 아닙니다. 그렇기 때문에 서양인들의 기계적인 사고방식으로는 심포의 존재를 이해할 방법이 없는 것이죠.

심포가 붓고 약한 사람은 자아가 거의 상실된 사람으로 외적인 사안에 아주 민감히 반응을 하는데 극히 위험합니다. 조금만 자기 마음에 들지 않으면 대번에 벌컥 화를 잘 내죠. 또 자기주장에 반대되는 의견을 내면 전부 철천지원수로 대할 거예요. 정말로 깊고 높은 단계의 사람은 원래 눈물을 보이는 법이 없어요. 부처님이나 하느님이 왜 울겠어요?”

노모는 그렇겠군, 하며 고개를 끄덕이더니 내일 할머니들한테 일러줘야 할 테니 몇 가지 단어를 써달라고 하는 것이었다.

"강의하시게요?"

희운은 그냥 그렇게 알고만 계세요, 하고 말했다.

"치매 예방하는 약은 없나?"

"왜요?"

"나도 그렇게 될까봐서이지. 지난번에 우리 집에 와서 놀던 할머니 중에 한 분이 근래에 부쩍 이상해졌어. 옛날 것은 필름 돌아가듯 잘도 기억하면서 바로 조금 전에 버린 것은 언제 그랬냐고 펄펄뛰며 따지고 말이야. 분명히 버렸으면서……"

"치매의 원인은 욕慾에 있어요, 어머니. 재물욕, 명예욕, 과시욕 등 도에 지나친, 자신의 그릇에 넘치는 욕심을 부리면 반드시 치매가 초래됩니다. 특히 마음이 순리를 따르지 않으며 작은 기쁨에 만족하지 못하는 사람은 이미 제정신을 잃은 사람예요. 반면에 순리에 합하는 사람에게는 치매가 없어요."

"어째서 그런가?"

"유명인사들 중에 나이 들어 치매에 이르는 사람을 많이 보셨죠? 많이 알려져 있는 사회 저명인사다 보니 자신의 체면 유지 때문에 남들의 시선을 상당히 의식하고 삽니다. 속

마음과는 달리 자신을 겉으로 포장하고 드러내지 않으려고 죽을 고생을 하는데 이럴 때 뇌세포는 저절로 반反작용을 합니다. 순順작용을 해야 자기정신을 유지하는데, 반작용을 계속하니 스스로 헷갈려서 치매가 되는 겁니다, 어머니. 더구나 나이가 들면 모든 생명활동이 순조롭지 못하니 치매가 더욱 드러나는 것이죠.”

“……”

“선한 일을 한다며 명예욕에 가득차 보기 좋은 것을 지나치게 바라고 욕심내고 갈구하니 결국 스스로는 부족하고 드러내지 못하는 어두움이 체에 가득 차게 됩니다. 어떠한 작위도 지나치면 바로 자신의 몸을 망칩니다. 설사 작위라도 정도道의 길을 가면 걸리지 않지만, 도와 거리가 머니 피할 길이 없는 것이죠. 항상 도에 머물러 편안히 있어야 건강해집니다.”

“어이구…… 너무 어려워……”

“쉽게 말씀해 드릴까요? 순리대로 살아가야 하는데, 예를 들어 배고파도 안 먹고 쓰고 싶어도 참고 추워도 옷을 사 입지 않았으니, 이는 순리와는 거리가 먼 삶이죠. 이렇게 살면 눈에 보이든 보이지 않던 반드시 허물이 남습니다. 그렇게 살다 죽으면 한스러운 삶에 불과한데 이런 사람들은 억울해서 특히 나중에 죽지 않으려고 발버둥 치며 별 해괴한 짓을 다 하다 갑니다. 편안함과는 거리가 멀죠. 이는 자연의 철칙이에요."

희운의 노모는 이렇게 잠깐잠깐 아들과 대화시간을 갖는 것이 집에서의 유일한 즐거움이고 그때마다 아들이 자랑스러워 흐뭇한 마음이 되었다. 마치 자신이 스승에게 배우는 제자 같아졌다.

노모가 나간 뒤 희운은 컴퓨터를 켜고 이메일을 체크했다. 예원에게서 이메일이 와있다. 희운은 반가움에 받은 메일 다섯 개 중에서 예원의 것으로 먼저 클릭을 했다.

─선생님, 많이 바쁘시죠?
요사이 소식이 없어서 궁금했어요.
가을 날씨가 너무 좋아서 그냥 흘려보내기에는 아까워요.
언제 시간 나실 때 가까운 산에 한 번 가요. 예원 드림.

─여러 개의 메일 중 예원씨 것이 제게는 가장 반갑습니다.
다음 주 일요일 괜찮으세요?
시간을 내주시면 그날 가을을 만끽하기로 하죠. 희운 드림.

예원이 그렇게 큰 고통을 안고 살고 있으면서도 늘 표정은 평화롭고 선량해보였다. 아니 눈빛이 따뜻한 여인이었다.

"큰스님 하시는 말씀이 병이 오면 '그래, 너하고 같이 살자' 친구하래요. 그런데 그것도 고통이 없어야지요. 아프면 신경이 날카로워지고 마음이 어두워지니까요.

모든 것은 마음에서 나오는데 자신을 다스리기가 쉽나요? 그래서 명상을 해보려고 마음을 먹고 있답니다."

"고통을 아무리 짐작해본들 남이 어떻게 알겠어요?"

희운이 환자인 예원에게 위로를 주고 싶어서 한 말이었다.

희운은 예원과의 편지가 기쁘게 오고 가더라도 언제나 어두운 그림자는 늘 따라오곤 했다. 희운은 잊혀진 과거로, 마음의 정리는 되었는데 아직도 기억의 한구석에서는 불행으로 마감했던 기억이 깊숙하게 상처로 남아 자신의 어딘가에 들러붙어서 시시때때로 떠오르곤 하는 것이었다. 아직도 그 상처가 아물지 않았다는 증거일 것이다.

숲은 진초록으로 우거져 있었다. 바람 없는 숲속은 나뭇가지 속에서 더워진 공기가 후덥지근하게 끈끈했다. 더위에 땀이 번들거렸다. 희운과 아들 경수의 과외선생인 명철은 산을 오르며 땀을 닦았다. 희운은 말없이 계속 산속으로 더 깊이 들어갔다. 아무도 지나가는 사람이 없었다.

　명철은 계속 의아한 표정이었다. 명철은 희운으로부터 산에 가자는 등산제안을 받고 썩 내키지 않았지만 따라나선 것 같았다. 등산길이 아니었고 잡목이 우거진 길은 풀숲으로 덮여있있다. 전혀 인적이 없는 길이었다. 더욱이 말없이 풀숲을 헤쳐 나가는 희운의 표정에선 어떤 비장한 각오가 엿보였다. 그러나 어쩌겠는가.

　명철은 묵묵히 희운의 뒤를 따라갔다. 한참을 깊은 숲속으로 더 들어간 어느 한 지점에서 희운은 한숨을 몰아쉬더니 털썩 작은 바위에 앉았다. 명철도 땀을 닦으며 풀숲에 주저앉았다.

　"여기 와 보신 데에요?"

　숲속의 정적과 희운의 침묵을 깨려는 명철의 물음이었다.

　희운의 낯빛에 핏기가 가셨다. 그는 아무 대답 없이 풀숲을 헤집고 땅을 파기 시작했다. 땅을 조금 파헤치자 긴 비닐 봉투에 싼 물체가 나왔다. 비닐 봉투를 벗겨내자 물체는 신문지로 또 한 겹 둘러싸여 있었다. 명철의 표정이 불안해졌다. 희운이 신문지를 벗겨내자 엽총이 나왔다. 희운은 전날 여기까지 와서 풀숲을 헤치고 땅속에 엽총을 묻어놓고 간 것이었다. 희운은 사냥총을 조준했다. 총부리가 명철의 가슴을 겨누었다.

“너 지금부터 솔직히 고백해!”

명철이 한 뼘의 각도라도 총부리에서 비켜 움직이면 쏘아 버릴 것 같은 희운의 표정이었다. 타버릴 것 같은 그의 시선에 명철은 입이 굳어지며 아무 말도 할 수 없었다.

“말해!”

명철은 뒷걸음 쳤다.

“내 부인과 어떤 사이인지 솔직히 말하면 살려준다. 한 치의 거짓도 있어선 안 돼. 그대로 쏴 버릴 거야!”

살기가 칼날같이 날카롭게 번뜩였다. 명철의 얼굴에 핏기가 가셨다. 벼랑 끝에 몰린 명철의 머릿속에 순간적으로, 위기를 넘길 수 있는 길은 솔직한 고백 외엔 없다는 판단이 본능적으로 스쳤다. 자칫 거짓으로 둘러댔다간 위험했다.

“잘못했습니다.”

명철은 무릎을 꿇었다.

“그대로…… 말씀드리겠습니다. 사모님과 저는…… 깊은 사이였습니다. 용서…… 해주십시오.”

희운은 명철의 자백을 들었다. 절망이 희운의 심장에서 멈춰버린 느낌. 희운의 온몸이 차디찬 석고의 흰 빛이 되었다. 명철이 아들아이인 경수의 공부를 가르치고 끝나면 경수는 다시 학원으로 가버리고 두 사람은 사랑의 행위에 불

타올랐다.

심지어 희운이 집에 잠깐 들렀다 나갈 때 안방과 건넌방 사이의 복도 벽에 걸린 거울에서 그들의 포옹이 비춰졌다. 희운이 미처 다 빠져 나가기도 전이었다. 희운은 미루어 짐작할 수 있었다.

그 전에, 희운은 아내의 사치스럽게 꾸민 겉모습에서 예전과는 확연히 다른 감을 느낄 수 있었다. 요사이 젊은이들은 섹시하다는 말을 최고의 찬사로 안다. 그러나 그것은 희운이 대학생 때만 해도 섹시하다고 하면 최고의 모욕적인 말이었다. 그런 말을 들은 여자는 '여자를 성의 대상으로만 보느냐'며 분노했던 시절이었다.

상대방을 성적인 유혹의 대상으로 삼는 것은 몇몇 곤충의 발정기 때에나 볼 수 있는 모습이었다. 요란한 아내의 모습이 꼭 이성을 유혹하기 위한 수단 같아서 희운은 낯 뜨거워 질 때가 많았다. 그러나 희운은 병원 일에 매어서 아내에게 신경을 써주지 못하는 자신에게도 문제가 있다고 자책하고 말았다.

그렇게 새로운 사랑에 눈뜬 그들은 6개월째 이어졌다. 명철의 고백을 들은 희운은 총부리를 거둬들였다. 그리고 명철을 놔주었다. 그러나 희운은 괴로웠다. 차라리 몰랐을 때가 더 좋았을지도…… 희운은 한숨을 깊이 쉬었다.

희운은 병원일은 부원장에게 맡겨놓고 3개월 동안 병원에 나가지 않았다.

바닷가로 산으로 들로 헤매었다. 그리고 강원도 태백의 한 산중에서 빈 집을 하나 발견하여 거기에서 칩거했다.

이혼 후, 세월이 흘러 상처는 치유가 되었지만, 깊은 고통에 휩싸였던 그때가 떠오르면 희운의 표정은 늘 착잡해졌다. 잊고 싶은 기억은 더욱 집요하게 뇌리를 파고들었다.

10

산은 붉었다. 예원과 희운은 강화 마니산을 오르고 있었다.

"올 가을엔 비도 없고, 지구가 온난화 때문인지 가을이 길어요. 11월인데도 아직 은행잎이 파래요. 단풍은 많이 붉어졌는데도……"

예원이 말했다.

약한 바람에도 낙엽이 몇 개 떨어졌다. 그 바람이 곧바로 예원의 가슴에도 쌓였다. 가슴속 깊이 쌓여가던 가을. 예원은 자신이 가을을 많이 탄다는 생각이 들었다.

한 계단 위에 발을 디디며 희운이 발 앞에 떨어져 있는, 공기 돌 크기의 곤충 껍데기를 주웠다.

"이것 좀 보세요, 무슨 곤충 집일까, 참 예쁘죠?"

구멍이 송송 난 껍질은 유충이 나가고 빈 껍질만이 굳어져서 망사모양으로 만들어진 집이었다. 갈색으로 딱딱하게 굳어있었고, 애충이 빠져나간 출구는 넓은 구멍이 나 있었다. 아무리 인공적으로 잘 만든다 해도 그처럼 질서 있게 아름답지는 못할 것 같았다. 짜여진 모양이 삼각형, 오각형, 사각형의 작은 구멍으로 정교하고 어울림이 신비했다.

"서로가 각자 다른 모양으로 어떻게 이렇게 조화를 이룰 수 있을까요?"

예원이 타원형인 곤충 집을 손바닥에 놓고 이리저리 뒤집어 보며 말했다.

"인간도 이렇게 아름답게 어울려 살라고 신이 조화의 지혜를 주었는데도 욕심 때문에 자연을 거스르면서 서로 상극하며 살아요."

희운이 곤충 집을 신기하게 바라보는 예원을 보며 부드러운 음성으로 말했다.

예원은 허물을 벗고 집을 나간 애충은 지금 어디를 가서 또 어떻게 살고 있을까. 텅 비어버린 집을 보며 떠나버린 애충을 생각한다.

"신기하죠? 예원씨, 자연을 파괴하는 삶은 오래가지 못합니다. 조화된 자연이 도道요, 우주 만물이 돌아가는 이치가 도며, 하잘 것 없는 곤충의 집도 자연의 질서에 순응하고 있어요. 도란 멀리 있는 것 아닙니다. 나와 이웃, 가족 사회 모든 기본이 도로부터 출발해야 하며 도에서 끝이 나야 합니다. 결국 나 자신이 도입니다.

저는 그렇게 생각해요. 자신에게 주어진 운명을 과감히 극복하고 지금 이 순간 이 자리에서 한 20마음 돌이키면 영원한 행복으로 가는 길은 누구나 가능하죠. 꼭 입산수도하여 도포입고 수도사가 될 필요도 없어요.”

“……”

희운은 어머니를 통해, 예원이 어린 딸을 데리고 이혼의 상처를 안고 살아간다는 말을 들어서 알고 있었다. 자신도 그 아픔을 알기에 마음속 깊이 그녀에게 위로를 주고 싶었다.

“……”

“예원씨, 또 하나의 붓다를 찾고 있어요?”

예원이 그의 옆얼굴을 올려다보았다. 희운의 질문을 받고 보니 예원은 정말 자신이 이 세상엔 없는 붓다를 찾기 위해 헤매었나 하는 생각이 들며 정곡을 찔린 듯한 무안함이 왔다. 희운도 동시에 예원을 바라보았다. 봄날의 아지랑이 같은 따뜻함이 그의 눈에 어렸다. 기철과 살면서 오랜 세월 돌처럼 굳어져있던 예원의 상처가 그 아지랑이 속에 녹아 내렸다. 예원은 희운을 붓다로 생각하고 싶었을까. 아마 그처럼 희운을 믿고 의지하고 싶었는지도 모른다. 문득 예원의 뺨에 자신도 모르게 뜨거운 눈물이 흘러내렸다. 당황스럽다. 예원의 가슴속 상처를 어루만지듯 희운이 예원의 어깨를 감쌌다. 아니, 예원의 아픔을 그는 자기 것으로 감내하고 싶은 건지도 모른다. 예원의 발 앞으로 가랑잎 하나가 떨어져 내렸다.

산의 정상을 못 미쳐서 예원과 희운은 돗자리를 깔았다. 예원이 보온병과 아직도 식지 않은 김밥을 펼쳐 놓았다.

"김밥은 예원씨가 쌌습니까?"

"부끄러운데요. 어머니가 재료를 준비해서 만들어 놓으시고 제가 말았어요. 서투르다고 흉보지 마세요."

부끄러운 웃음을 띠는 예원이 소녀 같았다. 예원은 희운 앞에 젓가락을 놔주고 보온병의 따뜻한 물을 컵에 따라서 희운 앞에 놔주었다. 희운은 그녀의 손놀림에서 예원은 여리고 따뜻한 여자라고 느꼈다. 상큼한 바람이 기분을 맑게 씻어 주었다. "준희도 같이 데려올 걸 그랬지요? 아이한테는 엄마와 함께하는 일요일이 기다려지는 날일 텐데 제가 준희 한테서 예원씨를 뺏어온 셈이 되었군요."

아침에 집에서 나올 때 준희는 잠들어 있었다. 희운의 말이 섬세한 배려로 받아들여져서 예원으로서는 고맙기만 하다. 자상한 아빠, 마치 희운이 준희의 손을 잡고 산에 오르는 장면이 그려졌다.

"여기 마니산은 정기가 유달리 많은 곳이랍니다. 우주인이 하늘에서 볼 때 파랗게 보이는 곳이 드문드문 있는데 우리나라는 이곳이었답니다. 우주 기운의 중계소라고 할 수 있어요."

예원은 어떤 책에선가 관심 있게 읽은 기억이 났다.

생각은 파동인데 명상을 하려는 초보자에게는 이 생각흐름에서 벗어난 특정한 장소가 필요하다는 것을.

"예원씨 아직도 선禪 하시죠?"

"선생님도요?

"우리 정신을 정화시키는, 빼놓을 수 없는 일상이 되어버렸죠."

예원은 희운을 만나면 주로 많은 이야기를 듣는다. 그것이 마음을 정화시켜주는 청량제 역할을 하기도 했다.

"지금 이 순간도 생각의 흐름은 전파를 타듯 진동이 되어 사람에게 영향을 주고 그 진동을 받은 사람은 의식의 샘터로 내보내는 순환 고리로 이어진답니다."

"그럼 전파가 얽히듯이 복잡하겠네요?"

"그렇겠죠. 깨달음은 이유 없이 일어나는 것이 아니라 의식 정화의 결과이며 그런 거대한 생각흐름에서 벗어나는 일은 수련에 필요한 일입니다. 명상은 중요하고 그 장소는 생각의 흐름에서 벗어난 지역일수록 좋답니다.”

“이런 곳일까요?”

“좋겠죠. 늘 깨어있는 의식을 유지하여 잠 속에서도 부정적인 생각이 침투하지 못하도록 해야죠.

“그러니까 무의식의 지배를 받는다는 말이 되겠군요?”

그의 말은 진지하게 계속되었다. 예원은 주의 깊게 들었다. 평소 알고 싶고 관심 깊은 이야기였기 때문이다.

“잠속의 꿈에는 미래를 예언해 주는 예지의 꿈과 낮에 있었던 많은 의식들이 뇌속 어딘가에 저장 되어 있다가 풀어내는 꿈의 성질, 두 가지로 해석돼요. 얕은 잠과 깊은 잠의 차이는 의식의 절반이 깨어있으면 가수면 상태로 꿈속의 생각이고 잠속에서 무의식세계에 들면 깊은 꿈입니다. 주로 예지몽은 이 무의식 세계에 있을 때 나온다고 합니다.”

“……”

“반듯한 마음과 생각으로 생활하면 그 범주에서 나오는 꿈은 순리적이며 험하지 않은데 잠재의식 속에 내재한 여러 가지 억눌린 감정과 묻혔던 욕망이 드러날 때는 꿈에 질이 좋지 않게 되죠.”

"그럼 꿈도 통제가 가능 할까요?"

예원이 물었다.

"가능하죠. 혼이란 신과 동일한 속성을 가진 인간정신으로 인성이 신성이 될 수 있는 가능성을 갖고 있다고 봐요. 생각만으로도 죄를 짓는다는 것은 무심결에 내보내는 부정적 생각이 많은 사람들에게 파장이 되어 의식에 영향을 줍니다. 생각을 하므로 행동으로 옮기게 되고 그 행동은 결과를 만들어 내니까요. 그래서 깨달은 스승들은 늘 바른 생각을 강조하고 있죠. 꿈은 우리의 영적 성장을 위해 필요하답니다."

내 안의 상념들을 표현하지 않으면 아무도 모르리라 생각한다는 것은 어리석음인가. 예원은 자신의 잠재적 생각이 타인의 의식으로 흘러들어 갈 때, 듣지 않아도 상대방의 생각을 직관으로 알게 될 때가 많은데 그런 것인가, 추측해 본다. 간절히 기도하면 이루어진다는 것도 신이 들어주었던 아니던 분명 마음과 정신세계에서 일어나는 현상인 것이다.

예원이 말했다.

"저는 <마음은＝영혼>이라고 생각해 왔어요."

예원과 희운은 나무그늘 아래에 앉았다. 예원이 주변을

보니, 노랗고 하얀 작은 풀꽃들이 가득하였다. 꽃은 바위 밑에서도 숨어서 자라나고 있었다. 제비꽃을 닮은 하얀 작은 꽃잎을 바람이 흔들며 지나갔다.

예원은 무심히 그 꽃의 가는 줄기를 뽑으려 당겨보았다. 그런데 줄기가 땅속 깊이 박혀있고 뿌리는 뽑혀지지 않았다. 나무로 부터 뻗어온 굵은 원 뿌리가 땅속에 깊이 박혀 있었다. 그 큰 뿌리 끝에 돋아난 꽃을 보호하고 있다. 더 잡아당길 때 꽃줄기는 잘라지겠지만 뿌리는 더 단단해질 것이다. 자기 몸의 일부인 꽃을 포기하는 작은 희생을 통해서라도 전체를 살려내려는 보호본능 아닐까. 자연은 신비한 생명의 순리를 가르친다. 희운이 노란 꽃 하얀 꽃 몇 개를 땄다. 가늘고 긴 줄기를 엮어서 예원의 머리에 꽂아 주었다.

그들은 혼과 의식에 대해 이야기 했다. 예원이 말했다.

"얘기를 들으니까 2002년 월드컵 때가 떠오르네요. 온 국민이 하나가 돼서 성원을 보내니, 그 기가 얼마나 대단하겠어요? 축구가 4강에 드는 예상외의 결과를 가져왔잖아요? 그때 그런 생각을 했었어요. 외국에 가서 출전했을 때는 자기나라에서 시합을 했을 때보다 못한 성적을 거두는 것을 볼 때 사기가 떨어져서 아닌가? 기氣에 대해서 생각해 봤죠. 또 수능 때마다 날이 추운 이유는 많은 사람들의 마음이 긴장하고 얼어붙어서 그런 추운 기류가 흐른다는 걸 신문에서 보았어요."

산언덕에 앉아 얘기하던 두 사람은 햇빛이 사라지니 살갗을 파고드는 쌀쌀함에 자리를 털고 일어나 산을 내려왔다. 희운은 화원의 꽃보다 풀 속에 피어있는 들꽃의 아름다움이 더욱 가슴에 사무쳐 왔다. 예원의 머리에 꽂은 들꽃이 긴 머리칼과 함께 바람에 나풀거렸다. 들꽃의 향기가 예원에게서 풍기는 것 같았다. 저 들꽃의 고귀함에 취한다는 것은 예원을 흠모한다는 것의 바꿔놓기일까?

11

"예원씨, 나이들은 사람들이 젊은 층에게 제일 도외시되고 있는 면이 어떤 거라고 생각하세요?"

"글쎄요, 저는 아이들만 상대하다 보니까 어린아이 눈높이로 세상을 보는 거예요. 젊은 층은 좀 떠나있었다는 느낌이 드는데요?"

"젊은 사람들이 가장 싫어하는 게 뭔지 아세요? 크리세, 진부성이에요. 한의학을 하다보니까 그들에게서 피부로 느끼고 있습니다. 철저히 알면서 도외시하면 좋겠는데 현대과학만 최고인줄 알거든요? 병의 원인을 검토해서 자기에게 왜 이런 병이 생겼나, 우선 나쁜 공기와 물, 성장호르몬을 먹여 키운 닭, 돼지, 소 등 인스턴트식품이 주범이지만 정말 문제에요. 또 암이라고 하면 의식부터 먼저 죽어요."

“……”

“요즘은 전부 암 때문에 고생들 하는데, 암세포를 잘라낸다고 될 일이 아니에요. 임시방편일 뿐이지요. 암은 잘라내도 몇 년 안에 다시 또 생깁니다, 기본적으로 면역이 떨어지는데다 체질이 바뀌어야지요. 기실 암은 원래 죽어야할 세포가 죽지 않고 살아남는 기형조직입니다.

암과 같은 것은 우리의 몸 전체를 살려내려는 인체의 처절한 자구노력이지요. 암은 오랜 시간동안 자신의 습관이 돼버린 사고방식, 습기, 관습, 등을 살펴보고 옹졸한 생각과 편협한 행동 등을 반성하고 고치면 암이 낫게 됩니다. 수행자들 중에는 암과 함께 같이 살고 있는 분들이 많습니다. 근래엔 젊은 사람도 많이 생긴다는데 문제가 있어요.”

“……”

“똑같은 환경 속에서 살아도 그것들을 이겨내는 면역과 소질이 강인한 사람들이 있어요…… 이런 얘기 지루하시죠?”

“선생님, 진부성에 대해 말씀하셨는데, 이미 우리는 시대나, 연륜으로 봐서 젊은 감각을 따라가기 어렵죠. 하루가 다르게 세대차이가 난다잖아요? 그러나 우리는 우리만의 인생을 관조하는 눈을, 그 깊이를 젊은이들은 또 따라올 수 없죠. 고루한 느낌 인정합니다.

그러나 옛것이라고 다 고루하고 새것이라고 다 신선한 것은 아니죠. 그렇지만 그들을 따라 가려 고는 하지 않아요. 다만 젊은 세대의 감각을 익히려는 노력은 물론 끊임없이 해야죠. 도외시 되지 않기 위해서죠.

어떤 CEO도 마찬가지에요. 젊은 직원들을 다스리려면. 노인네 소리라고 속으론 고개를 돌리는데 그래도 상관이니까 앞에서만 면전 복배하는 줄 모르고 사설 늘어놓으면서 계속 잘난 척을 하며 재미로 삼는 교장도 있다니까요. 물론 팍팍 튀는 젊은이의 특징을 못 따라가죠. 새로움을 창조하기 위한 노력은 높이 사고 싶어요. 젊고 톡톡 튀는 새내기 교사들, 나도 저랬을까? 돌이켜보곤 하는데 젊은 사람의 아이디어라고 해서 다 참신하진 않죠.

자신이 아니면 절대로 따라올 수 없는 특징이 또 있을 것이라고 봐요. 본질에 다가갈 생각에요. 자기만의 고유한 아이디어가 소중하다고 생각해요."

자신의 의견을 펴는 예원의 주장 속에 그녀의 깊은 통찰력이 있었다. 반짝이는 예원의 검은 눈동자가 희운의 머릿속에 각인되었다. 그날은 오래 만에 예원과 영화 한 편을 보고 들어 왔다.

―성 선생님과의 유익한 대화 재밌고 많이 배웠어요. 선생님의 투명한 영혼과 교감하는 것 같아 기뻤어요. 따뜻한 심성의 진원을 찾아 희윤씨의 체온을 느끼렵니다.

시를 한 편 복사해 보냅니다.

<낙화, 첫사랑>
그대가 아찔한 절벽 끝에서
바람의 얼굴로 서성인다면 그대를 부르지 않겠습니다
옷깃 부둥키며 수선스럽지 않겠습니다
그대에게 무슨 연유가 있겠거니
내 사랑의 몫으로
그대의 뒷모습을 마지막 순간까지 지켜보겠습니다
손 내밀지 않고 그대를 다 가지겠습니다
아주 조금만 먼저 바닥에 닿겠습니다
가장 낮게 엎드린 처마를 끌고
추락하는 그대의 속도를 앞지르겠습니다
내 생을 사랑하지 않고는
다른 생을 사랑할 수 없음을 늦게 알았습니다
그대보다 먼저 바닥에 닿아
강보에 아기를 받듯 온몸으로 나를 받겠습니다
                                    ―김선우―

잔잔한 시의 밑바탕에 간절함이 있어요. 저는 시는 잘 모르지만 쉽고, 서정적이면서 생각하게 하는 시가 좋아요.

시는 자꾸 읽고 또 읽으면 분해가 되면서 그 시의 본체가 드러나죠. 그래서 그 시가 갖고 있는 무게가 느껴져요. 2프로 부족해도 읽을 때 찌르르 가슴 속으로 무언가 기어드는 시, 그런 시를 찾고 싶어요.

─가끔 내 아이디어가 새것인지, 옛것인지 모호해질 때가 있어요. 틀을 부수고 다시 시작해야 하는지…… 오늘 했던 예원씨의 말 하나 하나를 뽑아 저의 뇌리 속에 이식합니다.
　예원씨의 '따뜻한 체온'을 내 몸에 옮겨 심어 차가워진 내 가슴을 녹이고 싶어요. 시 잘 감상했습니다.
　잘 자요. 안녕.

희운은 라이브카페에서 차를 마시며 음악을 들었다.

인사동은 전통 민속의 거리답게 재미있는 곳이 많았다. 오랜만에 그는 친구와 만나 갤러리 몇 군데를 둘러보았다. 한 곳에서 본 커다란 화폭에 담은, 눈보라치는 산속의 붉은 흙집이 인상적이었다. 아내와의 사건 이후 태백에서 지낼 때의 그곳과 흡사했다. 세상과 인연을 끊고 혼자 칩거할 때 오히려 평온이 왔다. 희운은 저런 곳에서 좋아하는 사람과 같이 산다면 더없이 행복 할 것 같다는 느낌이 들었다.

그림은 자신을 응시하는 자에게 내부 깊숙이 들어와 말을 건넸다. 어느새 예원이 산속의 집에서 자신을 기다리고 있는 장면이, 보고 있는 화폭에 그려졌다. 유치한 상상이라고 흉보겠지? 하지만 그는 유치한 사랑만큼 순수하다는 것도 알아야 한다고 고집하고 싶어졌다.

희운은 평화로운 그림임에도 불구하고 그림에서 넘치는 기氣를 느꼈다. 논어에 공자의 이런 말이 있다.

> '태어나면서부터 아는 사람이 최상이고 배워서 아는 사람은 그 다음이며, 곤란한 경험을 통해서 배우는 사람이 그 다음인데, 곤란을 겪으면서도 아무것도 배우지 않는 사람은 최하등이다.'

태어나면서부터 아는 사람이 어디 있을까. 그러나 커가면서 기술은 배울 수가 있어도 '기운氣運'은 그렇지 않다. 그것은 타고 나는 것이기 때문에 손재주가 있어도 체득되는 것은 아니다. 또 오랜 세월 공들여서 얻어지는 것도 아니다. 말이 없는 가운데 서로 통하고 마음으로 이해되며 알게 모르게 몸에 붙는 것이다. 그림을 그리는 대상에 있는 것이 아니라 그리는 화가 쪽에 있다고 쓰여 있는데 기를 말하고 있다. 놀라운 것은 － 인품이 높으면 기운도 절로 높아진다 －

는 것이다. 그림에 기운이 가득차야 세상에서도 진귀한 보물이 된다. 그 글을 떠올리며 희운은 화가의 기운이 높은 것이라면 그 생동生動이 전달되지 않을 수 없겠지, 라고 생각되었다.

서예를 보면서, 글씨의 흐름을 보면 생동감 있게 써 내려가다가 어디쯤에서 풀어진 기를 느낄 수 있었다. 또 다른 전시장을 들렀다.

조형예술의 현란한 불꽃놀이가 눈부셨고, 유리에스며 새롭게 생명의 염색체로 꽃피는 색채예술, 금속이 스피디하게 자기를 복제하며 생명으로 진화하는 예술가의 투혼이 대단해 보였다. 친구가 물었다.

"웬 하품?"

"으응, 새벽까지 메일 좀 보내느라고."

"메일? 누구한테?"

"초등학교 선생님."

"여자야?"

"응. 인상이 아주 따뜻해. 귀족적이고……"

희운은 빙긋이 웃음을 머금었다.

"큰일이군. 자네 입에서 귀족적이란 말 나오는 걸 보니……"

"진도는 꽤 나간 모양인데…… 부디 조심해라. 빠지고 나서 상처 받지 말고."

"내 마음 나도 모르겠어."

"주파수가 맞지 않으면 떠나가는 자네 성질 내가 잘 알지. 그런데 혹 진짜 보석을 주운 것 아냐?"

친구가 비아냥대었다.

희운은 두 번 다시 결혼은 안하리라 다짐 했는데 왜 이 나이에 '이 여자'를 만나 이렇게 혼란스러워 하는지……, 곧 수습될 일이란 생각이 들지 않았다. 그는 하루속히 병원 일에 몰입해 냉정을 찾고 싶었다. 그래도 아니라면 그때는 예원과 결혼 하리라, 그는 다짐을 했다.

"도대체 마누라 곁에 자면 욕구가 나지 않는데 술집에 가면 자고 싶은 생각이 나거든? 무슨 조화인지 모르겠어……. 한의학적으로 설명 좀 해봐."

"그건 한의학이 아니고 심리야. 저보다 주관이 확실하고 똑똑하고 사상이 확고하게 돼있는 사람이 마누라라고 생각해봐, 자신은 거기에 못 미치거든? 그러니 두려운 거야. 뭐든 자기보다 척척 잘 해내고 능력 있으니까. 요새 그런 사람 많아. 심지어는 창녀촌에 다니는 거야. 그런 여자 위에선 마음껏 자기 능력을 과시할 수 있으니까."

“문제는 정신과에 다니면서 심리치료를 해야겠군. 정력제를 먹을 게 아니라…… 아니지, 마누라를 보내야지…… 하하하하…….”

“한 집안의 가장이 사회적으로 무능하고 뒤떨어졌더라도 부인과 자식들이 기꺼이 가장을 떠받들고 위해주면 이 집안은 번창하고 사랑으로 가득 하게 되지. 어느 가정이든 남자의 주관이 사라지고 기가 꺾이면 파멸의 길로 갈 수 밖에 없어. 마누라 무서워서 곁에 가기 싫은 남자의 성기능 장애는 심리에서 생기는 것이라, 보약 먹고 신장을 강화한다고 해결되지 않지.”

가정의 질서가 흔들리는 것은 일차적으로 남자가 줏대가 없고 결단력이 없는데 원인이 있는 거야, 가장 강력하고 훌륭한 정력제 역할을 하는 효과는 일단 부인의 순종과 애정으로 인한 따뜻함이고, 남편을 칭찬하는 것이야. 안 그래?”

“그야, 사내라면 주관을 갖고 여자를 설득하여 가정을 이끌 수 있어야 되겠지.

불평만 많고 정성 없이 게으름만 많은 여자나, 좁은 소견으로 가득 찬 여자마음 하나 풀어주지 못하고 거기에 끌려다니며 아웅다웅하는 남자나, 똑같은 거지.”

“옛말에 남편을 이겨먹는 여자는 본래 악처요, 마누라 말에 야합하는 놈은 병신이라잖아?"

"모처럼 만났는데 술이나 한잔 할까? 저녁시간 되니 출출하기도 한데."

"어디 가서 뭘 마실까?"

"일단 나가보자고."

두 사람은 거리로 나왔다. 인사동은 골목마다 여전히 사람들로 붐볐다.

"아, 내가 가끔 들리는 곳이 있어. 그리로 가세. 여기서 가까워. 슬슬 걷지 뭐."

희운은 친구가 이끄는 대로 따라 갔다.

희운과 친구는 아늑한 분위기의 카페에 앉았다. 그들은 양주 한 병과 안주를 주문했다. 술은 둘이 먹다가 남으면 맡겨 놓았다가 다음에 올 때 또 먹는다는 것이다. 두 사람은 긴장을 풀고 주거니 받거니 하며 이야기 속으로 빠져 들었다.

술이 어느 정도 들어가자 친구는 생기가 돌며 물먹은 화초 잎같이 싱싱해졌다.

"자네 일주일이면 몇 번 정도 술 마시나?"

희운이 물었다.

"일주일에 서너 번쯤 되는데, 너무 잦은 것인가? 자네는?"

"한 달이면 두세 번쯤. 과음은 안하지. 시간적 여유도 없고."

"간 기능 검사를 해보고 싶은데 사실 겁이나. 아침에 일어나면 빈속에 커피부터 마시지, 담배도 줄 담배지, 아무래도 이상이 있지 싶어서 말이야……"

"술을 많이 먹는 사람은 삼초의 장기능이 극도로 저하되어 있는 사람이야. 삼초는 임파관을 말하지. 사람의 소장, 대장이야. 술 중독은 이 세 가지의 장 기능이 거의 상실된 사람이거나, 아니면 여기에 습濕이 차서 균형이 완전히 깨져 음양의 차이가 심한 사람이야.*

음양의 차이가 벌어지면, 즉 몸이 정상에서 벗어나면 술이 세며 숙취가 오는데, 이런 사람은 술을 마셔야 장의 기능이 회복되고, 회복된 기능 덕에 정상으로 돌아와 소통이 잘되니까 기분이 좋아지지. 반대로 음양의 차이가 없는 사람은 술에 쉽게 취하며 술에 못 견뎌. 앞서 언급한 세 가지 장 기능의 저하에 간 기능 저하까지 겸비한 사람은 술고래지."

염려스러워 하는 친구를 위해 희운은 상식으로 알아두게나, 하면서 설명을 해주었다.

"술을 많이 먹는다고 자랑하는 사람일수록 극히 위험하네. 삼초의 세 기능이 점점 저하된다네. 게다가 술을 마셔야만 이 기능들이 흥분되어 몸이 정상화되므로 몸 자체에 그러한 속성이 점점 축적되고, 그리해서 세포들이 술 중독이 되며 결국 알코올이 들어오지 않으면 작용을 하지 않게 된다네. 이런 상태가 지속되면 심리적으로 불안, 초조하며 수전증 등이 오는데 노이로제 등 정신 질환에 시달리고 옹고집 성격이 되기도 하지.

그런데 놀랍게도 술을 전혀 먹지 않는 사람에게도 술과 비슷한 폐해현상이 나타날 수 있어. 초등학생들과 같이 어린 아이들 중 아랫배가 불룩 튀어나오고 언뜻 건강해 보이는 아이들이 이 증세인 경우가 많은데 여기에는 공해 탓도 있지만 양약과 같은 화공 약품, 특히 감기약, 소화제, 영양제, 진통제, 안정제 등의 과다복용에도 영향이 있어.”

“……그래?”

“결국 술이 인체에 끼치는 영향이나 양약의 과 복용이 대동소이하지. 대장혈, 소장혈, 삼초혈의 기능이 저하되면 배가 나오고 살이 찌며 이기적인 사고를 하게 돼. 남의 말에 귀를 기울이지 않으며 의심 많은 성격을 형성한다네. 잘 관찰해봐.”

“어째 자네 나 술 많이 마신다고 겁주고 있는 거 아냐?”

“횟수를 줄이게, 중년, 우린 지금이 가장 중요한 시기야.

아이들도 한창 커 갈 때고 건강에 가장 신경써야할 나이야.
아무 때고 진맥하고 보신 약을 먹고 싶거든 전화주고 와. 나
한테.”

“고맙네.”

희운은 요새는 소아성 당뇨병도 많아지고 있다며 당뇨에
대해서 이렇게 이야기 했다.

“당뇨는, 유전적으로 받았든, 생활 습관에서 기인했든,
좌우간 비습脾濕인 체질에 훈증熏蒸되면, 즉, 속을 끓이고 열
을 받으면 생기는 것인데 그럴만한 소질을 갖고 나온 데다,
바탕이 게으르고 노력하지 않으면서 일이 성취되기를 바라
기 때문에 끓어올라 체내에 당으로 변하는 공장을 형성하
는 것일세. 당뇨는 음식 때문에 생기는 것만은 아닐세. 음식
섭취는 원인이 아니라 결과이기 때문이야.

그러나, 몸과 마음이 긍정적인 의義를 바탕으로 희망적이
고, 정의롭고 양적陽的이면 당뇨뿐 아니라 다른 병도 쉽게
침습하지 못한다네. 반대로 음의 속성을 따라가면서 좋은
결과를 바라는 욕심이 많으면 당이나 고혈압은 필히 생기
지.”

‘음의 속성을 따라 간다…….’

친구는 입속으로 중얼거려 본다.

"당뇨는 음식과도 상관없는 것이, 마음이 건강하면 당뇨병을 촉진시키는 음식이 입에 들어가지 않기 때문이고, 당뇨가 생길 조건이 있고 계기가 있어야 그를 촉진시킬 음식이 비로소 땡기는 것이야.

그렇기 때문에 겉으로 드러난 생활 습관, 음식 습관 따위 때문에 당뇨가 생긴다 함은 원칙적으로 말이 되지 않는다네. 몸에 고장이 나려면 반드시 식욕 등 과욕이 생겨 꼭 그런 병을 만들 만한 음식을 찾아먹기 때문에 병이 생기는 것이라네."

희운은 끊임없이 몸을 하나의 우주로 보고 현대의학에서는 알 수 없는 기의 흐름과, 마음과 병의 원인관계를 연구하며 통계를 내고 과학적으로 입증하려 열정을 쏟았다.

"오래 마음공부를 하여 심신이 편안한 이에게 양약을 먹인 다음 대장혈, 소장혈, 삼초혈의 기능을 확인하면 이 기능들이 저하되는 것이 금세 드러나지. 이런 사실은 약이 들어가는 즉시 본인이 금세 느낄 수 있어. 이는 양약들이 이 세 가지 기능에 마비 작용을 하기 때문이야.

그런데 이 점에서 한약은 양약과 다르다네. 혹자는 한약이 생약이기 때문에 이를테면 간에 훨씬 더 많은 부담을 준다고 하지만, 이는 일면만 본 것이고 신체의 전체적인 흐름과 균형 면에서 보면 그렇지 않다네. 오히려 생약만이 간을 치료한다고 해도 과언이 아닐세."

희운의 친구가 애완동물에 대해 걱정을 하였다. 중학교 다니는 딸아이가 강아지 하고만 논다는 것이다. 옷을 해 입히고 늘 안고 슈퍼에도 가고, 안고 자기도 하는데 둘은 한시도 떨어져 있으려 하지 않는다고 했다.

어느 날 친구가 강아지를 무릎에 올려놓고 있었는데 강아지가 이상한 자극적인 행동을 하더라는 것이다. 엎드린 채 자신의 성기를 무릎 위에서 비벼대며 자극을 주더라는 것이다.

딸아이가 학교 끝나고 올 시간 쯤 돼서 강아지는 벌써 알고 낑낑거리며 꼬리를 쳐댔다. 사람이나 개나 서로 너무 좋아하면 본능에서 강한 파장이 전달되어 마음이 통한다. 딸아이가 들어섰고 개한테 가까이 다가올수록 강아지는 펄펄 뛰었다. 그런데 친구가 가만히 보니, 딸아이가 가까이 다가갈수록 개의 성기가 단단해 지며 정액을 흘리더라는 것이다.

어느 날 친구는 개를 개장수에게 팔아버렸다고 했다. 며칠 후 그 사실을 알게 된 딸아이는 엉엉 울면서 난리를 치며 밥도 먹지 않고 학교도 가지 않았다. 그러더니 그 뒤부터 개하고 똑같이 멍멍대며 오줌도 한발을 들고 싸고 화가 나면

으르렁 댄다는 것이다. 영락없이 개 흉내를 똑같이 낸다는 것이었다. 개귀신이 들렸다는 것이다. 누구든 외곬으로 집착을 하면 상대의 영이 곧 자기에게 들어와 버린다.

친구는 안수기도를 해보기도 하고 법력 높으신 스님이 계신 절에 가서 귀신을 떼어내는 불공도 해보았지만 소용이 없어서 현재 정신과 치료를 받고 있다고 하였다.

동물에게 지나친 정을 쏟으면 동물들은 금세 자기가 사람 인줄로 착각하게 된다. 동물은 인격체가 아닌데. 어느 아주머니가 지나치게 개를 사랑했다. 개도 역시 아주머니를 사랑했다. 개는 주인으로서 아주머니를 좋아하는 것이 아니라 자기가 남자가 되어 여인을 사랑하는 것이었다. 자신이 사람인 것으로 착각하고 있으니까.

어느 날 출장 갔던 여인의 남편이 돌아와 부인의 침대에 들어오자 개는 그대로 사납게 짖어대며 남편을 물어버리고 으르렁 대었다. 처참한 일이 벌어진 것이다. 특히 독신으로 사는 사람들에게 이런 문제는 많이 일어나서 병원에 치료하러 오는 사람이 많다는 것이다.

사람들이 개에게는 개 대접을 하고 고양이에게는 고양이 대접을 했더라면, 차별을 두고 동물로서 수준에 맞는 애정만큼만 쏟았다면 아무 문제가 없었을 것이다. 개나 고양이를 사람같이 대접하니까 이런 일이 일어나는 것이다.

친구가 희운에게 물었다.

"자넨 요새도 밤낚시 즐기나?"

"아니, 끊었어."

"그 좋아하던 낚시를 왜?"

"어느 날 낚시를 하고 있는데, 찌가 오르내리면서 한참을 주시하고 있자니 내가 그 놈의 몸짓을 하고 있는 거야. 어떡하면 잡을 수 있을까가, 어떡하면 먹이만 따먹고 도망갈 수 있나 하는 놈과 생각이 맞닥뜨린 것이지. 두 놈의 생각은 하나였어. 먹히냐, 먹느냐. 나는 잡는다는 쾌감에 도취되어 있지만 그놈은 생사의 갈림길에서 목숨을 건 승부를 한 거야.

나는 남의 생명을 죽인다는 것, 하필 이런 일에 미치광이가 되었을까 생각했고, 기실 정신병자가 제일 좋아하는 것이 낚시라는 것 알지? 먹고 살기 위한 직업이라면 면죄 되겠지만 어느 날, 악랄한 취미는 그만두어야겠다고 생각했네⋯⋯. 어떤 사람은 생태를 보존하기 위해 물고기를 방생을 하고 자연을 보호하는데 어떤 사람은 그것들을 잡느라고 즐긴다는 것이 할 짓이 아니라고 생각한 거지."

"영혼이 퇴보를 한 거야? 진화를 한 거야?"

"모르겠어. 하하하하⋯⋯."

그들은 삶을 이야기 하며 그 속에 정치, 경제, 역사를 이야기 하고 이웃을, 가족을 이야기 했다. 두 사람은 재미난 대화를 많이 하고 현 세태를 우려하면서 자리에서 일어났다.

12

희운은 더 이상 뚜렷한 이유도 없이 노모의 소망을 거절하기 어려웠다. 만감이 교차했다. 노모는 이미 여자 측과 약속을 정하였다며 신신당부를 하는 것이었다.

희운은 약속시간 10분 전에 노모가 일러준 커피숍에 도착 하였다. 남방에 콤비를 걸친, 늘 입던 차림이었다. 노모가 넥타이를 골라 주었으나 평상대로가 편하다며 넥타이는 매지 않았다. 평소 늘 다니던 병원 앞의 찻집이었으나 좀 쑥스러운 분위기였다.

예원과는 결혼에 대한 이야기는 꺼내보지 않았다. 그런데 노모가 두 달 전부터 아들아이가 다니는 피아노 학원을 끊고 선생을 집에 오라고 하여 경수하고 친할 수 있게 만들어 놓은 것 같았다. 경수는 피아노 연주를 좋아하는데 학교 공부에 억압되어 취미도 살리지 못하는 것이 안쓰러워 배우게 하고 있었다. 그 경수의 피아노 선생을 그날 만나보기로 한 것이었다.

한 여자가 다소곳이 다가와 목례를 하더니 물었다.

"성 선생님이세요?"

"아, 예 앉으세요. 성희운입니다."

"박경숙입니다."

여자는 통통한 몸매에 차분한 분위기였다. 절대로 허튼 일을 하지 않으며 부드러우면서 결코 실속 없는 짓은 하지 않을 사람 같았다. 평범한 생김새에 침착해 보였으나 얼추 부딪친 눈빛에 욕심이 느껴지는 인상이었나.

그런대로 큰 흠은 없는 듯 보였다. 박경숙은 경수의 피아노 교습에 대해 이야기를 했고, 어제는 경수가 숙제내준 연습을 안 해서 몇 군데 틀리기에 야단을 쳤었다는 이야기도 웃으며 곁들였다. 사람의 표정을 살피는 예리한 그녀의 시선이 만만해 보이지는 않았다.

그러나 희운은 왠지 저녁까지 같이 먹고 싶지는 않았다. 마침 병원 회식이 있는 날이라고 핑계대고 차만 마시고 그녀와는 헤어졌다. 왠지 씁쓸한 기분이 들었다. 희운은 친구가 안내해서 같이 가보았던 술집으로 향했다.

바에 앉아 몇 잔의 술을 마신 희운은 갑자기 예원을 불러 내고 싶어졌다. 취기를 핑계 삼아 만나서 그녀의 의사를 정 확히 타진해보고 싶었다. 문득 무례한 청을 하자는 배짱이 술기운 때문인가?

마침 늦은 시각인데도 예원은 희운의 청을 거절하지 않았다.

30분쯤 지나자 예원이 문을 열고 들어왔다. 희운은 편한 자리로 옮겨 앉았다.

"예원씨, 갑자기 나오라고 해서 미안합니다. 술 한 잔 하 겠어요?"

그녀의 편안한 웃음을 대하자 희운은 긴장이 풀렸다.

"네. 주세요. 그런데 좀 전에 식사를 해서 취하지는 않을 것 같은데요?"

"늘 퇴근하면 집으로 직행 합니까?"

"특별한 약속 없으면요."

두 사람의 시선이 마주쳤다.

때마침 오래전 유행했던 팝송 중 귀에 익은 노래가 흘렀 다. 예원이 새로 갖다 놓은 그녀 앞의 술잔을 들자 희운은 술잔을 마주치며 느긋하게 말했다.

"오늘은 예원씨 하고 취해보고 싶은데요? 실수해도 봐 주실 거죠?"

작심한 듯 희운의 눈빛에서 뿜어져 나오는 시선이 너무 강해서 예원은 시선을 피하며 웃음으로 답했다.

"술 취한 다음에 얘기를 꺼내면 취기라고 하실 것 같아 먼저 꺼내겠습니다."

"……?"

"예원씨, 저와 결혼해 주십시오."

희운의 느닷없는 청혼에, 예원은 기쁨보다 당황스러웠다. 이럴 때 어떻게 답해야 하나, 하는 생각이 그녀의 머릿속을 빠르게 스쳐갔다.

"……선생님을 존경하지만 갑자기 답을 드리기가…"

"좋습니다. 지금 답을 안주셔도 좋습니다. 부디 제가 실망하지 않게 해주십시오."

좋아하는 사람 앞에서는 자신감도 움츠러드는가. 희운은 쑥스럽기만 하고 조심스러웠다. 용기를 내서 꺼냈지만 부끄러워지기까지 했다. 초혼과 재혼의 차이일까. 초혼을 앞둔 한창 열애중인 남녀 사이라면 자연스럽게 나, 너 사랑하니까 우리 결혼하자, 라고 했을 것이다.

희운은 술을 두 잔 더 주문했다.

"제가 예원씨 보다 월등 못 미치는 사람이에요. 예원씨를 한 번 두 번 만나는 횟수가 늘면서 어느 때부터인지 예원씨와는 꼭 이전 생애에 부부였던 것 같은 생각이 드는 거예요. 모든 것이 자연스럽고 서로의 생각에 익숙했어요…… 예원씨와 저의 행복을 위해 최대의 노력을 기울일 게요……."

희운은 탁자 위에 놓여있는 예원의 손을 꼭 잡았다. 평화였고 신뢰, 그 자체였다.

"저도 선생님의 잔잔하고 늘 진실한 모습에 끌렸었어요. 겉으로 보기엔 냉정한 듯 보이기도 하지만 솔직하며 가슴이 뜨거운 분이란 것도 알고 있어요. 제가 오히려 선생님 보다 못 미치는 사람이죠……."

결혼은 영혼끼리 합하는 것이다. 한 남자, 여자와의 결혼은 그가 살아온 성장배경, 그로 인한 생활습관과 가치관, 인간성, 주변의 조건 등 그 모든 것과의 결합을 의미한다.

음양론에 입각한 질서 차원에서 볼 때 남자인 양이 여자인 음을 유도하는 것은 극히 당연한 것이다. 이는 우주의 법칙이고 남녀 구분 이전의 문제이다. 양이 이끄는 힘이 없으면 음은 움직이지 못하며 썩고 만다. 양의 유도로 인하여 음이 존재 가치가 있지 음 자체로는 아무것도 하지 못한다.

예원은 재혼에 대하여 막연히 혼자 살 수는 없는 노릇이고, 좋은 사람이 나타나면 하겠다며 언젠가 해야 할 숙제처럼 미뤄놓았었다. 그러나 기철과의 결혼 실패로 인해 자신이 없어졌고 재혼이란 단어가 두려워진 것도 사실이었다.

운명이란 것이 무언가.

예원은 처녀시절, 지구 밖의 달을 쳐다보며 불가능에 대해서 매력을 느꼈었다. 그 결과 기철 같은 남자를 만났고 한 번도 결혼 후 행복한 결혼, 잘한 결혼이란 생각을 해본 적이 없었다. 그만큼 기철과의 결혼은 불행했었다고 해야 옳았다.

기철은 허무주의자였다. 그의 비관적 인생관이 가엾어서 감싸주고 싶었다. 불가능한 사람에게서 매력을 느꼈다는 자체가 돌이켜 보면, 자신의 운명이 그렇게 안 좋은 쪽으로 흘러갈 것임을 예감했어야 했다. 두 번 다시 운명타령 하지 않겠다고 했건만…….

운명이란 말 속에는 이미 부분적으로 포기란 뜻이 담겨 있으며 원망하고 싶은, 남의 탓으로 돌리고 싶은 마음이 한 구석에 있는 것이다. 그러므로 예원은 운명이란 말 자체를 좋아하지 않았다. 예원은 자신의 인생 시나리오는 자신이 만든 것이고 과거에 만든 것은 현세에 나타나고 다음 생은 지금 현재 자신이 만들고 있는 중이다, 라고 생각해 왔다. 결국 파탄으로 끝나고 말았지만 그것은 영원히 지워지지 않을 가슴에 새겨진 상처였다. 이 세상에 이혼을 한 사람치고 피눈물을 한번 흘리지 않은 사람은 없다고 한다. 자식에게까지 피눈물을 흘리게 만든 건 아니었을까…….

예원과 희운은 카페를 나와 밤길을 걸었다. 두 사람의 가슴속에 새겨진 지난날 상처가 서로에 대한 안타까움과 신뢰감으로 따뜻한 울타리가 되어 주었다. 예원이 희운의 팔짱을 끼었다.

13

— 늦은 밤 잘 들어갔어요?

등꽃 향기가 집안 가득합니다.
등꽃 얼굴에 부비며 등나무 여인의
진한 살 냄새 맡습니다.
결 고은 생머리 나부끼듯 치렁치렁 늘어진 꽃송이 바람에
흔들리고
고운 세월 물결 따라 흐르는데 손잡아 줄 님의 모습, 어디에
도 없네요.

꽃은 카메라에 담아도
어떡해, 저 향기! 화면엔 담을 수 없어 꽃잎, 입에 물고 안
타까워합니다.

예원씨에게 제가 만든 우리 집 등꽃 화채를 맛보여 드리고
싶어요.

예원은 분첩으로 곱게 얼굴을 다듬었다. 등꽃 피는 5월에
옛날 양반들이 즐겼던 '등꽃 화채'를 만들어 준다고 희운이
집으로 초대했기 때문이었다. 예원은 화장을 마치고 옷장
문을 열었다. 이것저것을 고르다가 칼라에 반짝이가 붙은
비둘기 빛 투피스를 꺼냈다. 예원은 옷을 갈아입은 후 집 밖
으로 나와서 화원에 들렀다. 꽃을 사려고 꽃들을 들여다보
다가 그의 집에는 정원이 넓고 늘 사계절 다른 꽃을 보며 즐
긴다는 말이 떠올랐다. 예원은 그냥 화원을 나왔다. 마트로
가서 아이스크림과 차 종류를 샀다.

희운의 집이 가까워 오자 예원의 가슴이 조금 울렁였다.
대문에 나와 있던 희운은 예원을 보자 환한 웃음으로 반겼
다. 예원이 집안에 들어서자 희운의 노모가 현관 앞에 나와
서 몽우리 진 연산홍을 들여다보고 있었다. 희운이 예원을
소개하자 노모는 동창의 딸이라고 해서 어떻게 생겼는지
무척 보고 싶었다며 어머니도 건강하시지? 인사를 건넸다.
희운의 노모는 잔잔한 미소가 가는 주름 사이로 번지니 예
원의 어머니 여학교 때 모습과 비슷한 처녀 시절의 모습이

되었다. 노모는 자기자식을 대하듯 애정 어린 시선으로 예원을 바라보았다.

두 분은 같은 반을 한 적이 없어도, 일찍이 병으로 죽은 남편으로 인해 희운의 노모가 청상과부가 되었고 예원의 노모는 결혼 후 예원을 낳고 사고로 남편을 잃어서 또한 청상과부가 되었다. 두 사람은 서로에 대한 소식을 동창회에서 알았으며 직접 말은 건네지 않았어도 상대의 아픔을 이해하며 가슴 속으로 연민의 정을 느끼고 있는 터였다.

희운의 노모는 현관 안으로 들어가는 예원의 뒷모습을 측은지심과 애정의 시선으로 바라보았다. 예원은 희운의 안내에 따라 2층에 있는 희운의 방으로 안내 되었다. 그의 방 안에는 전부 한의학에 관한 책들이 책꽂이에 꽂혀 있었다. 정갈한 모습의 책꽂이에는 먼지 하나 없는 갈색 가구가 윤기를 냈는데 그 품위에 압도 되었다.

창문을 여니 겨울에만 꽃을 피워내는 동백나무의 초록 이파리가 오후의 햇빛에 반짝였다. 정원에는 파란 잔디가 그득했고 감나무, 밤나무, 소나무가 거목임을 드러내었다. 순간 예원은 자신의 서민층 아파트가 초라하게 느껴졌다. 예원은 희운이 이렇게 부유한 환경에서 살면서 불쌍한 환자들을 보살피는 봉사도 한다니 그는 보통 의식을 갖고 사는 사람이 아니라고 느껴졌다.

"예원씨가 쓴 수필 아주 재미있게 읽었어요. 아이들과의 생활, 생각할 거리를 주더군요."

예원이 일주일전에 희운에게 보내준, 학교 신문 중 '교단일지' 난에 내었던 것을 말했다.

"부끄러운데요."

"아이들 가르치기 쉽지 않죠?"

"속 썩을 때가 가끔 있지만 재미있을 때가 많아요. 선생님은요? 늘 환자하고만 씨름하시니 저보다 더 힘드실 것 같은데요?"

"보람이 더 크니까 지탱하는 거겠죠. 아픈 사람을 고치는 의사는 원래 좋은 직업이긴 한데 요즘처럼 돈 벌 생각만 하는 의사는 상인이지 더 이상 인술을 실천하는 의사라고 보기는 어렵죠."

희운이 등꽃화채를 가져오겠다며 방문을 열고 나갔다. 잠시 후 그는 다과와 함께 쟁반에 화채를 받쳐 들고 들어왔다. 그는 예원 앞에 등꽃 화채를 담은 유리그릇을 놔주었다.

"겨우내 딱딱한 마른 등나무 가지에서 움잎이 돋을 때 정말 신비해요. 나뭇잎 무성하고, 등꽃 향기 진동하는 5월에 예원씨를 먼저 초대해야지 하고 생각했었어요."

예원은 화채 맛을 보았다. 모양도 맛도 향기로웠다.

"옥상에서 등나무 손질을 해 주며, 겨울 동안 미라처럼 벌거벗고 잠들었던 여자의 몸에 조심스레 손을 대는 것 같았어요. 등나무 전설 들어보셨어요? 스스로 목숨을 거둔 죄. 지상에 별똥별로 곤두박여 세상에서 그중 못생긴 나무로 환생했답니다. 죽은 줄 알았던 임은 전쟁터에서 살아왔건만……."

한 편의 애달픈 사연이 곧 시가 되어 희운의 입에서 나올 것만 같았다. 짝사랑에 빠진 처녀가 스스로 목숨 버리고 환생한 나무. 임의 품에 안기지 못한 한을 그녀는 이렇듯 벌거벗은 몸으로 풀었다.

"등잎 다려 먹으면 금간 사랑도 봉합이 된답니다. 베게 속에 등 꽃잎 넣어 두면 깨진 사랑도 되살아나고……"

희운과 예원은 마주보고 웃었다.

"저렇게 연하디 연한 것이 어떻게 나무껍질을 뚫고 나오는 건가? 볼수록 신비해요."

"……"

"위로만 뻗는 등나무의, 강한 생명력에 담긴 영혼이 무섭게 느껴지기도 했어요."

예원이 그의 말을 듣고 창밖의 등나무를 보니 나무의 영혼이 마주 보고 있는 듯한 느낌이 왔다.

“등나무 새순은 등채나물로 무쳐 먹는다는데, 장을 맑게 하고, 두릅 맛과 비슷하답니다. 어떻게 수십 년을 같이 살아온 식구의 몸에 손을 댈 수 있단 말인가, 안 먹고 말지 했는데 예원씨에게 맛보이려고 오늘 몇 송이 딸 수밖에 없었어요. 금년엔 애채 연한 잎사귀를 그늘에 말려 덖어서 ‘등잎차’를 만들어야겠어요. 예원씨에게도 조금 드릴게요.”

티없이 웃는 희운의 미소가 천진한 소년 같았다.

등꽃은 연보랏빛으로 볼수록 신비했다. 아름다운 꽃은 누구나 탐스럽게 바라본다. 그러나 꽃이 아름답다고 누구나 꺾으려 들진 않는다. 오가며 그냥 바라보며 즐기는 사람도 있다. 소유욕을 버리며 혼자 느끼는 은밀한 환희 같은 것 아닌가, 예원을 바라보는 희운의 감정은.

희운의 방 어디선가 모짜르트의 ‘사랑의 인사’가 흐르고 있었다. 예원은 뭔가 슬픈 감정이 들었다. 아마 깊숙이 새겨져있는 상처가 삭혀지지 않았기에 느닷없이 떠올라 춤을 추어 대는 것인지도 몰랐다. 서러웠다. 실패한 인생 같은 느낌이 드는 이 감정은 자주 자신을 비애 속으로 몰아넣었다. 희운 앞에서 자신이 초라해지는 것만 같았다.

“성 선생님, 저 좀 안아 주세요……”

예원도 모르는 새 나온 느닷없는 말이 희운의 얼굴에서 당황으로 일렁이더니 그는 이내 감격으로 예원을 포옹했다. 인간으로서 기대고 싶은 예원의 애잔함을 희운은 뜨거운 포옹으로 품어 안았다.

희운은 힘주어 안았던 팔을 풀며 예원에게 말했다.

“이번엔 예원씨가 저를 좀 안아 주세요……”

예원이 그의 아픔을 온 힘을 주어 안았다. 희운의 입술이 나비처럼 예원의 이마에 살짝 닿았고 예원의 핑크빛 진달래 입술 위에 오래도록 머물렀다. 내면에 흐르던 아픔의 강이 하나가 되어 그들의 마음을 엮어 흐르게 했다.

14

─과연 인간은… '사랑의 대상'이 될 수 있는가?

내 삶에서 적어도 내겐… 인간은, 상처였으니까요.

사람의 얼굴을 지우고 또 지우면서,

어렵게 마음을 비워 가는데, 겨우 비워 낸, 그 공간 속에

어느 날 갑자기, 예원씨가 나타나… 다시 꽉 채워

버렸어요.

어떡해요?

경찰을 부를까요?

불법 침입 죄로, 끌어내라고?

답장 주세요. 보고 싶어요.

　　창가 앞으로 새가 한 마리 날아와 잠시 베란다에 있는

동백나무에 앉았다가 날아갑니다. 정원에 숲이 보여서인

지 자주 볼 수 있는 모습입니다. 결국 살고나면 모든 게 허망

일 뿐인데… 많은 생각을 예원씨에게 빼앗깁니다.

희운은 요사이 눈에 띄게 들떠있는 자신을 발견하곤 멈칫 서버릴 때가 많았다. 이 여자 때문인가? 이 나이에 가슴이 설레다니. 한 여자와의 실패로 충분하지, 또다시 새로운 아픔을 체험하려 하는가? 과거는 희운에게 늘 뭉툭한 아픔을 주었다.

문제는…… 불행한 결혼으로 가슴에 상처가 난 여자를 치유해주지는 못할망정 자신 같은 사람을 만나 또다시 그 아픔에 덧칠해주게 되는 건 아닌지 착잡해졌다……. 흐르고 있는 슈만의 '꿈'이, 그렇게 감미롭던 음악이 무겁게 느껴졌다.

아내와의 상처 이후, 태백에서 기거했었다는 말을 해 준 것은 예원뿐이었다. 예원은 그곳을 한번 가보고 싶다고도 하였다. 그때 예원은 이렇게 말하는 것이었다.

"성 선생님, 과거는 과거로 흘려보내세요. 뒤돌아보고 있으면 무슨 발전이 있겠어요?"

희운은 고뇌했다.

아들아이를 통하여, 엄마가 유방암에 걸려서 수술을 했고 그 2년 뒤 다시 재발했다는 소식을 들었던 것이다. 전부인 혜린. 이혼 후 경수는 엄마를 자유롭게 만날 수 있도록 해주었다. 하나뿐인 아들과의 정까지 떼란 소리는 혜린에게 할 수 없었다. 이제 완전히 상관없는 사람이지만 아들아이가 받았을 상처와 살아 있을 때 끝내 용서하지 못하고 죽음 앞에서야 용서하고 보내는 자신이 더욱 괴로웠다. 그녀에게서 받은 상처는 잊혔지만 이제 그녀를 저 세상으로 보내야 하는 인연이 서글플 뿐이었다. 인간으로 태어나 하나의 큰 업을 짓게 되었다.

선택을 못해서가 아니라 딱한 사람의 입장을 들어주지 못하고 떠나야 하는 심정처럼 그렇게 버린 데 대한 책임감과 인간적 안쓰러움 이었다고 할까. 벌써 잊었어야 할 일이었음에도 그의 의식을 파고드는 것은 또 무얼까?

"선생님께서 지난 일에 매달리는 것 보다 앞을 보고 더 나은 길을 걸어가는 것이 훨씬 현명하다고 하셨잖아요?"

조심스럽게 말하는 예원의 목소리는 움츠러들었다.

"……그래요."

갑자기 희운이 돌아서며 두 팔로 예원을 얼싸 안았었다. 그런데 어디선가 슬픔이 일었다. 어쩌지 못하는 저 깊은 심연에서 올라오는 슬픔이. 인간의 언어란 꼭 들어서가 아니고 말로 표현되어서만이 알 수 있는 것이 아니다. 들은 적

없어도 저절로 알아지는 경우가 수없이 많았다.

예원은 희운의 따뜻함 속에서, 아버지의 품을 그리워하는 듯 했다. 오랜 세월 살면서 각박했던 마음이, 푸근하게 감싸이고 싶었던 갈증이 그녀의 뺨에 투명한 눈물로 흘렀다.

─ 예원! 선善을 향한 그녀의 심성, 좋은 여자다. 희운은 그녀의 눈물과 따뜻했던 미소를 떠올리며, 보다 일찍 만났더라면……, 그런 생각이 파고들었다. '운명의 밑그림은 이미 그려져 있다'는 그녀의 말…… 아쉬움만이 쌓였다. 넋을 잃고 영혼의 가슴을 열어 자신의 삶을 고해하고 있는가? 영적 친근감 없이는 있을 수 없는 일일 것이다.

희운은 창밖을 내다보며 지나는 사람들을 구경하였다.

사람이 산다는 게 무언가?

도대체 어디서 와서 어디로 휩쓸려 가고 있는 것인가? 지상엔 떠도는 고아가 많다. 머물 곳은 없다. 그 어디에도.

왜 사람 사는 모습들이 문득 슬퍼 보이는지…… 우울증인가?

분명 아닌데…… 우울증에 걸릴까봐 늘 체크를 하고 있기 때문에 분명 아닌데…….

창밖의 은행잎이 며칠 전보다 조금 더 초록 색채를 띠었다. 밤사이의 싱그런 변화조차 왜 그렇게 서글프게만 보이는지……. 혜린의 삶이, 예원의 외로운 삶이, 자신의 어쭙잖은 삶이 전부 다 서글프고 불쌍해 보이기도 하는지…….

희운은 창밖을 보며 지나가는 사람들을 멍청히 바라보고 있는 이 모습은 또 무언지 왜 그러고 있는 것인지, 더 슬픈 쪽으로 감정은 치닫고 있었다. 희운은 주전자의 물을 끓이기 위해 스위치를 꼽았다. 차를 마시며 감정을 달래야겠다.

어렸을 적 사랑채에서 긴 담뱃대 물고 '사람 사는 거이 다 그런 거여' 하던 할아버지 말이 모든 것을 함축한 표현이란 것도, 이 나이 먹어 이해될 것 같은 착각도 결국 인간에 대한 애증 아닌가.

평탄한 길을 걷다가 갑자기 막다른 골목에서 길을 잃은 아이가 되어 갈 곳 모르고 허둥대고 있는 건가. 희운은 별것 아닌 것에도 눈물이 솟아올랐다. 살다가 이런 감정이 들 때가 가장 힘들었던 것 같다. 자신의 환자들에게 건강 상담을 하며, 용서하고 마음 편히 먹으라고 말해주었던 것은 또 하나의 분장한 자신이었나…….

모든 생물들은 태어남과 살아감을 통해 많은 경험들을 하며 최후에 죽음을 맞이한다. 육체의 죽음은 증거 할 수 있으되 영혼의 죽음은 어떻게 증명될 수 있을까? 살아있으면서도 죽어있는 인간은 또 얼마나 많을 것인가. 법구경에 '깨어 있음은 불멸의 길이고, 우둔함은 죽음의 길이다. 깨어 있는 자는 죽지 않고, 우둔한 자는 이미 죽은 것이나 다름없다.'고 하였다.

그 후 혜린은 죽었다.

하얀 국화꽃으로 장식된 사진 속에서 화려한 미소를 짓고 있는 전 부인 혜린. 희운은 지상에서의 인연을 마무리 하고자 혜린의 장례에 참석했다.

그녀는 육체를 빠져나온 영혼이 가는 곳, 아스트릴계에 가 있을 것이다. 자신의 장례를 치루는 그 장면속의 사람들을 내려다보고 있을 것이다.

희운이 영안실에 나타나자 혜린의 인척들은 일제히 그에게 시선을 주었다. 전남편이란 타이틀이 반가울 수 없음을 그는 알고 있다. 영안실 한쪽 켠에 서 있는 경수가 눈에 들어왔다. 경수는 검은 양복에 베완장을 두르고 상주의 자리를 지키고 있었다. 정중하게 조문객들을 맞았다. 가끔 눈물을 참아내려는 침착한 의지가 경수의 얼굴에서 드러나기도 했다.

희운은 영정 앞에서 묵념을 하고 묵묵히 접대실 한 구석에 앉았다. 혜린의 사촌 언니가 소주와 국밥, 전과 떡 등 몇 가지 찬을 희운이 자리한 상에 갖다 놓았다. 희운의 맞은편 자리에 앉은 그녀는 담배를 하나 달라며 희운에게 손을 내밀었다. 희운이 준 담배를 물고 불을 붙인 그녀는 깊게 빨아들인 연기를 옆으로 뿜어냈다.

그녀는 희운의 잔에 술을 가득 따라주었다.

"제부는 재혼해야지?"

오랜만에 듣는 그녀의 걸걸한 음성이 희운은 내심 정겨웠다.

"아직 생각 없어요."

"경수가 의젓하게 컸어. 외모는 즈이 엄마 빼닮았는데 행동은 준수한 게 꼭 제부 모습이야."

그녀는 경수를 돌아보며 칭찬을 했다.

"사람 사는 게 뭔지…… 살면서 누구든 한 번의 실수는 있잖아?……"

그녀는 가슴에 맺힌 한을 그렇게 풀어내는 것 같았다. 그녀의 눈빛에 희운에 대한 원망과 서운함이 엉켜있었다.

어느 날인가, 경수가 희운의 서재에 들어와서 심각하게 물었다.

'아빠, 성경에 일곱 번씩 일흔 번이라도 용서해주라고 했

는데, 아빠가 한번 엄마를 용서해 주면 안돼요?'

'경수야, 남녀 관계란 그렇지 않은 거야. 아직 넌 어려서 잘 몰라……'

그때 자신은 그 질문의 대답에, 왜 그렇게 뿐이 말할 수 없는 것인지 궁색함에서 벗어날 수 없었다. 왜 충분한 설명을 하지 못하고 안 된다고만 말해야 되는지, 갇혀있듯 답답했다. 그 기존의 통념들을 뛰어 넘는 사람도 있을 것이다.

"사촌지간이라도 어릴 때 혜린이와 난 같이 커서 우린 친형제나 다름없어. 임종 날 오전까지 내가 곁에 있었는데 혜린인 제부를 한번만 보고 싶다고 하던 걸. 내가 말렸는데 그게 마음에 걸려."

그녀의 눈시울이 붉어졌다.

"혜린이가 이 세상에 태어나서 사랑한 사람은 제부뿐이었어. 내가 잘 알지…… "

그녀는 상에 엎드려 갑자기 소리 내어 울었다. 주변사람들의 시선이 모두 쏠렸다. 다른 인척 아주머니 한 사람이 와서 그녀를 부축해서 데리고 갔다. 희운은 마지막으로 따라 놓은 소주잔을 입속에 털어 넣었다. 그녀의 마지막 말이 목에 걸렸다. 희운은 대각선으로 바라보이는 경수를 바라보았다. 경수가 불쌍한 생각이 들었다. 속으론 엄마 아빠와의 이혼을 얼마나 큰 상처로 받아들였을 것인가. 그는 중학생으로서 한창 사춘기 때인 것이다.

영정속의 혜린이 자신을 바라보는 듯 했다.

희운은 문득 혜린과의 결혼식을 떠올렸다. 초록 잎이 눈부시게 햇빛에 반짝이던 날 야외에서 인척과 친구들만 초대하였다. 나무 그늘아래서 은사의 주례와 축하 연주는 이어졌다. 웨딩케익을 자르고 샴페인을 터뜨렸다. 혜린의 하얀 웨딩드레스가 초록 나뭇잎과 대비되어 눈부셨다. 그날 아무도 그 결혼이 실패로 끝나리라고는 상상할 수 없었을 것이다.

"혜린이가 이 세상에 태어나서 사랑한 사람은 제부뿐이었어. 내가 잘 알지……"

희운은 고개를 흔들어 버렸다. 무어라 형용할 수 없는 심정만큼이나 여러 사람속의 자신이 편치 않았다.

밤이 되어 영안실을 지키고 있는 몇 사람만 그 밤을 새울 뿐 조문객들은 모두 돌아간 새벽 3시에 희운은 병원 영안실 전체를 둘러보았다.

수없는 죽음들……. 망자와의 인연이 조문객들을 불러모으는 듯 많은 사람들이 붐비는 곳도 있었고 텅 빈 채 쓸쓸하게 가족 몇 사람이 영안실을 지키고 있는 곳도 있었다.

입관 때 보았던 혜린의 죽은 육신은 오랜 병으로 인해 여위어 허약해 보였고 뽀얗던 피부는 창백하게 퇴색되었다. 그녀는 조각처럼 이목구비가 완벽한 미모였다. 죽음이 그녀의 미모를 가렸어도 기본적인 바탕은 그대로 드러났다.

문득 티벳의 스승인 고승 '파담파 상게'의 유언적 가르침이 희운의 가슴속에서 한편의 시처럼 흘러 나왔다.

……여름 꽃은 아름다우나 가을에 시들어 죽나니, 이 덧없는 육체도 그처럼 피었다가 사라진다. 생명의 빛이 빛날 때 이 육신은 찬란하지만, 죽을 때 그것의 모습은 마귀 떼처럼 두렵나니, 육신의 유혹은 언제나 우리를 배반하도다.

혈연관계는 그럴듯한 환상이고 신기루니, 인연을 끊고 감상의 매듭을 자르라.

생일날 아침에도 죽음의 징조가 보이나니, 항상 주의하고 경계하며 시간을 낭비하지 말라. 인과율은 절대로 확실하니 항상 공정하고 분명하며, 어떤 사소한 악행도 저지르지 마라.

뼈와 살은 함께 태어나도 결국은 분리되나니, 그대의 삶이 영속한다고 생각지 마라, 그것은 곧 끝이 난다. 윤회와 열반은 한마음에서 비롯되지만, 그 마음은 형태도 내용도 없노라. 좋고 싫음은 새들이 공중을 날 때와 같이 흔적을 남기지 않으니, 체험에 집착하지 마라, 그들은 항시 변화한다. 쾌락은 호수의 잔물결처럼 항상 덧없으니, 덧없음을 찾지 마라. 그것은 착각이로다.

희운은 고승의 가르침을 생각하며 인간으로 선택되어 태어남은 커다란 은총 아닌가, 감사한 마음을 가져본다. 그리고 '나' 일수 있었다는 것에 전생의 사라진 나와 현재의 나를 합쳐본다. 다만 목적 없이 시간을 보내며 즐거움만을 찾는 미래의 나가 되지 않기를 소망해 본다.

사람들은 삶보다는 죽음에서 많은 것을 사색하게 되고 자신을 돌아보게 된다. 희운은 혜린의 사체를 보며 저 사람과 살을 맞대고 살았던 부부였었나, 새롭게 감회가 어렸다. 단순히 영혼이 떠났다는 것에 대한 신비한 이변 때문일까. 살아있고 죽어있는 차이 하나만으로 그렇게 깊은 감회가 오는 걸까? 겨울 같은 차가운 슬픔이…….

혜린이 잘못을 용서받고 싶다고 했을 때 희운은 단호히 거절했었다. 그녀에 대해 감정적으로 분노가 일어났을 때 자신이 받은 상처를 되돌려 주고 싶었다. 그러나 똑같은 아픔을 준다면 자신에게 무슨 이득이 있을 것인가? 희운은 그에 대한 해답을 얻지 못하고 말았다. 마지막으로 혜린은 경수에게, 엄마가 잘못했다는 것을 아빠에게 용서 빌고 싶다고 했다. 희운은 그 소리를 아들아이를 통해 들었을 때 가슴 한 켠이 뻐근해왔었다.

그래서 복수 말고 다른 방법은 없는 걸까?…… 그러므로 희운은 집착도 증오도 사랑에서 나온다고 받아들이게 되었다. 시간이 흐르자 혜린에 대한 증오가 사라지고, 언제부터인가 용서가 되었는지 희운은 알 수 없었다. 미움이 사라졌을 때, 희운의 마음은 평화가 왔고 안타까움이 사라진 차디찬 비애를 느꼈던 것이다. 인간적인 연민만이 남았을 뿐이다.

이른 아침이 되자 희운은 건물 밖으로 나왔다. 영구차에 올랐다. 화장터에는 유족들로 붐볐다. 많은 영구차가 순서를 기다리고 있었고 상제들은 수속을 밟느라 분주히 사무실과 현장을 오갔다.

영안실에서 며칠 동안 슬픔을 토한 탓인지 그들은 대부분 지치고 무덤덤한 얼굴이었다. 나무와 건물의 그늘에 가려진 뒤뜰에는 구석마다 때탄 눈이 녹지 않은 채 박혀 있었다. 그 위에 마른 낙엽이 바람에 굴러다녔다. 인간의 영혼도 저렇게 더럽혀진 채 가야할 곳으로 가지 못하고 중음 계를 떠도는 혼이 있을 것인가.

우리들의 신은 망자들의 죄를 용서하고 받아들여 줄 것인가. 일곱 번씩 일흔 번이라도 용서하라고 가르치신 분은 과연 지옥을 만들었을까. 지옥이 있다면 신도 용서하지 못할 죄인이 있는 것인지, 살아있는 사람들이 죄를 짓지 못하도록 하기 위한 방편으로 만든 소리인지, 알 수 없었다.

혜린의 유골은 납골당에 안치되었다. 많은 영혼을 안장하고 있는 추모관 안치단, 작은 유리문 속에 유골을 담은 예쁜 도자기들이 소중하게 보관되어 있었다. 가족사진과 함께 봉안되어, 가족들이 보고 싶으면 가끔 와서 보도록 하였다. 가족들은 망자에게 주는 편지들을 유리창에 붙여놓고 갔다. 혜린의 옆으로 오른쪽 칸에는 아빠에게 보내는 편지들을 아이들이 써서 붙여놓았다.

<아빠 보고 싶어요. 우리 공부 잘하게 해주세요. 어제는 할머니와 놀이 공원에 갔었어요. 꿈에 한번 나와 보세요. 그런데 아빤 왜 죽은 거예요? 놀이공원에서 끝나고 엄마네 집에 갔었어요…>

엄마네 집이란 걸 보니 남편 죽고 아이들을 할머니에게 맡기고 재혼을 한 모양이었다. 희운은 가슴이 아려왔다. 죽은 사람들의 사연이 많기도 하다. 그 옆으로 왼쪽 칸에는 아들을 하늘로 보낸 엄마가 다녀가면서 편지를 붙여놓았다.

<아들아, 일 년만에 왔다. 앞으로 자주 찾아볼게. 외롭
지 않았니? 영원히 너를 사랑한다.>

자신을 부모의 가슴에 묻어놓고 간 아들을 보며 대화를
나누고, 떼 지지 않는 발걸음을 돌려 갔을 어머니의 심정에
희운은 숨이 막히는 듯하였다. 아, 그래서 사람은 죽으면 빨
리 영계로 돌아갈 수 있도록 화장하는 것이 가장 좋다고 한
말이 떠올랐다.

혼령은 이승에서 살던 습 때문에 자꾸만 자기의 육신으
로 돌아가려고 한다고 했다. 자신이 머물던 육체가 없어진
혼령은 영혼계로 돌아가야 한다는 것을 다른 영혼들이 자
각시켜 인도해 주어야 한다는 것이다. 수천 구를 넣은 안치
단은, 그 혼들이 유리 칸 속 망자의 집에 갇혀서 이승에서의
삶을 그리며 가족들의 혼들을 불러들이는 것만 같았다. 암
울한 분위기가 흘렀다. 나무에 거름이 돼주는 수목장이나
화장해서 없애버리는 것이 망자에게나 유족에겐 제일 좋을
듯싶었다.

사인은 사고이거나 자살, 병사인데 죽은 뒤 꼭 한번만이
라도 다시 가족과 만날 수 있다면 우리네 삶은 사뭇 달라지
지 않을까. 신은 잔인하다. 단 한번도 죽은 영혼과 산사람을

만나게 해준 역사가 없다. 만약 한번만이라도, 죽은 뒤 만날 수 있었다면 영계의 세상은 어떻다고 전해주어 환히 알 수 있으니 아마 개인적 삶은 물론 역사도 바뀌었을 듯싶다. 또 살인을 당해 죽은 뒤 범인이 누구라고 가르쳐 줄 수 있으니 많은 범죄도 줄어들지 않을까. 영혼의 세계에서는 서로 만날 수 있겠으나 과학으로 증명되지 않는 한 아무도 믿을 사람이 없다.

혜린, 편히 쉬시오. 그대를 용서하지 못했던 죄 참회합니다.

희운은 묵념하고 마지막 봉안절차가 끝나자 영정사진을 들은 경수와 영구차에 올랐다. 타고난 수명만큼 살고 가는 것이 우리 인간들의 숙명이기에, 신이 인간에게 지어준 엄명을 거부할 수 없는 것이다. 겨울의 찬바람이 차창에 스치며 쓸쓸한 야산의 풍경이 가슴을 파고들었다.

어느 날 제자인 만다라바는 물었다.

"윤회와 열반 사이의 차이는 무엇입니까?"

티벳 불교의 대성인인 '파드마 삼바바'는 답했다.

"무지와 지혜의 차이이다."

"조건적 진리와 무조건적 진리 사이에는 어떤 차이가 있습니까?"

"진리 아님과 진리임의 차이가 있다."

선업을 행하는 자들은 사람을 도와 유덕한 길로 이끄니, 현명함과 거룩함을 확고히 믿으라고 하였다. 산속의 오솔길을 영구차가 달릴 때 경수가 희운의 어깨에 기대어 잠이 들었다. 희운은 자신의 어깨를 내주며 소중하게 경수의 어깨를 감싸 안았다.

기울어가는 햇살이 산등성이를 비추며 슬픔도 기쁨도 아닌 무심의 경계에 머물러 있었다.

15

　예원은 희운의 병원에 들른다. 희운과의 약속으로 그의 병원 문을 열 때와 이제 그가 없는 병원 문을 연다는 것은 이삿짐 실어 나른 뒤의 빈집을 여는 듯한 차이가 왔다.

　예원은 부원장과 간호사들을 만난다. 간호사들이 예원을 알아보고 눈인사를 건넨다. 그들은 열심히 맡은바 자기소임을 다 해내고 있다. 부원장은 예원을 원장실로 안내한다.

　예원은 응접소파에 앉는 부원장에게 묻는다.

　"아직 원장님한테 소식 없었죠?"

　"네, 여지껏 아무소식 없네요. 원장님 참 독한 데가 있어요. 전화 한 통화 없어요."

　부원장은 궁금증과 의문이 복잡하게 일렁이는 예원의 표정을 주시하며 답했다. 예원은 부원장은 알면서 시침 뚝 떼고 있는 것 아닌가, 하는 인상도 받았다. 희운이 없어도 병원은 조용히 예전대로 잘 돌아 가는 듯하다. 희운은 병원스케줄을 빈틈없이 세워놓고 자신의 공백기에 생길 일들을 대비해서 대치시켜 놓았다. 모두들 그의 행적을 전부 알 수 없다고 했으나 희운이 불현듯 사라진 것은 아니라는 것을 예원은 감지할 수 있었다. 희운은 어디라고 자신이 있을 곳을 말하지 않았을 뿐 병원을 비울 것이란 건 이미 암시적으로 준 것 같았다.

예원은 희운의 책상 위 메모지에서 이런 글귀가 씌어있는 것을 보았다.

인간의 사악함이 몸을 굳게 만든다.
나는 몇 번이고 삶을 놓고 싶었다.
그냥 어디론가 훌훌 털고 떠나고 싶다.
마치 몸이 아픈 것 보다 마음이 아픈 것이 훨씬 견뎌내기
어렵다는 것을 이제사 처음 알은 것처럼.
인간의 인간에 대한 이해! 그게 도대체 가능한 것인가?
예원에게 힘이 되어주고 싶다.

희운이 인간의 사악함이라고 한 사람은 누구를 지칭한 것일까. 혹 그는 기철의 존재로 인해 추스를 수 없는 고통을

겪은 건 아닐까?……. 재결합을 애원했던 기철이 희운을 찾아갔고, 그의 고백을 듣고 희운이 고뇌를 했을 수도 있지 않은가? 그렇다면 어떻게 오해를 풀어가야 하나. 이제 자신의 마음을 어떻게 전달할 수 있을까? 예원의 생각은 수직으로 수평으로 미아가 되어 마구 헤매고 있다.

예원은 부원장의 배웅을 받으며 병원 문을 닫고 나왔다. 희운이 없는 거리는 텅 비어 있었다.

예원은 메모지에 표현했던 희운의 아픔을 떠올리며 이런 답을 달아본다. ―선생님, 인간의 사악함에 대해서 저만큼 아프셨어요? 전부 편안하다면 무미건조 했을 거예요. 사악함으로 인해서 내가 괴로워하고 괴로움으로 인해서 내가 살아있다는 증거니까요. 내 건강을 위해서 잊어야죠. 내가 변하지 않으면 상대방은 절대 변하지 않습니다.―

마치 곁에서 희운이 조용히 듣고 있는 것만 같다.

그가 침묵 한 채 잠적한 이유가 무엇이란 말인가, 더구나 결혼 신청을 한 뒤에…….

마침 근래에 수두가 돌아 초등학교 전체가 휴교령이 내려졌다. 예원은 수업 없을 때라서 9일간의 휴가를 냈다. 희운이 잠적한 이유를 알아내지 않고 그냥 지나칠 수는 없어서였다. 예원은 간단하게 세면도구와 옷가지 몇 개를 가방에 넣는다. 어머니에게는 여행 간다는 말만하고 그녀는 고속버스 터미널로 향한다. 그가 예전에 가 있었다던 태백산을 가볼 심산이었다. 혹 깊은 산중인 거기에서 그는 칩거하고 있는지도 모를 일이라고 그녀는 계산에 넣었다.

숲속의 길은 아름다웠다.

가을 나무로 뒤덮인 오솔길은 다른 세상을 걷고 있는 듯이 신비롭기만 하다. 예원은 도시의 부산함을 떠나서 이렇게 고요로만 가득 찬 산속의 길을 걷고 있음이 신의 축복만 같았다. 나뭇잎 사이로 보이는 넓고 푸른 하늘에서 깊이가 느껴진다.

소리 소문 없이 잠적한 희운이 숲속 어딘가에서 툭 튀어나올 것 같은 장면이 예원을 문득 서버리게 했다. 잠시 하늘을 바라보던 그녀는 다시 산속을 걷기 시작한다. 어디쯤 왔을까, 그녀는 지도를 펴고 손가락으로 현 위치를 더듬다가 점을 찍어 보기도 하며 온 길을 뒤돌아보기도 한다. 후드득, 도토리가 바람에 흔들리는 나뭇가지에서 떨어지며 무언가와 부딪치는 소리를 냈다. 어디로 떨어졌나, 예원은 아무리 잡풀을 헤치고 살펴보아도 도토리는 사라지고 없었다.

예원은 조금씩 가슴속에서 무섬증이 일렁거리기도 한다. 아무도 없는 산속의 길이, 그 고요함만이 침체돼있는 공기가 문득 무섬증을 들게 할 줄은 예상치 못했다. 무조건 그를 찾아야만 된다는 신념만이 앞서서 여러 가지로 꼼꼼하게 챙기지 못한 탓이다. 정오에 떠있던 태양은 약간 비켜가며 아직도 열기를 내뿜고 있지만 세시경의 한낮은 시들어 가고만 있다.

다시 예원은 숲속을 걷기 시작한다. 우거진 잡목 속에서 방향을 잡기 어려웠다. 과연 가고 있는 길이 맞는 것인지, 누구한테 물어볼 사람도 하나 없었다. 웃자란 풀숲 사이에서 예원은 산짐승을 만나는 것 아닌가, 두려워졌다. 예원은 나뭇가지를 하나 꺾었다. 뱀을 만날까 두려워서 풀숲을 헤치며 걷는다.

눈앞에서 난데없이 신문지 조각이 낙엽과 함께 바람에 떠올랐다가 멀리 날아간다. 몇 발자국쯤 더 걸었을 때 예원은 신문지 조각을 줍는다. 어디서부터 날아온 것일까. 잊었던 친구를 만난 것처럼 바래고 찢겨진 신문조각이 반갑기조차 하다. 구겨진 글씨에 그녀의 시선이 간다. 사회면의 한 귀퉁이 같았다.

남자는 부인에게 미안하다는 유서를 써놓고 엽총으로 내연의 여자 가슴에 총을 쐈다. 그리고 자신의 머리에 방아쇠를 당겼다. 00시에서 사업을 하던 남자가 자신의 승용차 안에서 일으킨 사건이었다. 신문엔 변심한 내연관계 운운 하고 씌어있었다. 예원의 무섬증은 순간적으로 사라졌는데 이번엔 인간에 대한 무섬증이 일었다. 조각난 신문지만큼이나 불안함이 스쳤다. 이정도 사건이면 불과 십 여 년 전만 해도 사회면의 톱기사로 떠올랐을 것이다. 지금은 신문의 옆구리 한 귀퉁이에 난 작은 사건일 뿐이다. 아니 기사가 넘쳐난 탓이었을까.

예원은 마치 그 사건이 옆집에서 났던 것처럼 생생히 뇌리 속으로 파고든다. 내연의 처였던 여자를 죽이고 자살해 버린 남편의 기사를 본 부인은 어떤 심정이었을까. 아내에게 미안하다고 사과하며 아이들을 부탁한다는 여유까지 갖고 저지른 남편의 행동을 부인은 어떻게 받아들였을까. 마치 커다란 바위가 앞을 가로막고 서 있듯이 예원은 멍하니 엄청난 사건을 주시할 뿐이다. 이럴 수도 있나, 어떻게 이럴 수 있는 걸까?……. 인간의 집착이 얼마나 무서운 건지, 도저히 삭혀지지 않고 머릿속에서 그 사건이 맴돈다.

예원은 끔찍한 사건에서 벗어나고 싶어서 머리를 흔들어 버린다. 마음이 바람만큼이나 흔들린다. 바람에 영혼이 있던가? 우리 몸에 찾아드는 병도 마음 따라 온다더니 예원은 그 공식을 수시로 느끼며 산다.

다시 예원은 약도를 확인하려고 펼쳐본다. 초행길이기도 하지만 너무 깊은 산중이어서 길을 잃을까 두렵기도 하다. 산이 위축되어 보인다. 한 여름에 초록으로 팽창하던 나뭇잎이 누렇게 퇴색되며 가을임을 증명하고 있다. 다시 여기서부터 약 2.5km 정도 더 가면 퇴락한 절이 하나 나온다고 설명이 있는 걸로 봐서 사람을 만날 듯싶다. 어서 걸어야지. 예원은 헉헉대며 걷는 빠른 걸음보다 터덜터덜 걷는 걸음이 훨씬 힘이 안 든다고 들었던 얘기가 생각나서 우정 터덜걸음으로 걸어 봐야겠다고 다짐한다. 나중에는 날아갈듯 가벼워진다는 터털 걸음이라니, 예원은 시험 삼아 느긋하게 발걸음을 떼었다. 계속 그렇게 걸었다.

얕은 하늘에서 이름을 알 수 없는 새 두 마리가 비행을 하다가 예원의 머리맡 위로 날아간다. 2km쯤 더 가니 멀리 쇄락한 기와집 한 채가 눈에 들어왔다. 예원은 친구를 만난 듯 반가웠다. 뛰고 싶은걸 애써 참는다. 그 집은 점점 더 확연히 눈에 들어왔다. 드디어 예원은 허름한 기와집 대문 앞에

섰다. 집 주변에는 잡풀들이 무성하게 웃자라 있었다. 절이라더니, 퇴락한 민가였다. 큰 규모는 아니나 본채와 사랑채가 달린, 옛 시절에는 당당한 양반의 기세가 풍겼을 듯싶다.

세 뼘쯤 되어 보이는 간격으로 한쪽 대문은 열려있었다. 예원은 고개를 빼고 안을 들여다본다. 노스님 한분이 툇마루에 앉아 있다가 막 일어서려고 엉덩이를 드는 순간이었다.

"난 가네."

스님이 말하자 방안에서

"예, 고맙습니다. 스님."

힘없는 여인의 목소리가 났다.

마당으로 나오는 스님을 향해 예원은 가까이 다가간다. 인기척에 언뜻 고개를 쳐들고 예원을 주시한 스님의 눈빛은 노스님답지 않게 형형했다. 칠십을 조금 넘긴 연세로 보였는데 비구인지 비구니인지 외모로는 모르겠으나 들었던 음성으로 봐서 비구니 같았다. 그리고 약간 뚱뚱한 몸집에 피부는 잔주름이 조금 있을 뿐 이목구비가 또렷한 여성적 풍모이다.

"뉘시오?"

스님의 형형한 눈빛이 예원을 쏘아본다.

“저…… 근처를 지나다가 들렸습니다. 인가도 없고, 물어 볼 데가 없어서……”

“어딜 가는데?”

“절을 찾거든요?”

“절? 그럼 날 따라와요.”

“네에―”

예원은 반가웠다. 제대로 온 것 같았다.

“이 집 뒷산으로 조금 올라가면 절이 있는데 우리 절이야, 여긴 다른 절은 없어.”

“네, 고맙습니다.”

노스님이 앞서고 예원은 스님 뒤를 따랐다. 어디선가 이름 모를 새가 울고 있다.

“무슨 일로 절을 찾소?”

“……”

예원은 선뜻 대답이 나오지 않는다.

나뭇가지에 싸인 길을 헤치며 들어가니 마른 땅이 가늘게 길을 내었다. 사람의 발자국으로 다져진 길이었다. 퇴락한 기와집 뒤로 얕은 산언덕에는 절 마당이 보였고 대웅전이라고 쓴 간판은 낡고 초라한 절 모습을 대변하고 있었다.

“이 절이 그래도 천년 고찰이야, 조선시대에 다시 중창했는데 지금은 대웅전만 남았어.”

　스님은 슬레이트 지붕에 벽돌로 어설피 지은 요사채로 들어간다. 툇마루와 방은 윤이 나도록 정갈하다. 이상한 전설이 내려올 것 같은 모습이다. 스님 방 안의 한쪽 벽에는 초상화가 하나 걸려 있는데 하얗고 긴 머리털을 묶고 수염을 길게 늘어뜨린 도사 같은 분이었다. 초상화 아래로는 붓글씨로 ‘南無妙法蓮華經(나무묘법연화경)’이란 글씨가 쓰여 있었다. 선인인가. 누굴까. 예원은 궁금증이 인다.

　옆에 달린 작은 방에는 책상이 두 개가 나란히 벽 쪽으로 붙어있고 초등학교 아이들의 체육복이 못에 걸려 있었다. 아이들도 함께 사는 것 같았다. 예원은 책상 위에 가방을 두고 대웅전으로 간다. 예원은 부처님께 삼배를 올린다. 성희운을 찾게 해달라고 어느새 마음속으로 빌고 있었다. 이 산속에 그래도 신도들이 찾아오는 모양이었다. 대웅전 천정에는 등이 촘촘히 달려 있고 그 밑에 신도의 이름을 적은 종이꼬리가 들어오는 바람에 약간씩 날렸는데 약 육, 칠십 개 정도가 될 것 같았다.

　요사채로 다시 들어오니 스님은 배와 사과의 물기를 마른수건으로 닦고 계셨다. 뒤채에 달린 부엌에서 개숫물 소리와 나물 볶는 냄새가 난다. 누군가 부엌에 있는 모양이다.

"내일 천도재가 있어서."

스님의 얼굴을 가까이서 보니 보름달처럼 둥근 얼굴에 쌍꺼풀 없는 반달 같은 눈이 언뜻 웃는 모습이나 그 안에서 뿜어지는 눈빛은 섬뜩할 만치 직선적이요 경직됨이 느껴진다.

"동네 신도의 재인가 보죠?"

예원의 물음에 스님은 그냥 묘한 웃음을 머금을 뿐 대답을 안 한다. 언뜻 예사롭지 않은 느낌이 스쳤으나 예원은 별 신경 쓰지 않았다.

부엌에서 아주머니 한분이 쟁반에 대접을 두 개 받쳐서 갖고 나왔다.

"신보살, 올 때 아래채에 들려봤어?"

아주머니는 스님의 물음에 어두운 표정이 되더니 한숨을 길게 내 뱉는다. 신보살은 이 절에 사는 공양주인 것 같았다.

"썩을 년, 죄를 받아야지요…… 이것 식혜인데 드셔보세요."

"언제 식혜까지 했어?"

예원의 짐작에 아래채란 아까 들렸던 그 퇴락한 기와집이요, 썩을 년이란 방 안에 있던 힘없는 목소리의 주인공인 그 여자 같았다. 그렇다면 그 여자는 저 신보살의 딸인 모양인가?

"그런데 보살은 어떻게 예까지 오게 됐지?"

이번엔 예원이 묘한 웃음을 머금었다.

"……혼자인가?"

"네?"

"혼자 사는구면."

예원과 신보살은 동시에 눈이 마주쳤다. 신보살은 민망한 듯 시선을 아래로 떨구었고 예원은 스님이 자신의 신상 문제를 묻는 질문으로 직감했다.

"어, 시원하다."

식혜 한 사발을 금세 비워낸 스님이 그 맛을 칭찬한다.

"아래채 자영에게도 좀 갖다 주지?"

"뭘 잘했다고요……"

신보살은 퉁명하게 대꾸했으나 여전히 애끓는 심사가 그녀의 표정에서 역력히 드러났다.

"나무 관세음보살……"

예원은 스님의 한숨 섞인 중얼거림과 어둠이 스치는 두 사람의 표정으로 봐서 분명 심상찮은 예감이 든다.

"재 준비 하시려면 손이 모자랄 텐데 제가 좀 도울까요?"

예원이 명랑하게 물었다.

"아유, 아니에요, 다 했어요."

"뭘 아직 시금치 다듬지도 않았구면, 어서 가져와."

스님의 말에 거역 못하고 신보살은 부엌으로 들어간다.

"……악업을 쌓으면 갈 곳은 지옥밖에 없지. 다음 생에 다시 인간의 몸을 받으려면 최소한 오계, 즉 살생하지 말고 훔치지 말고 음란한 짓을 하지 말고 거짓말 하지 말고 술 마시지 말아야 인간으로 태어날 수 있어."

"……"

"스스로 닦지 않으면 끝없는 업을 지을 뿐인데 행동뿐이 아니라 마음으로, 생각으로 행한 짓도 업을 쌓지. 음란물 보고 떠오르는 생각이 있다면 역시 업을 짓는 일이요, 자신이 남에게 아무리 좋은 뜻으로 어떤 말을 했다 하더라도 그 사람이 상처받고 울고불고 하면 그 역시 업이 된다 이 말이야. 아수라 세계의 속성은 싸우는 것인데 자기들끼리 피 튀기며 싸우고, 싸우다 지쳐 쉴라치면 이번에는 천신天神의 공격을 받아 죽고 나자빠지는 벌을 받게 돼."

"……"

자신의 정의감이라는 감성에 호소하고 스스로를 합리화하고 있다는 사실을 깨달아야 하는데, 자신의 정의가 과연 어떤 상황에서도 절대 변하지 않는 정의인가? 나의 욕심이 스며있지 않은가? 내 양심에 비추어 나의 행위에 스스로 부끄러움을 느끼지 않는가? 예원은 스스로 반문해볼 일이라고 생각한다.

"내가 어떤 대상에게 독한 마음을 품고 정의를 핑계 삼아 아수라의 짓을 하지는 않는지 양심껏 반성해 볼 필요가 있는 것이지."

스님은 예리한 논리로 자신의 도덕관을 말했다. 물론 불교 관으로서의 도덕개념이었지만 어떤 철학 교수도 설명하기 어려운 죄의식들을 쉽게 풀어가고 있었다. 예원은 노스님에게서 굳어져 흔들림 없는 의식을 엿볼 수 있었다.

"스님, 아래채에 금방 다녀올게요."

부엌에서 일하던 신보살이 기어이 보자기에 보온병을 싸들고 나왔다. 식혜를 아래채에 있는 여자에게 주려고 가는 것 같았다.

"응, 어여 갔다 와."

신보살이 총총걸음으로 사라지자 스님은 민머리를 긁적거린다.

"저게 어미 마음이지."

"······"

"내일 있을 재는 아래채에 지금 묵고 있는 신보살의 딸인 시어머니 재야. 49재중 이번이 첫 번째야. 삼오제 지내고 바로 와서는 병이 나버렸어······ 또 하나 있는 재는 내가 매해 기일 때마다 지내주는 천도재고……"

스님은 아래채에 있는 신보살의 딸인 자영의 얘기를 묻지도 않았는데 한숨과 함께 전부 토해 내기 시작한다. 속에 담아두기에 벅차올랐던 모양이다.

굴뚝에서 연기가 피어올랐다.

그 동네는 아직도 나무를 때는 집이 많았다. 아래채에 묵고 있는 자영은 슬레이트 지붕에 장작을 때는 시골 흙집에서 살았다. 건넌방에서 시어머니가 방문을 빠끔히 열고 내다 봤다. 그녀는 자영의 일거수일투족을 보며 구시렁거림이 습관처럼 되어 있었다.

시어머니의 입에서 투덜대는 말은 전부 며느리에 대한 불만이요 험담이었다. 자영은 몸서리가 쳐졌다. 보는 것만 해도 짜증나고 차를 마시다가도 시모의 기침 소리가 나면 차 맛이 뚝 떨어졌다. 자영은 먹던 차도 개숫물에 붓고 방으로 들어와 버려 시모와의 마주침을 벗어났다.

"옛날에는 냉장고 없어도 신 김치 안 먹고 살았다."

시모는 전기세가 아까웠고 과일도 개울가 찬물에 담갔다 먹었다.

"옛날 말씀 왜하세요 어머니, 옛날에는 식구가 많으니 매일 담가먹기도 모자랐겠죠. 지금 세상에 냉장고 쓴다고 말씀하시는 사람은 어머니뿐이에요."

"거 너무 지금 세상, 지금 세상 하지마라."

눈을 하얗게 흘기고 방으로 들어가는 시모에게 자영은 소리쳤다.

"어머니가 냉장고 사는데 보태주셨어요? 그건 내가 시집올 때 해갖고 온 거에요! 아낄 걸 아껴야죠, 전기세가 몇 푼이나 나온다고……"

마침 밖에서 들어오던 남편이 그녀의 큰소리를 듣고 눈을 크세 떴다.

"시끄러, 어디 어머니한테 말대답이야?"

자영은 남편까지 미웠다. 지겨움이 머리끝까지 복받쳐 올랐다. 이혼도 안 되고 살지도 못 할 거면 차라리 천재지변이라도 일어나서 모두 죽고 변화가 왔으면 하고 바랐다.

초하루가 돼서 자영이 초를 사들고 절에 가는 소리가 나면 시모는 방문을 열고 비웃었다.

"맘 곱게 쓰면 다 복 받게 돼있어. 마음부터 고치고 하느님도 부처님도 찾아야지."

시모는 마치 맘 나쁘게 써서 벌 받고 있는 것처럼 말했다.

그러면 자영의 가슴속에서도 '당신이나 곱게 쓰고 사시오.' 하고 갔다 온다는 말도 안하고 대문을 쾅 소리 나게 닫고 나와 버렸다. 자영은 논둑길을 걸으며 긴 한숨을 쉬었다. 하루에도 그런 한숨을 수도 없이 쉬며 살았다.

절에서 마음을 다스려야 한다. 모든 것은 마음먹기에 달렸다고 스님은 법문 하시지만 자영은 그건 스님이 그런 환경 속에서 겪지 않아서 일거라고, 나름대로 삭혀 보려고 애썼다. 이론적으로는 그렇지만 감정이 앞서는 인간에게는 마음 다스리기만큼 어려운 것은 없다고 자영은 절실히 느꼈다. 시모와 자기는 전생에 무슨 악연이었을까, 수시로 생각하는 수수께끼였다.

설사 기분이 좋아서 표현 하는 것도 시모는 꼭 불만처럼 꼬아서 표현하는 버릇이 있었다. 일찍이 과부가 되어서 혼자서 농사지으며 자식 키워야 하는 고됨을 그녀는 늘 투덜대며 구시렁거리는 것으로 푸는 버릇이 있었다. 그것을 자영은 시집와서 삼년쯤 되었을 때 깨달았다.

장날에 자영이 나가서, 시모가 친척 잔치 집에 갈 때 입고 갈 옷감을 떠왔다. 집에 와서 풀러 보이니 시모는 '꼭 팥물 풀어 헤친 것 같구나 그것도 눈이라고 골라 왔니?' 자영은 같은 말이라도 가시 있게 하는 그녀의 그 천성에 몸서리가 느껴졌다.

자영은 붉은 색깔이 그래도 팽창돼 보여서, 작고 여윈 몸을 커버할 것이란 생각에서 사온 것이었다. 무늬도 촌스럽지 않았다. 시모는 속으로 좋으면 점점 더 내숭을 떨며 트집을 잡는 버릇이 있었다. 그 옷감은 바꾸어 올까하고 자영이 접어서 농 한 귀퉁이에 찔러 놓았는데 어느 날 없어져서 보니 시모가 슬쩍 빼가지고 바느질집에 갖고 가서 맞춰 놓았다.

자영의 눈에는 그런 시모가 앙큼해 보였다. 꼭 고양이 같았다. 영 정나미가 붙질 않았다.

어느 날 부엌 아궁이에서 머리를 들이밀고 불을 지피고 있는 시모의 궁둥이가 보였다. 불현듯 자영은 부엌으로 뛰어들었다. 순간 누군가가 지시하듯, 자영은 시모의 궁둥이를 아궁이 속으로 밀어붙이고 아궁이를 꽉 막아섰다.

검은 재와 불길 속에서 시모의 몸체는 세차게 버둥대었으나 자영은 온 힘을 다해 막아버렸다. 자영의 온몸에 식은 땀이 났으나 잠깐 사이 시모의 버둥거림은 멈췄고 그녀는 질식사로 가고 말았다.

시골 동네에 시모의 죽음 소식이 알려지자, 동네 사람들이 자영의 집으로 모여 들기 시작했다.

이장 내외가 제일 먼저 문상객으로 대문을 들어섰다.

"어헛, 참, 별일이야. 아, 어제까지 장터에서 만나 묵무침을 안주해서 막걸리를 한 잔씩 나눠 마셨는데……."

이장 댁도 한마디 거들었다.

"인명은 재천이우, 오랜 병으로 앓다 가는 것보다 백배 낫지. 다 타고난 복이야. 며느리 편하게 해주느라……."

자영은 평소 시어머니가 어지럼증이 있었는데 그날 아궁이 불을 지피다 현기증을 일으킨 것 같다고 둘러대었다.

객지에서 막노동을 하던 시동생이 황망히 들어섰다. 그는 슬픔보다 먼저 어머니의 사체를 살폈다.

"어지러워 아궁이 속에서 쓰러지셨다면 질식하고, 불에 덴 것은 알겠는데 왜 등과 엉덩이에 멍이 들었소?"

시동생의 예리한 눈초리에 자영은 가슴이 뜨끔 하였다. 이웃 사람들 속에서 여러 소리들이 나왔으나 그는 끝내 사체 해부를 해보자고 주장을 했다. 시동생의 고집에, 형은 시골 살림에 그럴 형편까지는 못되고 그 돈을 누가 감당하겠느냐, 했고 이왕에 돌아가신 분 두 번 죽일 필요 있느냐 하며 이장과 몇몇 남정네들이 합세를 했다. 또 젊은이도 아니고 78세인 노인네 연세로 보면 억울한 죽음도 아닌데 그럴 돈을 들일 필요가 없다는 것이었다. 그렇게 해서 떨떠름한 표정을 짓던 시동생도 포기하고 말았다. 자영의 시모 장례는 무리 없이 치러졌다.

그런데 이상했다. 시모 하나 없으면 행복이 올 줄 알았던 자영은 더욱 괴로웠다. 잔치 집에서 시모가 만났던 사람마다 장례에 와서 하는 소리가, 며느리가 얼마나 잘하면 시어머니가 이 옷은 우리 며느리가 해준 것이라고 자랑을 하였다고 이구동성으로 자영을 칭찬하는 것이었다.

그날도 저녁까지 먹고 가라고 붙잡았는데도 우리 며느리는 도시에서 살던 애라 아궁이 불도 제대로 때지 못해요, 하고 자기가 가서 봐줘야 한다며 부지런히 가버리더라고 했다. 그 할망구가 싸가지 없는 소리는 잘했어도 속으로 인정은 있었다며 모두 시모의 성품을 얘기 하였다.

그날 저녁 자영은 통곡을 하였다. 자신의 잘못을 몸부림치며 후회했다. 아무에게도 말할 수 없는 자기만의 비밀을 안고 장례를 치루고 나자 자영은 병이 났다. 밤이면 시모가 머리를 풀고 하얀 옷을 입은 채 나타나기도 하였다. 식은땀을 흘리며 누워서 그녀는 며칠을 밥도 해먹지 못했다. 자영의 남편이 시외버스 터미널로 그녀를 데리고 가서, 친정어머니인 신 보살이 있는 절에 가 쉬다오라며 보냈다.

절에 와서 앓고 있던 어느 날 담선 스님과 어머니에게 자영은 자신의 죄를 고백하게 되었다.

애기를 들은 신보살은 놀란 가슴을 진정하지 못한 채, 가슴을 치며 울고 있는 딸을 두들겨 팼다.

"오랜 세월 그렇게 앙숙이었으면 왜 그렇게 되도록 내버려 두었어? 방법을 찾았어야할 거 아냐? 미워만 할 게 아니라, 왜 못 다스렸냐구? 죽어라 이년아, 방법은 그것밖에 없다."

담선 스님도 어찌해야할 지 몰라 묘안이 떠오르지 않았다.

"그런 줄 알면서 돌이키질 못했다는 건 너의 마음도 똑같았기 때문이야."

스님과 신보살은 고민하다가 결국 돌아가신 원혼이 편히 가시게 천도재를 지내주기로 합의하였다. 스님은 다음 날에 있을 자영의 시모제를 지내기 위해 부지런히 손을 놀리고 계셨다.

자신을, 마음 다스리는 법을 조금만 익혔어도 자영은 그런 죄를 짓지 않았을 것이고 이 세상 삶을 행복으로 바꿀 수도 있었을 것이다. 남의 입장에서 생각해보고 조금만 이해심을 가졌더라도 그렇게 극으로 치닫지는 않았을 것 같았다.

자기본위적인 행동으로 욕심에 기준을 두니 자연히 불만만 커져 갔을 것이다. 이 세상에서의 삶에서 성공하지 못한 영혼이 어디서 감화를 받아 더 나은 세상을 살아갈 것인가, 예원은 스님이 들려준 애기에 몸이 경직되어 옴을 느꼈다.

“……그런데 아까 스님께서 제게 왜 혼자냐고 물으셨어
요?”

예원은 마음속에 스님의 말이 걸려있던 것을 묻는다.

“눈에 보이니까 그렇지.”

예원은 심중을 찔린 듯 염라대왕 앞에 서있는 자신 같아
진다.

“예, 맞아요. 스님. 저 혼자예요. 3년 전에 이혼했어요.”

“가정 운이 없어서 그렇지”

“가정……운요?”

“그래…”

“그런데 저는 지금 너무 편한데요?”

“지지고 볶던 일이 정리됐으니까……”

스님은 마치 일거수일투족을 다 알고 있다는 듯 허심탄
회하게 말한다.

마침 참새가 날아와 수채에 버려진 시금치 잎 부스러기
들을 쪼고 있다.

“스님, 사주도 보세요?”

“직관력이지…… 무슨 일을 하고 있는데?”

“선생이에요. 초등학교.”

“좋은 직업이구먼, 그런데 학교는 어떡하고?”

"지금 수두가 한창 번져서 당분간 휴교령이 내렸어요.
이 기회에 9일간 휴가를 얻었지요……"
"결혼을 하고도 다니기엔 선생 직이 제일이지, 여자직업
으로선 최고야."
스님은 또 민머리를 긁적였다.

16

예원은 절에서 밤하늘에 뜬 별들을 보고 놀라웠다. 그렇게 많은 별들이 하늘에 박혀 있었다. 도시에서는 어쩌다 하나 둘씩 눈에 띌 뿐이고 그나마 공해로 가려져 있어서 보지 못하니 별을 잊고 산지 오래 되었다. 어릴 적에 마당 평상에 누워 무수히 많은 별들을 보며 그 속으로 빨려 들어갈 것 같았던 감동이 되살아난다. 이상스레 별만 보면 감동이 오는 건 무슨 이유일까. 지금의 아이들은 이렇게 별에 대한 추억도 만들지 못하고 컴퓨터 게임만 열중하며 산다. 어찌 보면 불쌍한 아이들인 것이다.

모든 인간에게는 저마다 태어난 목적이 있으며 걸어가야 할 길이 있다고, 죽음은 결코 끝이 아니라고 일본인 작가 '지나 서미나라'는 말했다. 그렇다면 예원은 여태껏 삼십육

년이라는 세월만 흘려보냈을 뿐, 삶의 목적부터 찾지 못하고 교육대학을 나와 초등학교 선생노릇을 하며 생활인으로서 살아가고 있을 뿐이다. 거기에 한 번의 결혼에 실패, 이혼녀란 딱지를 붙이고 산다. 예원은 아직도 방황하고 있는가, 돌이켜본다. 이 방황은 이혼하기 전부터인 것 같았다.

"왜 잠이 안와서?"

어느새 담선 스님이 곁에 와 섰다.

"벌써 일어나셨어요?"

"초저녁에 한잠 자고 깨나서 절 마당 한 바퀴 도는 게 내 습관이지."

"서울에선 보이지 않던 별들이 여기오니 이렇게 까지 많이 있는 줄 몰랐어요."

담선 스님도 예원과 함께 새벽별들을 바라본다.

"우주는 참 볼수록 신비해……"

담선 스님의 입에서 감탄이 흘러나온다.

"별, 달, 지구에 대해 과학은 그것들을 우주라고 증명하면서 그것들이 왜 존재하는지, 어떻게 만들어졌는지 설명하지 못해요. 이것이 과학이 가진 본질적 한계 아닐까요?"

예원은 아이들을 가르치면서 '어떻게 달, 별들이 만들어졌어요?' 하고 묻던 아이들의 질문을 떠올리며 아무도 모르는 그 답변을 스스로에게 묻고 있다.

"과학이 종교를 이해하지 못하는 것도 같은 이치지……"

담선 스님의 말이었다.

끊임없이 생겨나는, 이 우주의 신비에 대한 비밀을 아는 자 누구인가. 누군가에 의해서 세상의 조화는 이루어진 것인가. 우연히 발생된 것인가. 우리 지구인들은 육체의 오감으로 느낄 수 있는 것은 판단할 수 있지만 눈으로 보고 피부로 느낄 수 없는 존재를 납득하는 것은 좀처럼 쉽지 않다. 그런데 생태계의 질서는 인간의 능력을 뛰어 넘어 너무나 잘 만들어져 있다.

담선 스님은 한참을 별만 바라보더니

"……꼭 저렇게 북두칠성이 선명히 보이던 밤이었어."

어릴 때 회상에 젖는다. 그때 내가 물었지. 스님은 추억의 화면 속에서 어린 시절 장면을 밖으로 끌어내었다.

"아버지 요새는 왜 고기를 안 줘요?"

담선은 다섯 살 되던 해 아버지에게 물었단다. 담선을 낳고 2주 만에 어머니가 죽었다. 갓난아이 담선은 아버지 젖을 물고, 미음을 먹고 자랐는데 영양실조인지 밤이면 눈이 보이지 않았다. 아버지가 안타까워했다.

"쥐가 잡혀야 주지."

아차, 내가 먹은 것이 쥐고기였구나, 하고 담선은 그때부터 다시는 고기를 먹지 않았다고 했다. 쥐고기를 먹으면 눈이 밝아진다고 하여 마당에 쥐틀을 놓았는데 담선은 그것도 모르고 쥐틀에 잡힌 쥐를 내다 버렸었다.

"여섯 살 되던 해 열 여덟 살 된 새어머니가 왔는데 아버지는 어머니에게 빼앗기고 갖은 설움이 복받쳐 내가 매일 절반은 살고 절반은 죽고 하니 아버지가 동네 배나무 집 할아버지한테 찾아가 물었대."

"……"

'방문을 열고 한 발을 크게 뛰어 거기를 파보아라.'

"노인 말을 듣고 집에 와서 그렇게 파보니 우리 집 개가 집을 나간 줄 알았더니 거기 묻혀 있더래. 그 개를 꺼내 버리고 부터는 내가 까무러쳐 죽지를 않았다는 게야.

그런데 몸이 너무 약하여 그 할아버지를 또 찾아가 좋은 약이 없느냐고 물으니까 '내일 큰 사거리에 나가서 동쪽에서 오는 사람에게 약을 사서 먹으라' 하면서 그 약이 아니면 약이 없다고 하셨대.

아버지는 밥을 싸가지고 나가서 하루 종일 기다리다가 어두워지는데 그 때 한 노인이 와서 약은 없어도 산삼은 캐어 온다고 하여 아버지는 그 노인을 집으로 모시고 와서 홍

정을 했다는군. 얼마를 드릴까요, 물었더니 쌀 여섯 가마니를 달라고 해서 보리쌀 여섯 가마니를 더 드리고 산삼을 삶아 먹여주었어…… 아직도 기억에 생생해. 그 약 효력이 아마 이십년도 넘게 간 것 같아.”

여명이 비춰오는데 담선 스님은 어린아이처럼 천진한 표정으로 옛 추억 속에서 보석을 찾은 듯 나올 줄 모르고 젖어 있다.

“새어머니가 나 열 한 살 되던 해, 가을날 낮에 동생을 낳았는데 나는 좋아서 팔짝팔짝 뛰었지. 얼마나 좋았는지 이웃 할머니한테 자랑을 하러 갔는데 할머니는 ‘너는 좋을지 모르나 나는 배가 고파서 죽겠다, 하시며 너의 집 닭 먹이는 옥수수로 밥을 해서 먹으면 참 맛이 있다 하기에 집에 와서 옥수수를 한바가지 퍼다 드렸더니 맷돌에 갈아서 밥을 지어 주었어. 나는 못 먹겠는데 할머니는 목에서 꿀꺽 소리가 나도록 맛있게 잡수셨어.

어린마음에도 집에서는 안 먹는 짐승들 사료로 썼던 것이어서 걱정을 하며 하룻밤 자고 났는데, 아기가 온몸에 옥수수가 나서 어머니께 그 얘기를 하니 부정 탔다고 야단을 쳤지. 어머니는 내게 벌물을 먹이고 할머니가 돌아가셨는지도 모르겠다고 걱정을 하더니, 아버지께 얘기해서 아기가 삼칠일 되는 날까지 식량을 대드렸었어.”

“……”

“참, 부모 속도 많이 썩혔어. 하루는 일본 소방서에서 훈
련하는 것을 보는데 재밌어서 친구들과 강가에 나가 대야
에 물을 퍼오고 호루라기를 불며 소방 놀이를 했지. 보리 단
쌓아놓은데 불을 지르고 못 꺼서 다 태워 배상도 해주고 야
단도 많이 맞았어.”

담선 스님은 빙긋이 웃는다. 그 시절이 그리운지 스님은
어린 시절로 푹 빠져있었다.

“나는 아버지 정밖에 모르고 살았어. 부친이 독립군을 따
라 만주에 가서도 살았지…… 그땐 마적 떼가 심했는데 아
버지가 밤마다 나를 재우고 어딘가로 나가시기에 하루는
내가 잠든 척 하고 있다가 아버지 뒤를 따라 가보았지. 아버
지가 논둑 밑에 불빛이 비치는 곳으로 들어가셨어.

그런데 한 무리의 마적 떼가 오고 있는데 아버지가 들어
간 곳에서 갑작스럽게 도깨비 여덟 마리가 나와 마적 떼 하
고 싸우는 거야. 많은 사람들이 꼼짝을 못하고 숨어 있다가
도망질을 하는데, 나는 집으로 와서 아버지가 도깨비들한
테 잡혀 먹혔다고 우니까 조금 있다가 도깨비가 우리 집에
오지 않겠어?

무서워서 나와 어머니가 이불을 뒤집어쓰고 숨어있었지. 옷을 벗고 수건으로 얼굴만 막고 검은 칠을 한 도깨비가 마적 떼하고 싸우는데 한사람도 도깨비들을 못 잡는 거야. 미끄럽고 무서워서 마적 떼가 도망을 가버려. 밤마다 우리 집에 마적 떼가 쳐들어와서, 지키고 있다가 흙 섞은 검은 칠을 하고 나섰던 게야. 한국사람 몇 명이 수십 명의 마적 떼를 해치우자면 그리해야 된다고 하며 밤마다 변장을 한 도깨비들은 바로 아버지와 부락민들이었어. 하하하하…… 지금도 외삼촌들은 중국에 남아있지……"

"그런데 언제 스님이 되셨어요?"

"그땐 왜정 때인데 폐병환자들은 균을 옮긴다고 땅을 파고 산 생명을 땅에 묻었지. 내가 폐병을 앓았는데 동생한테 옮길까봐 순사가 잡아가서 나를 파묻었는데 땅을 조금 파서 헤쳐내고 나올 수 있었어.

산을 헤매다가 조그만 암자를 기웃하는데 웬 할아버지가 있지 않겠어? 배가 고파서 할아버지 밥 좀 주세요, 하니 네가 올 줄 알고 밥을 해놓았다. 하시며 밥을 주셨어. 그분이 지금 방안에 걸려 있는 해공스님이야. 여기서 살아라 하시기에 그때부터 머리 깎고 중복입고 살았어. 열두 살 때지."

예원은 스님의 말이 옛날 애기처럼 재미있었다.

"해공스님은 하늘이 내신 분이야. 그분 이후 나는 그런 분을 만나지 못했어. 내가 돌중이 된 건 그분 때문이야. 어떤 큰스님을 만나도 그분만 못하고 건방지게도 내가 너보다 낫다, 그런 생각이 드는 게야. 지금 생각하면, 그분은 지구를 정화시키러 오신 분이었어.

약초를 캐서 부자 집에 가져다주시고 양식을 얻어 와서는 못사는 어려운 집에 갖다 주시곤 했지. 아이들을 모아 공부를 가르쳐 주시고 효를 가르치셨어. 나 역시 싸리나무를 잘라 땅에다 글씨를 쓰고 배웠지. 어디 출타를 하시면서 상자에 재를 가득 펼쳐놓고 글씨를 써놓으라고 숙제를 주시면 열심히 썼는데 바람이 한번 날리면 글씨가 다 없어지니 울면서 다시 써야했지."

스님은 빙긋이 웃는다.

"다섯 개 부락이 있었는데 그 동네엔 기근이 들지 않았어. 부잣집에서 얻어다가 가난한 사람들에게 나눠주고 이쪽 동네에서 얻어다가 저쪽 동네에 퍼주고 하여서 굶는 사람이 없었다니까."

"세상에 나오셔서 더 큰 일을 하실 분이었는데 산에서만 사셨군요."

"일제 강점기시대고, 세상이 싫어서 산에서만 도를 닦으며 사신분이야."

"언제 돌아가셨어요?"

"열아홉 살 되도록 해공스님과 같이 살았는데 스님은 손수 밥을 지어 주셨고 나를 시키지 않았어. 내가 밥을 하면 많이 해서 먹을까봐서이기도 했지만 스님은 두 끼 나는 세 끼 먹고 살았지. 그렇게 스님이 104세가 되고 내가 19세를 먹었는데 하루는 공부도 안 되고 배도 고프고 하여 어디론가 가자하고 암자를 나섰는데 갑자기 출타하셨던 스님이 나타나셨어.

나를 목말을 태우고 돌아오셔서는 너 이런 것 해보고 싶지 않니? 하며 빗자루를 놓고 무어라 뭐라 하시니 아, 글쎄 빗자루가 스님이 움직이는 대로 움직이는 거야. 너무 놀랐지 섬뜩하도록. 그래서 저도 할 수 있습니까, 하니 지금부터 노력하면 무엇이든지 마음대로 다 할 수가 있다 하시지 않겠어?"

그때부터 스님과 같이 축지법도 쓰고 싶고 날고도 싶어서 돌을 사방에 던져놓고 돌만 밟으며 뛰어보고 나는 연습도 해보고 부처님을 만나보아야 모든 것이 마음먹은 대로 된다 하시어 바위에 앉아 부처님을 꼭 만나게 해달라고 매일 기도하며 살았지."

"……?"

"하루는 해공스님이 무명으로 옷을 지어 주고 짚신을 삼아주시면서 이제는 너의 고향으로 돌아가라, 하시기에 집으로 왔어. 3월 달에 집에 돌아왔는데 팔월달이 되자 아버지가 시집을 갔다 와야 어른이 된다고 하시며 내게 물었지. 나는 어른이 되면 무척 좋겠다는 생각이 들어서 그러면 가겠다고 대답을 했고 바로 사주를 받고 약혼식을 하였어."

"……"

"약혼을 하고 3일이 지났는데 이웃에 사는 친구가 찾아와서는 시집살이가 고추보다 맵고 매일매일 너무 고통스러워 살수가 없어서 고만 도망 왔다고 하는 게 아니겠어? 그래서 어쩌나, 사주 받은 것 도로 갔다 줘버릴까 하고 고민하는데, 친구가 자기가 가르쳐 주겠다고 하며 어른들 몰래 사주 받은 것을 갖다 주었어. 그런 후 며칠 지났는데 약혼자 부모가 우리 집에 와서는 소동을 하며 손해 배상을 해달라고 했어. 우리 아버지는 미안하다고 하시고 배상을 해주었지."

"……"

"산에서 스님하고만 살던 처녀라 아무것도 모르고 동네 우물가에서 물을 긷기도 하고 빨래터에 나가 빨래도 했는데 총각들이, 깨끗하고 보기 좋은 처녀였는지 편지를 써서 활로 쏘아 우리 집 기둥에 하루에도 몇 개씩 날아드는 게야. 어떤 땐 편지를 돌멩이에 묶어서 담 안에 떨어트리기도 하고 말이야.”

“젊으셨을 때 예쁘셨을 거예요.”

담선 스님은 외로워서인지 얘기하기를 좋아하셨다. 대부분 스님의 살아온 지난 얘기들이었는데 호랑이가 담배 먹었다더니 그렇게 신기하기까지 하다. 꼭 전설이지 누가 살아있는 이의 경험이라고 하면 믿을 것인가.

“아버지에게 물었지. 사랑이 뭐냐고?”

“……”

“너를 잡아먹는다는 거라고 하시데. 그래서 왜 잡아먹냐고 하니까 15세만 되면 여자 간을 빼먹어야 어른이 된다는 게야. 그럼 아버지도 여자 간을 빼먹었냐고 하니 그렇다고 하여 정말 나는 그런 줄 만 알고 있었어.”

진지하게 말씀하시는 스님 앞에서 예원은 웃음이 나오려는 걸 참았다.

“하루는 우물에서 물을 길어 이고 오는 길에 편지 주인을 만났지.

‘나쁜 놈, 너의 동생 간을 빼먹고 어른이 되던지 하지 왜 내 간을 탐을 내는 거야?' 물벼락을 씌우고 물동이를 던져 박살을 내고는 집으로 왔는데 어머니한테 혼쭐이 났지."

"……"

"야단맞은 것에 너무 화가 나서, 다시 절로 가려고 승복을 입고 집을 떠났어. 암자를 찾으니 스님은 안 계시고 사람이 살수도 없을 만큼 집이 망가져 있었어. 살지 못하고 마을로 내려가 구장님께 물으니, 해공스님이 내가오면 주라고 하셨다며 편지를 전해 주시는 거야. 편지에는 10월 보름에 오라고 씌어있어서, 그때 다시 갔더니 손에다 종이 한 장 쥐고 열반에 드셨어."

"……"

"그 종이를 펴보니 이 산천에서 약초와 식물을 너무 많이 파먹고 살아서 육신을 태워 이 산천에 뿌려달라고 유언을 쓰셨어. 그렇게 해드렸지…… 그 후, 스님 편지에 양산 통도사 내원암으로 가라고 쓰여 있어서 그리로 갔지. 거기에 계신 윤성묵 스님 밑에서 상좌가 되어 수행하는데 공부는 안 가르쳐주시고 죽도록 일만 시키는 게야. 어느 날 스님은 해우소에 거름을 퍼서 막 뿌려놓고 벽에 칠갑을 해놓고서는 깨끗하게 바닥과 벽을 청소하고 냄새도 없게 하라며 지시하고 출타를 하셨어."

“……”

“흙벽, 흙바닥이라 물로 깨끗하게 할 수도 없고 하여 싸리비로 쓸어서 변통에 넣고 진흙을 되게 물을 타서 수수비로 깨끗하게 발라놓고 마른 약쑥을 많이 가지고 와서 몇 시간을 피우니 벽도 바닥도 마르고 쑥 태운 재는 변통에 넣었지. 쑥 향내만 나게 해놓고, 골이 나 있는데 성묵스님이 외출에서 돌아오시더니 이거 누가 가르쳐 주었나 하시기에 심통이 나서 그냥 내가요! 했어.

스님은 식솔들을 다 불러 놓고 이럴 수가 있나, 하시며 향내가 나고 새집을 만들어 놓았다고 하며 칭찬을 하시겠지. 이런 지혜는 열반하신 해공스님이 가르쳐 주셨다고 하시며 그때부터 비구니라고 구족계를 내려 주시고 ‘담선’이라고 법명을 지어주셨어. 그때부터 인정받는 비구니로서 28세까지 행복하게 살았어…….”

언제 깨어났는지 초등학교 저학년으로 보이는 두 아이가 마당으로 나와서 스님의 허리에 팔을 두르며 엉겨 붙는다. 절에 사는 아이들 2학년인 경선이와 3학년인 동선이었다. 예원은 스님과 아이들의 스킨십이 보기 좋았다.

17

아침이 되자 예원은 떠날 차비를 했다. 그런데 스님이 예원을 붙잡는다.

"하루 더 있다 가, 내일 큰스님 초청 법회가 있어."

예원은 마음이 조급했지만 약속한 날이 있는 것도 아니어서, 큰스님 법문 듣기도 어려운데 하루 더 묵어가기로 마음먹었다.

이튿날 있을 법회를 위해서 작은 절 마당에는 신도 여러 명이 와서 일손을 돕느라 어수선 하다. 여러 사람들이 같이 마당을 쓸고 정리를 하고 있다. 여기까지 큰스님이 오실 것 같지 않았는데 담선 스님과 친분이 두터워서 먼 산중에까지 오시는 것 같았다. 청년들은 텐트를 걸쳐놓을 기둥을 땅속에 묻느라 강한 햇볕아래서 땀을 흘리며 일에 몰두하고 있다.

예원은 신도들이 일하는 것을 방해하는 경선이와 동선이를 데리고 절 뒷산을 올라간다. 산언덕에는 우거진 풀 더미 속에서 예쁜 풀꽃들이 드문드문 피어있다. 누구의 손길도 닿지 않는 곳에서 야생화는 바람에 자유스럽게 나풀댄다. 경선이가 자줏빛 쑥부쟁이 꽃 두 개를 따서 예원에게 준다.

몇 발자국 언덕을 향해 더 걸었을 때 자귀나무 옆에서 두더지 구멍이 하나 발견되었다. 동선이가 검은 구멍 속을 들여다보다가 으악, 소리를 질렀다. 경선이가 놀라서 잡고 있던 예원의 손을 힘주어 잡는다. 동선이가 '쥐야, 쥐!' 소리쳤다. 경선이가 말한다.

"그깟 쥐가 무어 무서워? 난 또 뱀 인줄 알았지."

"난 쥐가 제일 싫어!"

예원이 '풀꽃'이란 시를 하나 외워준다.

자세히 보아야 예쁘다.

오래 보아야 사랑스럽다.

너도 그렇다.

— 나태주 —

끝 구절에선 동선을 손가락으로 가리키며 낭송해주자 경

선이 해맑게 웃는다.

“가끔 수채에서 까만 눈을 반짝이며 나오려고 눈치를 보는 생쥐는 예뻤어요.”

“참, 쥐가 예쁘다니 너 돌은 거 아니야?”

동선이 핀잔을 준다. 두 아이는 누군가의 관심을 받는다는 것이 행복한 모양이다. 경선이가 경험담을 하나 들려주기 시작한다.

경선이 어느 날, 산에서 내려오다 작은 나무 위에 여러 마리의 새가 앉아있는 것을 보았다. 경선이 다가오는 발자국 소리를 듣고 새들은 미리 호들갑스럽게 날아갔다. 잠시 뒤 이상한 새 한 마리가 날아와 그 나무에 앉았다. 자세히 보니 머리는 노랗고 털은 부드러운 분홍색으로 흰빛에 가까웠고 부리와 눈은 잿빛인 새가 잎이 다 떨어진 나뭇가지에 앉았다. 경선은 그 작은 새의 예쁜 모습에 반해버렸다. 경선은 새를 바라보다가 잡아서 집으로 갖고 가고 싶어졌다. 경선은 나무위에 앉은 새를 잡으려고 소리 나지 않게 다가갔다. 가슴이 두근거렸다. 새는 새끼였는데 바로 눈앞에서 경선을 보고도 움직이지 않았다. 두려움이 없었다. 잠시 뒤 어미 새가 날아와 새끼 새 옆에 앉았다.

경선은 노래를 부르기 시작했다. 새와 시선을 마주 친 채였다. 경선은 나한테 오라는 마음을 가득히 품은 채 온 정성을 다해 간절히 노래를 불렀다. 새들은 움직이지 않았다. 노래를 다 들었다. 경선의 노래가 끝난 뒤 어미 새는 후르룩 날아갔다. 새끼 새가 따라오지 않자 어미 새는 나무 위를 얕게 한 바퀴 돌았다. 경선은 사랑스런 마음으로 작은 새를 품 안에 안듯 가만히 손 안에 넣었다. 작은 새는 놀라지도 않고 날아가려고 날개를 푸드덕 거리지도 않았다. 작은 새는 행복해하는 것 같았다.

집에 와서 동선에게 새를 보여주니 동선은 금방 스님께 일러바쳤다. 아마 동선은 더 크게 야단맞기 전에 모면하자는 계산이었던 것 같았다. 결국 새는 기르기 귀찮다며 스님이 풀숲으로 날려 보냈다.

"작은 새는 내 노래가 끝날 때 까지 조용히 듣고 나한테 오라는 내 마음을 알고 어미 새를 따라 가지 않은 것이에요."

하며 경선은 진리처럼 믿고 있었다. 작은 새와 마음이 통했던 작은 기적을 말하며 경선은 몹시 아쉬운 표정을 지었다.

동선과 경선은 잠자리를 잡는다고 산언덕을 이리 저리 뛰어 다닌다. 가을 산의 햇살에 드러난 그들의 모습이 한 폭의 그림이었다. 동선과 경선의 얼굴엔 티 없는 웃음이 피어올랐다.

이튿날 큰스님의 법문은 절절히 예원의 가슴에 와 닿았다. 스님은 흐트러짐 없는 자세와 카랑카랑한 목소리로 청중을 제압했다.

"더러운 물에서 피어나 물을 정화시키는 것이 연꽃이라면 산꼭대기부터 흐르는 맑은 물에는 연꽃이 없습니다. 썩은 물속에서 자식들이 놀아도 어머니는 자식들을 버리지 않습니다. 그들이 강도짓, 살인, 사기꾼 짓을 해도 어머니는 끝까지 자식을 위해 기도하며 바르게 이끌려고 합니다.

썩은 물속에서 허우적대며 사는 것이 우리 사회입니다. 이 세상을 살아감에 나쁜 것을 배척하며 좋은 것만을 고르려고 합니다. 아는 사람이 진흙탕에 빠져서 허우적댄다면 같이 뒹굴 수 있어야 합니다. 그러나 선善을 향한 본래의 마음을 버려선 안 됩니다.

그 사람이 깨닫고 옳은 길로 들어설 때까지 용기를 갖고 끝까지 이끌어야 합니다. 자식을 버리지 않는 어머니 같은 자애심으로. 그때에 연꽃의 진정한 의미가 있는 것이요 모두가 활짝 핀 꽃을 볼 수 있는 것입니다. 이것이 보살의 가야할 길입니다.

보살행은 우리 모두가 가야할 길이며 더불어 같이 살아갈 때에 모든 존재가 구원 받고 아름다운 세상이 되는 것입니다. 아직 우리나라 불교는 희망적입니다. 중국, 대만 일본 등지에서는 개인적 신앙으로서 남이야 어떻게 되든 말든 자신만의 복을 비는 풍토요 나만의 구원만을 빌고 있습니다. 이런 뜻에서 한국불교의 근본사상은 가장 부처님의 가르침에 가깝고 월등합니다.”

스님의 시선이 청중을 스치는 순간 예원의 시선과 부딪쳤는데 가슴이 섬뜩할 정도로 스님의 눈빛은 예리했다. 스님은 진지하게 듣고 있는 청중들을 보며 진주 같은 법어들을 쏟아냈다.

“번뇌를 떠난 진리는 만들어지지 않습니다. 자기가 믿고 있는 종교만이 가장 옳은 종교라고 편협한 사상에 세뇌되지 말고 의식의 폭을 넓히십시오. 진정으로 훌륭한 종교라면, 쉽게 표현해서 어떤 진리에 견주어도 걸림이 없고 더 이상의 높은 가르침을 줄 수 없을 때에야 가장 훌륭한 종교인 것입니다. 종교를 갖던 갖지 않던, 선량한 마음으로 일상생활을 하면서 추호의 의심도 없이 스스로 도를 성취할 것임을 믿고 행동으로 따르는 이는 누구든지 깨우칠 수 있습니다.

상징적 관례의 모습이겠습니다만, 방생한다고 물고기 잡아다가 다시 놓아주는 애꿎은 짓 하지 말고, 조상을 잘 모셔야 한다고 지장보살에게 빌어야 한다며 겁주지 말고, 스님들은 신도들에게 불안한 마음을 먹게 하지 마십시오. 좋은 목적을 위해서라면 그 방법도 옳아야 합니다.

스님들은 승복을 걸친 이상 모든 이에게 사표師表가 되니, 스님 자신이 잘 하든 못하든 중생들의 눈에는 모두 불법으로 보인다는 사실을 명심하고 모든 것에서 모범이 되어야 합니다.

우리가 고달프게 살아가는 이 진흙탕 사바세계도 한 마음 돌이키면 그대로 여여한 정토입니다. 이런 사실은 절대 논리나 지식으로는 이해되지 않습니다. 스스로 마음을 닦는 공부를 하고, 또 닦은 대로 행해야 비로소 터득될 수 있는 것입니다.

도나 진리가 있다면 하나이지 둘이 될 수 없지요. 그렇기 때문에 종교가 아무리 많아도 그 가르침의 끝은 서로 통하게 되어있습니다. 석가모니 부처는 인간에게 속박과 굴레를 씌우려고 나타난 것이 아닙니다. 영원한 행복과 자유 자재함을 주려고 나타난 것이지요. 세상의 모습을 잘 관찰해 보십시오. 삼라만상 그대로가 불법이요, 불법 아닌 것은 없습니다.”

천막에 앉아 스님의 법문을 듣던 신도들은 모두 큰 박수를 쳤다.

끝으로 큰스님은 성철스님의 열반 송에 대해 이야기 했다.

> 일생 동안 남녀의 무리를 속였으니
> 하늘을 넘치는 죄업은
> 수미산 보다 많아
> 산채로 무간지옥에 떨어져서
> 그 한이 만 갈래나 되는지라
> 둥근 한 수레바퀴는
> 붉음을 토하며 푸른 산에 걸렸도다

“도대체 무슨 소리입니까? 어느 종교인은 ‘거 봐라, 성철도 자기 죄를 알고 지옥에 떨어진다고 하지 않느냐! 하며 해석을 했다는데 정말 유치한 자기식의 해석 아니겠습니까? 주어진 현상을 보고 자신의 견해만을 고집하지 마시오. 부처 눈에는 모든 사람이 부처로 보이지만, 강아지 눈에는 똥밖에 보이는 게 없기 때문이오.

성철스님이 과연 중생을 속였을까요? 물론 아니죠. 아무리 설법해도 듣는 사람이 자기 식으로 해석하고, 제 나름대로 받았으니, 같은 말을 제멋대로 해석하는 것은 스스로를 속이는 지름길입니다. 또 본인은 내세울 것 없는데 일반인들이 받들어 칭송을 하니 한평생 성철스님은 그 사람들을 속인 것이 됩니다.

아무리 애를 써서 옳은 것을 얘기해 주려해도 받는 사람이 다르게 해석하니 성철스님이 외도만 전한 꼴이 되고 말았는데 성철스님은 이들을 쫓아 지옥까지 따라가서 구제할 수밖에 없다는 것입니다. 마지막 두 줄은 이 지옥 길 닦는 중생들을 보고 있자니 차마 안타까워서 못 죽겠구나 하는 표현입니다. 틀린 해석일 수도 있겠습니다. 어줍은 나의 해석이니까요.

낮은 근기의 사람들은 의식의 틀이 고정되어 있어서 올바른 대법을 보아도 이를 모릅니다. 자기식의 사고가 습관이 되어, 넓게 받아들일 줄 모르고, 모르는 것은 관심이 없으니 간단하게 생각하고 귀 밖으로 흘려버립니다. 이에 비하여 상근기의 사람들은 상위법을 이야기 하면 즉시 옳은 것을 '그렇겠구나' 하면서 받아들입니다. 작은 근기는 시야가 좁아서 못 보지만 상근기의 시야는 폭넓기 때문에 자신의 견해만을 우겨대지 않습니다. 이러한 근기는 타고 납니다.

자기 상식으로 도저히 납득이 되지 않는 소리를 듣더라

도 상대방 입장에서 뭔가 있겠지 하고 긍정적인 마음으로 받아들이면 차츰 접근이 됩니다. 이런 긍정적인 마음가짐을 애초에 관심 밖으로 밀어내어 잘라 버리면 영원히 이해하지 못합니다. 스스로 발전할 생각이 있다면 당장 자기의 식의 폭을 넓혀야 합니다. 여러분! 자신의 관습, 상대방을 이해하여 받아들이는 폭, 사고, 사상을 변혁시켜야 됩니다! 자기 개혁을 하십시다!"

마지막으로 스님은 청중의 질문을 받았다. 민머리에, 여위고 골격은 굵직한 모습의 승복을 걸친 사람이 손을 번쩍 들었다. 스님이 그를 지목하자 그는 오랫동안의 고민거리를 털어놓는 사람처럼 스님께 물었다.

"돈오돈수와 돈오점수는 어떤 것이 정통한 것입니까?"

오랫동안 불가에서 서로 옳다고 대립되어온 주장들을 판단 내려 달라는 의미였다. 참으로 시답잖은 질문이구나 하는 표정으로 스님은 입을 열었다.

"돈오돈수나 돈오점수는 똑같은 것입니다. 신수대사나 혜능이 깨달은 위치에서 스스로 돈오나 점수를 주장한 적 없어요. 조사들은 서로 비방하지 않았습니다. 오랜 사색과 수행 끝에 깨달음이 오는 것이고 문득 깊은 깨달음을 얻었다 해도 차츰 사색을 하며 탐미해가야 그 진의를 깨달을 수 있는 것입니다. 그러니 점수 없는 돈오 없고, 점수의 결과가 돈오이이오."

분위기는 잠시 숙연해졌다.

"인간에게는 어려울 때만 생기는 특별한 능력과 자질이 있습니다. 어지러운 세상에서 고통 받으면 그 고통을 통해 진정한 자아로 다가갈 수 있습니다. 우리가 하는 공부의 주된 목적은 영적진화를 하기 위함입니다. 부처님도 예수님도 사람과 만물에게 광명을 주자는데 그 뜻이 있습니다. 높고 맑은 물에서만 사는 것 보다 근기가 낮은 못 깨친 사람들과 흙탕물속에서 함께 뒹굴며 그들을 깨우치게 이끄는 것이 더 큰 공덕으로 수승입니다. 맑은 물을 만들고 있는 연꽃을 닮으려면 열심히 수행해야 합니다!"

스님은 마지막으로 큰 박수를 받고 떠나갔다.

"큰스님 법문 좋지?"

담선 스님이 흐뭇한 표정으로 예원에게 묻는다.

"네."

"우리네 삶이란 그저 물 흐르듯 살아가야 해. 우주는 순리대로 돌아가고 있어. 거슬러 올라가면 일이 꼬이게 돼있어. 순리대로 살면 되는 걸 가지고 많은 사람들이 일이 안될 땐 운명에 대하여 알고 싶어 해. 점성술이나 역학 등, 여러 수단으로 운명을 점치곤 하는데 살아간다는 것은 운명을 만들어간다는 말에 불과해. 나도 한때는 내 운명이 왜 이런가, 태어나면서부터 운명은 정해져 있는 건가, 의혹이 가서 한때 역학에 심취했었지.”

모두들 담선 스님의 말에 귀를 기울인다.

“다 살아보고 나서 뒤늦게 얻은 결론은 살아가면서 저항할 수 없는 운명은 없다는 게야. 극복할 수 없는 운명은 없고 강한 의지와 올바른 지혜를 통하여 윤회의 사슬을 당대에 끊을 수 있으며 운명은 단지 일정한 방향으로 삶을 흐르게 하는 성향일 뿐이다 그 말이야.

업을 짓지 않는 것이 중요해. 세상일은 모두가 원인과 결과의 법칙이니까. 우리가 원한다면 운명은 얼마든지 바꿀 수 있고 뜻하는 대로 이끌 수가 있어. 결국 모든 것을 내 안에서 찾으라 그 말이야. 무속인들은 원래 신과 인간 사이의 전달자로서 영이 맑은 사람들인데 현대의 무당들은 돈 버는 데만 현혹되어 나쁜 쪽으로 영을 써먹어서 그렇지…….

참된 구도자나 스승이 제자나 일반인의 운명에 대하여 점을 치는 경우는 없어. 우주법칙을 아는 사람들은 개인의 운명을 사사로이 말하지 않는 법이지. 그저 선善을 향한 마음자세로 살아가면 부처님, 예수님, 그 외 어떤 신하고도 다

통할 수가 있어. 제대로 된 신이면, 악하라고 가르치는 종교는 없거든. 이때의 선은 가장 근본이 되는 이치이지."

이때 동선이가 뛰어 들어와 농짝 문을 열고 숨는다. 아마 경선이와 술래잡기를 하는 모양이었다. 스님이 악을 썼다. 그때의 스님의 얼굴은 사천왕의 인상이었다. 한순간에 천사의 얼굴과 악마의 얼굴이 뒤바뀌는 순간이었다.

"나와, 안 나와?"

방구석에 세워 논 긴 빗자루가 담선 스님의 손에 잡히자 농 안에 숨어있던 동선의 머리를 후려친다. 아픔 때문이었는지 찔끔 눈물을 보이며 동선이가 농에서 나온다.

아이들이나 스님이나 한순간에 하나가 되어 악을 써댄다. 아수라장이 따로 없구나. 인간, 그들은 인간이었다. 사랑이 없는 그 한순간은 지옥보다 격이 낮았다.

"너희들 그렇게 말썽부리면 보문동 보살 집에 보낸다."

"아아 ― 안 그럴게요."

보문동 보살이란 말에 경선이가 싹싹 빈다.

"제발, 스님 말 잘 들으께, 보문동 보살 집은……"

동선도 같이 두 손을 싹싹 빌고 있다. 두 아이의 얼굴이 하얗게 질린 채.

"보문동 보살집이 어딘데?"

예원이 아이들에게 물었다. 스님이 대답한다.

"서울 보문동에 사는 보살집인데 애들이 없어 두 노인만 살아. 그래서 가끔 쟤들을 방학 때 보내는데, 잠시 좀 보내면 편한데."

"난 안 갈 거야! 난 안 갈 거야!"

경선이가 울기 시작한다. 얼마나 질렸으면 저렇게 울 정도가 되었을까?

"그 보살은 일자무식인데 애들을 막 때리거든? 듣기 싫어!"

우는 소리 듣기 싫다고 담선 스님이 소리치니 두 아이는 눈물을 꿀꺽 삼키며 팔뚝으로 눈물을 훔쳐낸다.

"또 장난 할 거야? 안 할 거야?"

"안 할게요!"

동시에 합창하듯 두 아이는 소리친다. 아이구 지겨워, 스님이 빗자루를 제자리에 걸어 논다. 어찌지 못하는 지겨움이 그 몸짓에서 넘쳐났다.

"너네들 이렇게 벗어 놓은 옷 책가방 제자리에 걸어놓지도 않고 이게 뭐야?"

담선 스님은 소릴 지른다. 경선이와 동선이는 옷을 걸고 실내화 주머니를 한구석에 세워 놓는다.

“또 그따위로 어지르면 이젠 이별이야!”

“결혼도 안 했는데 이별이야?”

위기는 넘겼다는 안도감에서 동선이 대꾸한다.

“결혼을 해야만 이별인가, 언제든지 헤어질 수 있어”

두 아이는 스님의 헤어진다는 말에 자신들의 처지를 되새긴다.

“난 맞아 죽어도 못 나가.”

입을 꼭 다무는 동선이의 표정엔 오기가 가득하다. 경선의 얼굴에서는 슬픔이 피어오른다. 순간 담선 스님은 아하, 이런 말은 아이들한테 하는 게 아니구나 하고 느꼈다.

이튿날 아침, 조심해서 갔다 와. 산중에서 길을 잃으면 큰일이지. 담선 스님은 아래채 대문까지 예원을 따라가며 배웅을 해 주었다.

18

파란 하늘을 타고 흐르던 뭉게구름이 어느새 작은 것들과 합쳐져서 더 큰 구름이 되어 얕게 떠가고 있다. 멀리 있던 잿빛 구름이 바로 머리 위에 가까이 와있다. 구름 속에서 사람들의 망상이 합쳐져 다시 땅위로 기를 내뿜고 있는 듯도 하다.

나뭇가지들이 바람에 사르르 떤다. 예원은 구름을 보며 작게 허밍으로 노래를 불러본다. 누구라도 만나고 싶다. 사람 속에서 멀미가 느껴지더니 지금은 홀로여서 인지 문득 누군가가 그립다. 사람이 그리워지는 건 지금 무섭기 때문인가, 외롭기 때문인가. 숲속의 깊은 정적만이 그녀의 가슴 속에 들어앉는다.

―일전에 외국인 스님의 선禪에 관한 법문을 들었습니다. 참선을 하면 깨달음의 지름길로 가는데 깨달음에도 단계가 있는 것 같았어요.

1. Small I (소아小我)
2. Karma I (업아業我)
3. Nothing I (무아無我)
4. Freedom I (자유아自由我)
5. Big I (대아大我)

―처음 현재의 작은 나로부터 시작해서 자신을 완전히 떠난 삶과 죽음의 경계를 넘어선 열반의 경지까지 말하는 것 같았습니다. 나름대로 정리를 해보았는데, 전문인이 보기에 맞는지 모르겠어요.

겉으로는 이해되어도 속으로는 깊이까지 다가가기엔 아득해집니다. 다시 말해 머리로는 이해되어도 행동으로 받들기엔 어렵다는 말이 되겠죠.

경전은 지식으로 이해하려면 안 된다고 들었습니다. 식識으로 해석 한다면 모든 학자나, 천재들은 벌써 성불했어야죠. 저절로 알아지는 때가 있답니다.

그냥 필기한 노트를 덮습니다.

마당으로 나옵니다.

울타리 안의 꽃밭에서, 연둣빛 난 잎을 보며 봄을 읽습니다.

흙 속에서 때 맞춰 고개 내미는 옥잠화의 새순!

모래 더미 위에 낳아 놓은 오리 알 서너 개!

잎보다 먼저 활짝 핀 산수유의 노란 꽃을 하염없이 바라보았어요.

생명이란 무엇인가? 신비다. 보이는 모든 게 우주의 신비입니다. 이런 신비를 빨리 예원씨와 같이 즐기며 만끽하고 싶습니다.

나는 그리움을 참아내지 못하는 사람이기에 오늘밤 꿈에 예원씨가 나왔으면 좋겠어요.…… 사랑한다는 말을 결국 꺼내지 못하고 맙니다. 나는 늘 이렇게 표현이 서툴러요. 초등학생 같죠? 선생님 안녕! 잘 자요!

산속을 걸으며 예원은 희운이 보낸 연서들을 떠올렸다.

또다시 그의 증발에 대해 생각하기 시작한다. 누구에게나 잘못된 상식을 바르게 가르쳐주고 싶어 하던 희운. 도대체 희운은 어디 숨은 것일까? 자신을 숨길 수밖에 없는 일이 무엇이었을까. 그는 틀림없이 무슨 곡절이 있을 것만 같았다. 혹 자신과 관계된 무슨 일이 있었나…… 예원은 아무리 예리하게 더듬어 봐도 희운이 일언반구 없이 사라졌다는 건 납득할 수 없어 생각할수록 답답하기만 하다.

비가 쏟아진다. 가을 비. 빗발이 제법 억세다. 숲 위로 떨어지는 빗소리는 또 다른 리듬이 있는 것 같다. 웅장하기까지 한 저 소리. 아름답다. 나무위에서 흘러내린 빗방울이 가지를 타고 나뭇잎 끝에서 떨어져 내린다. 아무도 없는 숲속에서 떨어지는 빗소리를 들으며 희운은 이럴 때의 감정을 어떻게 처리했을까, 예원은 생각해 본다. 멀리 노루 한 마리가 비를 피해 뛰어가는 것이 보인다.

예원은 빗속을 걸으며 나는 무언가, 나는 무언가, 울타리 밖으로 쫓겨난 짐승이 되어 보금자리를 그리워하는 자신을 그려 보기도 했다. 예원은 무섬증이 이는 것을 억누른다. 정적속의 핵은 고요인데 낯선 정적이 무섬증을 일으킬 줄은.

다행스럽게도 목적지에 거의 다 온 것 같았다.

예원이 목적지에 거의 다다라서 서서히 높아진 경사를 오르며 숨이 차오르는데 우거진 숲이 갑자기 훤히 트였다. 산비탈 아래를 보니 키 큰 나무가 없이 넓게 평야를 이루었다. 가만히 살펴보니 전부 칡넝쿨이 나무를 덮고 있었다. 넝쿨은 소나무 전나무 등 어떤 나무도 줄기를 뻗쳐 타고 올라서 그 나무를 덮어버렸다. 넝쿨 속에 갇힌 나무들은 태양도 못보고 영양을 빼앗기며 자라지 못하고 죽어가고 있었다. 긴 넝쿨 줄기는 땅속에도 뿌리를 박고 굳게 자리 잡아가고 있었다. 넝쿨 줄기를 손으로 걷어내려고 잡아당기니 전혀 뽑혀지지 않았다.

타인의 희생을 발판 삼아 남을 올라타고 살아가는 그런 인간 유형들이 떠올랐다. 넝쿨식물은 그 주변 전부를 늪지로 만들고 있었다. 멀리서 보니, 산을 파헤쳐서 폐허가 된 자리에 잡풀들이 돋아 올라 온 것 모양 숲을 잡아먹고 있었다.

예원은 그 넝쿨식물이 갑자기 무서워졌다. 키 큰 노송들도 어쩔 수 없이 넝쿨식물에 먹혀들고 있었다. 끈질긴 집착. 너와 나의 사회를 만들어가는 공유하는 집념이 아닌 독선적 집착. 사회의 병리현상이 식물세계에서도 생사를 넘나들며 자라나고 있었다. 그래도 살아남기 위한 본능적 문제라서 독버섯 같은 인간 유형보다는 훨씬 이해할 수 있는 여유가 있었다.

가까운 거리에 집 한 채가 시야에 들어왔다. 예원은 안도의 숨을 쉰다. 허름한 산속의 집. 거기에 희운은 조용히 있을 것이다. 그리고 예원이 들어서면 빙그레 웃으며 '힘들었죠? 낯선 산길이' 하며 미소를 지어 줄 것 같다. 아니 희운이 놀라서 입을 다물지 못할 것 같기도 하다. 결혼신청을 해놓고 구체적으로 날짜를 잡기도 전에 갑자기 잠적해 버린 이유는? 아무리 여러 갈래로 생각을 해봐도 예원은 이해할 수 없었다. 이런 산중에서 한마디 소식도 없이 지금껏 나타나지 않다니……

이윽고 예원은 슬레이트 지붕에 붉은 흙벽돌로 지은 울타리도 없는 집에 들어섰다. 집 주위에는 고요만이 전부였다.

"계세요?"

잠잠하다. 빗소리에 잘 들리지 않는가. 다시 그녀는 방문을 두드린다. 역시 아무 소리도 안 난다. 예원은 숨을 크게 한번 들이 마신다.

"계세요?"

조금 더 큰 소리로 말하며 예원은 방문을 열어본다. 방은 비어 있었다. 실망감이 스쳤다. 머뭇거리던 예원은 방 안으로 들어선다. 어디 잠시 산책을 가셨는지도 몰라. 나무가 비바람을 막아주어서 많이 젖지 않았지만 바짓가랑이가 조금 젖어있다. 오래 비어두었던 방 같지는 않았다. 창틀에도 방 구석에도 쌓인 먼지가 없고 신문이 접힌 채 한 구석에 가지런히 놓여있다.

희운이 와있던 것임에 틀림없었다. 예원은 기뻤다. 곧 그가 어디선가 나타날 것만 같다. 신문 날짜를 보니 삼일 전의 것이다. 산속 깊은 곳까지 신문이 배달 올리는 없고 외출했다가 사들고 온 것인가. 방 옆에 딸린 광의 문을 열어보니

230

꼭 예원이 올 것을 예감한 것처럼 쌀과 촛불, 장작이 차곡차곡 쌓여 있었다. 분명 그는 출타중일 것이리라. 오늘 밤이나, 산 중이니 내일 오전 중에는 돌아올 것 같다. 필요한 물건들을 사러 나갔을 수도 있지 않은가.

비가 멈춘 것 같다. 밤에 추워 질것을 생각해서 예원은 아궁이로 나온다. 장작 옆에 있던 라이터로 누런 솔가지에 불을 붙인다. 그것을 아궁이에 넣고 작게 쪼개어 놓은 장작부터 불 위에 얹는다. 불길은 아궁이를 향해 활활 타들어 간다. 예원은 방으로 들어온다. 조금 시간이 지나자 구들이 더워지기 시작한다.

예원이 방에서 누워보니, 창밖으로 보이는 비 그친 하늘에는 이지러진 달이 하얗게 모습을 드러내었다. 달은 잿빛 구름사이를 가고 있고 별은 보이지 않는다. 그는 많이 늦는 것인가.

예원은 피곤이 몰려오며 사르르 눈이 감겨 온다. 잠속으로 빠져든다. 예원은 경전의 '불생불멸 불구부정 부증불감'인 부처의 자리를 꿈꾸며 그리스도의 '좁은 문'으로 여행을 떠난다. 그녀는 꿈을 꾸었다.

학기 초가 되어서 교실은 조금 어수선한 분위기였다.

"선생님! 짝 언제 바꿔요?"

새로 맞은 짝 한 달도 같이 지내기 전에 아이들은 성화이다.

"이래서 맘에 안 들고 저래서 맘에 안 들고, 바꾸면 자기 맘에 쏙 드는 짝 만날 것 같아?"

반문하니 '네!' 하고 자신 있게 대답하는 아이들이 대부분 이었다.

"이 놈들아, 짝을 바꾸고 싶은 너희들이 서로에게 맘에 들게 해줄 순 없어?"

그 말은 시시한 답변 이라는 듯 입을 비쭉이는 아이들도 있었다. 새로운 기대에 호기심을 부풀리며 더 좋을 것 같다 는 믿음에 늘 마음 설레는 아이들. 짝을 바꾸고 일주일쯤 지 나면 '지난번 짝이 더 나았어요' 하고 선생님 귀에 대고 속 삭이는 아이도 있었다.

"세 째 시간에 짝을 바꾼다."

애기의 끝을 다 맺기도 전에

"와아!"

아이들은 함성을 지르며 소란해졌다.

셋째 시간이 되어 먼저 여학생과 남학생을 키 순서로 두 줄로 세워놓고 짝을 맞춰주었다. 그러면 줄을 서 있던 아이 들은 대충 누가 짝이 될 것인지 짐작하고는 '우욱!'하고 돌아서버리는 아이도 있고 좋아서 함박웃음을 지으며 재잘거리는 아이들도 있었다.

키 순서에 맞춰 세워놓고 한창 짝을 지어 주는데 맨 끝에 키가 큰 남학생 하나가 서 있었다. 어떡하나 하고 그 아이 곁으로 가까이 가는데 어느새 아이는 희운의 모습으로 바뀌었다. 희운이 빙긋이 웃으며,

"저는 선생님하고 짝하고 싶어요. 선생님은 늘 짝도 없이 혼자잖아요?" 한다.

예원은 반가움에 희운을 꼭 끌어안는다.

"선생님! 이젠 안 놓칠래요!"

아이들이 둘러서서 짝짝짝 박수를 쳐댔다. 예원은 박수 소리에 꿈을 깨었다.

희운은 밤새 오지 않았다.

어제 고단한 탓이었는지 예원이 잘 자고 일어나니 해가 온천지를 밝게 비추고 있었다. 빗물을 머금었던 나무는 더욱 생생하게 햇살을 향해 서있고 다람쥐, 산토끼도 뛰어다니는 것이 보였다. 예원은 집 뒤로 난 오솔길이 있어 그리로 달려가 보니 아무 흔적도 없었다.

예원은 혹 그 길로 희운이 올지 몰라 마중하려는 생각이

났는데 문득 어떤 직감이 떠올랐다. 갈참나무 앞에서 갑자기 그녀는 '아, 그는 안 온다! 그리고 그는 자신이 올 것을 예감하고 피한 것이다. 바로 이 길을 걸어갔다……' 직관이었다.

실망적인 직관으로 인해 예원은 힘없이 흙집으로 다시 돌아온다. 분명 희운은 예원이 여기에 올 것이라는 예상을 했었다. 현실적 논리에 의한 판단보다 직관력은 더 정확했다. 방안에 나무로 된 선반이 하나 매어있었는데 손으로 더듬자 손끝에 무언가 만져졌다. 꺼내보니 공책이었다. 들춰보았다. 분명 희운의 글씨체였다. 앞부분에 몇 개의 전화번호가 적혀있었고 거의 빈 백지 그대로였다. 삼분의 일쯤 넘겨보니 볼펜으로 쓴 글씨가 빽빽이 열댓 장에 걸쳐서 씌어 있었다.

글씨는 괴로운 듯 반듯하지 못했고 균형을 잃고 있었다. 어둠속에서 쓴 것인 양 어떤 것은 두 줄이 겹쳐서 씌어 있었다. 그리고 공책 맨 끝부분에 하얀 봉투가 끼어 있는데 겉봉에는 한예원씨 라고 적혀 있었다. 부치려다가 만 편지 같았다. 희운이 쓴 글씨체를 한참을 바라보다 예원은 편지를 바로 뜯지 않고 공책과 함께 가방 속 깊숙이 찔러 넣는다. 무언지 모르게 편지를 뜯기가 두려웠던 것이다.

'올바른 삶을 사는 사람은 과거나 미래에 집착하지 않고 현재를 충실히 살아 나갑니다. 언제나 이 순간에 충실하라, 에크하르트 톨레의 말이에요. 잘못된 마음을 시정하여 바른 마음을 가지게 되면 사물의 관찰도 바르게 된다는 말에 공감했어요.'

'……'

'절제할 줄 아는 사람은 아름답습니다. 자기 욕심에 선을 그을 줄 알기 때문이죠. 절제가 나를 살린다고 생각을 해봤어요…… 자기의 뜻대로 하되 걸림이 없다는 말은 바른길을 가고 있다는 말이 되겠죠?'

지난날 희운의 음성이 곁에서 들리는 듯하다.

예원은 하룻밤을 잤을 뿐인데 한 달 쯤 있었던 것 같다. 밖으로 나오자 정오를 넘긴 햇살이 나뭇잎 사이로 들어와 예원을 감싼다. 방문을 닫았다. 아득히 먼 곳에서 자욱한 안개가 가슴 밑바닥으로 스며들어 켜켜이 쌓여가는 듯하다.

예원은 어제 온 길을 뒤돌아서서 다시 터덜터덜 걸어가기 시작한다. 무언지 모르는 슬픔이 그녀를 따라온다. 외롭고 긴 기다림이라도 두 사람이 하나의 정점을 향해 서로가 마주 볼 수 있다면…… 하나의 꿈이 더 단단해 질 수만 있다면……. 예원은 자신의 소망이 멀게만 느껴진다.

19

　예원은 상념에 끌려 얼마를 걸었는지 산을 오르내리며 가는데 오던 길과는 영 다른 길이 펼쳐졌다. 그제야 정신이 났다. 절벽 아래로는 계곡이 있고 폭포가 나왔다. 멀리 겹쳐져 있는 능선의 산꼭대기에는 서리가 내렸는지 하얀 봉우리가 산신령 같은 모습으로 우뚝 솟아 있다. 이를 어쩌나, 예원은 당황이 되며 무섬증에 가슴이 쿵쾅거린다. 해지기 전에 묘법사에 도착해야 하는데 산중에서 길을 잃다니…… 찾아 갈 때는 멀리서 계곡의 물소리를 듣기는 했는데 계곡을 건너지는 않았다. 아마 가까운데서 길을 잘못 들은 듯싶었다.

　예원은 무조건 평지로 내려가서 다시 짚어 봐야겠다고 생각하며 계곡을 타고 내려가기 시작한다. 어제 비가 와서 물이 불어난 탓일까. 산중의 고요 속에서 바위를 치며 내려가는 물소리는 장엄하기까지 하다. 폭포를 지나서 조심스레 발을 자갈 위에 내딛지만 자칫 물에 빠질 뻔했다. 여러 번 위기를 모면하며 물길을 따라 내려가는데 넓고 큰 바위가 나왔다.

순간 예원은 뒷걸음질 친다. 머리를 하나로 질끈 묶은 도사 같은 사람이 그 바위 위에서 정좌를 하고 미동도 없이 앉아있었다. 뒷모습으로는 남자인지 여자인지 구분이 쉽지 않았다.

아무도 없는 산중에서 동물을 만나는 것 보다 더 무서운 건 사람이라더니 예원은 긴장으로 몸이 굳어 버릴 것만 같다. 그때였다. 미동도 없던 도인이 갑자기 예원 쪽으로 획 고개를 돌리는 것이 아닌가. 읍, 하고 마주친 도인의 눈빛은 예리하면서도 부드러움이 배어있었다. 예원의 생각파장이 도인에게 전달된 모양이었다. 예원에게도 나쁜 사람은 아니라는 안도감이 들었다.

도인이 먼저 입을 연다.

"반갑소. 이 산중에서 6개월 만에 처음 사람을 만나네요."

도인은 여자였다. 예원은 깊은 안도의 숨을 내쉰다.

“길을 잃었어요.”

“어느 쪽으로 가는데요?”

“거기도 산속인데 초행길이라 잘 모르겠고 [묘법사]란 절에 가려고요.”

“으－흠, 그 이중적인 늙은이?”

“예? 스님 말인가요?”

“그렇소, 고아들 모아 베푸는 척 하지만 그 아이들 앞세워서 들어오는 복지비용으로 꾸려가고 있지. 사랑 없이 키우니 아이들이 눈에 가시지. 아이들 성격이 뭐가 되겠어요?”

언뜻 보기에 40 초반으로 보이던 얼굴이 햇살에 드러나니 잔주름이 많이 잡힌 50쯤 되어 보이는 초로이다.

“오늘 길 떠나기엔 늦었으니 내 처소에서 하루 묵어가시오. 어두워지면 초행길에 위험해요. 가려거든 좀 일찍 떠났어야지.”

처음 길을 찾을 땐 희운을 찾아야 된다는 신념만이 앞서서 하늘을 찌를듯한 기세로 모든 장애물도 걸림돌이 되지 않았는데 예원은 지금은 자신이 없어졌다. 아니, 여인이 말하기 전에 예원이 먼저 여인에게 기대고 싶었는지 모른다.

여인이 일어나서 앞장선다. 예원은 여인의 뒤를 따라 간다. 여인의 집은 산중턱에 있는 돌로 쌓은 집이었다. 예원은 전혀 엉뚱한 행성에 와있는 듯이 모든 것이 경이롭기만 하다. 우선 이 깊은 산중에 여자 도인인지 도사인지 혼자 사는 것도 그렇고 낯선 사람에게 대하는 거리낌 없는 그녀의 태도도 분명 보통 여자는 아닐 듯싶다. 마치 선仙계에서 살다가 내려온 선인 같기도 하다.

여인은 전화기, TV, 신문, 세탁기 등 모든 문명의 이기를 피해서 사는 것 같았다. 오로지 햇빛과 바람과 구름을 보며 나무의 변화와 새소리, 물소리를 들으며 자연과 하나 되어 살고 있는 듯하다. 여인은 밥을 해서 여러 종류의 산나물과 배추 등 채식위주의 반찬을 내놓는다. 예원은 출출한 김에 밥 한 공기 남짓을 배추에 된장을 찍어 먹었다. 예원은 그간의 있었던 자신의 행동이 먼 옛날에 있었던 듯 아득해진다.

예원은 마음속에 일었던 출렁거림이 행여 드러날까, 여인 앞에서 조심스럽다. 한남자의 증발로 인해 미친 듯 찾아나선 자신이 부끄러워졌기 때문이다. 그렇다고 가슴속에 먹구름이 되어 누워있는 희운이 슬며시 사라진 건 아니다. 여인은 이미 다 알고 있다는 듯,

"인간은 자신에게는 없는 허상을 만들고 그 허상을 쫓아가며 부족을 메우기 위해 찾아다니는가 봐요." 하고 말한다.

“그 부족한 점 때문에 발전할 수 있는 것 아닐까요? 모두가 완전하다면 진전이 없겠죠.”

예원은 자신을 떠올리며 답한다.

“만물에는 나름의 속성이 있기에 만물의 속성에 순응하며 살아가는 것이 자연이요, 제멋대로가 자연이 아니란 걸 산속에 살면서 깨달았어요……”

“멋진 말씀이네요.”

“도道의 길을 걷지 못하면 내가 두려운 것이지, 하늘이 두려운 것이 아니죠.”

여인은 이미 산전수전을 다 넘긴, 어찌 보면 인생을 체념해 버린 것도 같은 처음 봤던 인상보다 더 도인에 가까운 얼굴이 되어있었다.

“사람들은 누구에게 가르침을 받아야 합니까? 어디가 좋습니까? 어디가 명당입니까? 하고 물으며 지혜를 구하지만, 내 물건을 훔쳐간 도둑놈도 내게 스승이요, 발에 밟혀 죽는 잡풀도 내 스승이에요.

길가에 박힌 돌부리에 채어 내 발가락에서 피가 나도 그 돌부리가 내 스승이라 생각하고 세상을 그런 마음가짐으로 살아가야 해요. 모든 게 내 스승이다 생각하고 내 자신을 자꾸 돌아보고 추슬러 살아가는 것이 바로 도를 행하는 것이라는 걸 이렇게 늦게야 깨달았어요. 어리석어서……."

예원은 오늘밤 이 여인과 자면서 많은 애기를 나누어야겠다고 생각한다.

해가 넘어가버리고 어두워지자 여인은 촛불을 켠다. 어둠속에서 촛불이 비추는 물체만이 그림자로 일렁거린다. 꺼질듯 흔들리는 촛불은 아름답다. 간간이 먼데서 소쩍새와 부엉이 우는 소리가 들려온다. 산속의 고요는 점점 더 깊숙이 가라앉아갔다.

촛불이 비취는 벽에는 개량한복 비슷한 상의를 입고 턱선이 인상적이며 쌍꺼풀 없는 눈, 동양적 인상의 중년 남자 사진이 걸려 있었는데 머리는 웨이브가 진 장발이었다. 예원이 누구냐고 물으니 여인은 빙긋이 웃는다. 누구라고 말하면 놀랄걸? 하더니 사진이 아니고 초상화인데 부처님 제자인 부르나 존자가 그린 석가모니 부처님의 41세 때인 초상화라고 한다.

그걸 어떻게 증명해요? 놀란 눈을 하고 예원이 묻는 말에 여인은 그 초상화 원본은 영국 박물관에 보관되어 있다고 말한다. 사실일까요? 누군가 중간에 상상화로 그린 것 아닐까요? 하면서 바라보는데 예원이 본 석가모니 부처님은 미남형이 아니라 호남형이었다. 여인은 불상을 모시는 대신 부처님 사진을 걸어 놓은 듯하였다. 여인이 정좌하고 앉는다. 예원이 묻는다.

"이렇게 산에서 사신 지 오래 되셨어요?"

"11년째요, 이 산에 온 지는 6개월 됐고."

"수행 하시는 거예요?"

"그렇다고 봐야죠."

"어떤 수행이죠?"

"부처님 시대 하시던 대로 참선에만 열중하고 있어요. 쓸데 없는 생각을 잊어버리고 호흡에만 열중하면 중생심이 사라져요."

"내가 아는 분은 단전호흡을 오래하여 대머리가 된 사람인데 호흡을 잘못한 거예요?"

"머리의 화火로 인해 대머리가 되는데 누구든 의식의 초점이 위로 치솟으면 대머리가 됩니다. 나이 들면 노쇠현상으로 화가 밑으로 잘 내려가지 않기 때문인데, 모든 의식이 가라앉고 자신이 완전히 비어있는 상태의 호흡을 해야 제대로 된 호흡이지, 쓸데없는 목적을 갖고 욕심을 내며 하면 할수록 정신과 육체가 모조리 고장 납니다."

"……"

"단전이란 불의 씨앗으로서 위치가 어디다 하고 고정돼

있는 곳이 아니에요, 생명의 가장 근원인데 내 마음 가는 곳 어디나 다 단전이 될 수 있죠. 사람들은 명상이 아니라 공상을 하고 있어요."

"그렇게 수행하시면서 세월을 묶어 놓은 채 변함없이 사셨군요. 11년간을."

"변화가 없었다 해도 이 세상 그 어떤 것도 불변은 없어요. 일체의 모든 존재는 항상 같음이 없습니다."

"……"

"변하지 않고 영원한 것은 공空 하나 밖에 없는데, 공도 진공眞空이라야 해요.

공空과 무無는 다르죠."

"……"

"반야심경에, 물질이 허공과 다르지 않고 허공이 물질과 다르지 않아서 물질이 허공이고 허공이 곧 물질이며, 감각, 지각, 경험, 인식도 또한 그러하니라…… 했는데,

오온 즉 색수상행식色受想行識을 말하는 겁니다.

오온의 지배를 받고 있는 사람에게 아무리 경經을 설명해 봐야 그 사람은 자신이 아는 만큼만 오온을 다시 스스로 설명하고 이해하여 새겨 넣습니다. 그래서, 자신이 새겨 넣은 오온 중 어느 하나가 특히 그 사람을 지배한다면 그 사람에

맞는 가르침으로 일깨워야 해요.

예를 들어, 색色의 지배를 특히 많이 받고 있는 이에게는 색의 무의미함과 무상함을 가르쳐 깨닫게 하고, 식識의 지배를 받고 있으면 오늘의 진리가 내일의 진리가 아니란 것을, 또한 서양의 진리가 동양의 진리가 아니란 것을 말해주어야 합니다. 이렇게 색수상행식이 벗겨진 자리가 공空이요.

결국 우리는 자신의 머릿속 생각만으로써 공을 이해하려고 하고, 저건 이렇고 이게 그래서 결국 공은 이거다, 라고 이해된 만큼만 판단하려고 합니다. 이들 모두를 통합하여 생각해보지만, 아무리 깊이 생각해도 그것은 공이 아니요. 그래서 이런 말이 있어요."

幻 從 諸 覺 生　환은 모든 깨달음을 쫓아서 생하는데
幻 滅 覺 圓 滿　환이 멸하면 깨달음이 원만히 드러난다
　　　　　　　이때의 깨달음이 공이다.

"어려운데요?"
예원이 고개를 갸우뚱 하며 말했다.
"제 설명이 아직 부족해서 어렵게 들렸나 봐요."
여인이 수줍게 웃었다.

"이렇게 한번 생각해 봅시다. 오온은 애당초 공인데 이를 가지고 정도正道를 판별하려고 하니 정도가 바로 외도가 되는 것입니다. 공은 설명하면 할수록 잘못 인식 됩니다."

예원은 도대체 얼마를 공부해야 저 여인처럼 스님을 능가하는 깊이 있는 해설이 나올 수 있는 걸까, 문득 여인의 과거속세의 생활은 어떠했으며 무슨 연유로 세상살이를 다 버리고 이런 산중에서 살고 있는 것일까, 궁금해진다. 여인은 청신도의 삶을 살고 있었다.

여인은 부처님 초상화를 경건한 표정으로 바라보더니 입을 연다.

"우리는 많은 착각 속에서 살고 있습니다. 속세에 있을 땐 몰랐는데 이렇게 산속에서 참선하며 살다 보니까 잘못된 것들이 하나하나 떠오르며 짚어지데요.

불교 신자나 기독교 신자들이 기도들을 열심히 하는데 전부 하나님이나 부처님을 내세워 거래를 하고 있어요. 사욕을 위해서 하는 기도죠. 나부터도 그래요. 정성이란 내 마음에서 우러난 정성이어야 하는데, 다른 사람이 나를 어떻게 보고 평가할까 하는 데 기준을 맞추는 정성인거에요. 그것은 나 자신을 속임이니 정성이 아니죠. 어릴 때 교회에 나간 적이 있었는데 그때 어느 집사님은 돈 봉투를 헌금 통에 넣는데 입구가 작아서 넣어지지가 않았어요. 그땐 그 모습이 대단해 보였어요. 지금은 과시하는 행동으로 해석되어 아직도 기억에 남아 있네요.

사람들은 훌륭한 아무개 스님도 이렇게 하드라 하고는 공연히 스님을 모델로 끌어들여 거기에 기준을 두고 내 생각이라고 착각하는 것이죠. 정성을 쏟지 않아야 할 곳에 정성을 쏟으면 헛 정성이 되어 재앙이 돌아옵니다. 정성은 깊은 마음에서 우러나와 내가 하는 거예요.”

“……”

“이웃을 돕는다, 사회에 환원한다, 보시를 한다는 것도 그래요.

보시라는 것은 자기가 가장 소중하게 여기는 것을 남에게 주는 것이에요. 중요한 것은 보시하려는 진실 된 마음이지 물질의 많고 적음이 아닙니다. 진정한 보시는 부처님께 하는 것인데 부처님께 보시를 하고 부처님께서 기꺼이 받으면 자신에게 복이 바로 돌아옵니다. 만일 부처님께서 받지 않는다면 인연이 없는 것입니다.

보시는 자기가 가장 어려울 때, 자기가 가장 난관에 처했을 때 해야 하는 것이며, 이럴 때 보시의 효과는 훨씬 큽니다. 갖고 있자니 부담스러워서 지나가는 게으른 노숙자에게 주었다면, 이는 보시가 아니죠. 보시랍시고 아무 데나 집어 던진 게 되는데 오히려 죄를 더 받습니다. 나쁜 결과가 만들어 지니까요."

여인은 둑을 무너뜨린 봇물같이 말이 봇물을 타고 그녀의 입에서 흘러 넘쳤다.

"또 보시한 것을 어디에 어떻게 사용하든 일체 신경 쓰지 말아야 합니다. 한술 더 떠서 보시한 것을 도로 내놓으라고 요구하고 다시 빼앗는 사람도 참 많습디다. 이 사람은 단순히 불행하다는 말로 표현할 수 없을 만큼 죄를 짓는 것이 됩니다. 사람에게 주었다 빼앗아도 모욕을 주는 건데 하물며 부처님께 지은 죄를 말해 무엇 하겠소.

만약 내가 보시했으니까 저 사람이 나에게 고마운 생각을 가질 것이고 앞으로 나에게 보답을 하고 대우를 해주겠지, 생각한다면 이만저만한 착각이 아니죠. 부처님은 꿰어 있는 정성 하나를 보십니다.

절에 하는 것보다 믿을 만한 산부처에게 하는 것이 최상이라고 한 말은 얄팍한 생각에서 바라는 마음을 일으키기에, 유마경에서 자기 욕심에 바탕을 두지 말라는 가르침입니다. 진정한 보시는 법계에서 알고 그 보시에 대한 인과를 즉시 만드는 작용을 시작합니다. 금생이든 후생이든 어김

없이 돌아오는데 현 말법시대에는 인과 자체가 매우 빠릅니다.

우리가 기억해야 할 것은 그릇이 안 되면 하늘이 복을 주어도 재앙이 되지만, 그만한 그릇이 되고 스스로 노력하는 사람에게는 설사 하늘이 재앙을 주어도 전부 복으로 바뀐다는 겁니다. 이해되죠?”

여인은 가식 없이 있는 그대로 말하고 행동하는데 자연스럽고 그녀가 하는 말속에 흡인력이 있었다.

“차나 한잔 할까요? 내가 말이 많죠?”

“아니요, 깨닫게 해주시는 말씀 새겨듣고 있어요.”

여인은 버너에 주전자를 올렸다. 불길이 솟자 주전자는 금세 씨－하고 물이 더워진다는 소리를 낸다.

“아마 오랜 세월 혼자서 생각하고 혼자서 결정짓고 혼자서 행동하다보니까 대화가 없어서 그럴 거예요, 종일 한마디도 안하고 넘기는 날이 훨씬 많아요. 어떤 땐 구름하고, 다람쥐하고, 때론 꽃봉오리하고도 얘기를 하죠. 이해해 주세요.”

여인은 부끄러운 듯 빙긋 웃는다. 예원은 저 여린 모습으로 어떻게 산속에서 혼자 살아갈 수 있을까, 생각이 들며 한편으로 부러워지는 것도 사실이다. 모든 괴로움의 원인은 인간관계에서 오는 갈등이 제일 큰 상처를 가져다주기 때문이다.

"이것 내가 만든 차예요. 봄에 여린 쑥을 캐서 만든 쑥차, 이건 매화꽃 봉오리를 말린 매화차, 이건 뽕잎차."

"다 먹어 보고 싶은데요?"

"그러세요."

"그런데 무슨 연유로 산속에 혼자 사시게 됐어요? 혹 소속되지 않은 스님이세요?"

그녀가 잠시 난감한 표정이 된다.

"제가…… 실례의 질문을 했나요?"

예원이 조심스레 말을 건넨다.

"…… 39세 때 산문에 잠시 들었었죠."

"……?"

"그런데 그쪽도 내 길이 아닌 듯 2년 후에 나와서 산으로 들어왔어요.

보통 열린 마음이라 하여, 남의 의견이나 생각에 귀를 기울이고 포용하고 수용하는 생활태도를 가져야 하지만, 수행자라면 마음의 문을 닫아야 한다고 생각했어요. 일반인들은 당연히 이웃과 마음을 열고 살아야겠죠.

그런데 스님들이 마음을 닫아야 하는 데는 자기성찰을

깊게 하기 위해서죠. 닫아야 보이니까. 그런데 대부분 수행자는 수행하는 방법을 찾고, 스승을 찾고, 선지식을 찾고 무언가를 열심히 찾고 있죠. 육신통 얻기를 갈구하고 남에게 뻐길만한 능력을 갖고 싶어 해요. 그러다 보니 자아가 안에 있지 않고 계속 밖으로 향해 있어요. 문 열고 자아가 튀어나가면 돌아오지 못해요.

예전에 어떤 이가 선사를 찾아가 '공부를 어떻게 합니까?' 하고 질문하니, 선사가 냅다 '도적놈 잡아라' 하고 소리치더라는 겁니다. 문 닫아 제 살림살이 하면 그만인데 문 열고 나가 남의 떡만 보러 다니고 거저먹으려고 하니까 선사가 소리친 거예요. 도적놈이라고."

"……"

"그래서 금강경의 주된 가르침은 나를 버리라는 것이죠. 나를 세우면 절대 올라오지 못합니다. 잘 익은 벼처럼 자신을 낮추고 아만을 버리는 아름다움이 보편화된 세상이 와야 된다고 봐요. 지혜인으로써 종교를 믿으려면, 절대로 바라는 바가 없어야 해요. 내 말 맞아요?"

"제가 뭘 아나요……"

"내 생각이 잘못됐는지 나는 절에서는 도를 닦기 어렵겠다는 판단이 왔어요.

물론 절에 가기 전에는 결혼생활을 했었지. 아이도 남매나 있고……”

여인은 깊은 숨을 들이쉬고 내뱉는다.

“전생의 업장이 두터워서 그 보속을 하느라고 이런 생활을 하고 있는지도 몰라요. 지금은 모두가 평화로워졌어요. 처음엔 아이들이 보고 싶어 미칠 것 같았어요. 그래서 보고 싶지 않게 해달라고 빌었죠. 그랬더니 이젠 보고 싶지 않아요. 궁금하고 안타까울 뿐이에요.

11년 동안 마음의 밭도 굳은살 박이듯 굳어져 버렸나 봐요. 아니 이젠 어떤 경우도 다스릴 수 있어요. 어쩔 수 없었지만, 더 큰일을 해서 이웃 모두에게 베풀 수 있는 길을 가야한다고 생각하며 살아요.……”

여인은 자신이 집을 나올 당시 큰아이가 초등학교 4학년이고 작은아이가 2학년이었다고 한다. 서대문구 ‘○○초등학교’를 다녔다고 했는데, 예원은 반짝 반가움이 앞섰다. 왜냐 하면, 교대를 졸업하고 처음 부임했던 그 학교였기 때문이다. 예원은 처음 시작한 그 학교에서 혼신을 다해 가르쳤다. 담임을 했던 아이들은 얼굴을 보면 지금도 이름이 전부 기억되었다.

“혹시 이름이 뭐예요? 제가 당시 4학년을 맡았었거든요?”

“순형이, 순미, 지금은 스물셋 스물하나로 대학생이 되었어요. 참, 여기 사진 있어요.”

여인은 단란했던 한때를 찍은 가족사진을 예원에게 보여주었다. 여인은 당시 38세로 이름은 ‘민정숙’이었다. 남편 박동욱, 아들 박순형, 딸 박순미. 예원이 본 사진의 아이들은 초등학교 다닐 때 찍은 사진이었다. 아, 박순형이구나. 한눈에 틀림없었다.

“제가 맡았던 순형이가 틀림없어요. 앞이마가 나온 것 하며 약간 키가 작고 살집이 있었던 몸매. 순미는 모르겠는데 순형인 맞아요.”

“참, 세상은 이래서 넓고도 좁다고 하나 봐요. 이런 산중에서 옛날의 아이들 담임선생님을 만나다니요? 상상할 수도 없지요.”

“그런데 묘법사는 어떻게 알고 가는 중이었어요?”

“누군가를 찾으러 가는데 거기서 하루 묵어서 이리로 왔었거든요?”

“순형어머님은 어떻게 묘법사를 아시죠?”

“한때 거기에서 기거했던 적이 있었어요. 약 한 달간.”

“……?”

“공양주 노릇도 했는데 그 스님이 아이들을 낳아보지 않고 기르지 않아서, 바탕은 좁은 분이 아닌데 어지른 꼴을 못 봐요. 나는 내 아이들 생각이 나서 그 아이들에게 잘해줬는 데 아이들이 나만 따르고, 뭐든 큰스님께 말씀드려 혼날 것 같은 것은 전부 나에게 얘기해 달라는 거예요. 나도 스님께 아이들 역성든다고 야단 많이 맞았지요.

아이가 냉장고 문도 허락 없이 열고 귤이라도 까먹으면 혼내고, 밥상에 맛있는 반찬만 집으러 가면 눈을 흘겨서 한 아이는 아예 반찬을 먹지 않고 맨밥만 먹고 살았어요. 학교 에서는 급식하니까 거기서 반찬들을 먹을 수 있었겠죠.”

그러자 예원도 한 장면이 떠올랐다. 경선이가 옷에 잉크 가 묻어서, 스님 이 옷 벗어도 돼요? 하고 물으니 뭘 또 벗 나? 그냥 입고가, 하고 스님이 소리치니 경선이 시무룩해져 서 그대로 입고 가방을 메고 나가는 것이었다.

경선이 말이 학교 선생님도 자신을 예뻐하지 않는다고 했다. 아이는 이미 자신들은 사랑받지 못한다는 것을 알고 숙명처럼 포기하고 있었다. 예원은 밤중에 동선 이와 경선 이를 발가벗겨서 물을 데워 민머리를 감기고 씻겼다. 그리 고 경선이를 품고 잤다.

이튿날 스님의 배웅을 받으며 묘법사를 떠날 때, 학교가 기 전에 경선이의 눈에 눈물이 그렁한 것을 마주하면 예원

은 자신도 눈물이 날 것 같아 모른 척 돌아서 버렸다. 떠나
와 보니 그것이 마음에 걸렸다.

예원은 사진 속 순형이를 보며 기억을 더듬었다. 방과 후
에 면담했던 기억 한토막이 떠올랐다. 그런데 기억을 더듬
으니 예원이 만나본 순형의 어머니는 민정숙이 아니었다.
다른 여자였다. 여인은 순형의 엄마로 돌아가서 오래된 예
원의 얘기에 관심을 집중한다.

20

자연 시간이었다.

칠판에는 큰 글씨로 <빛의 굴절>이라고 씌어있었고, 아이들은 물속의 막대가 꺾여 보이는 까닭과 빛이 물속에서 공기 중으로 나올 때 굴절하는 방향을 이야기 하느라 시끄러웠다. 아이들은 책상 위를 온통 어지르고 난리들인데 순형은 창밖만 멍청히 응시하고 있었다.

"박순형! 너 오늘도 또 준비 안 해갖고 왔구나. 왜 그러지? 순형이가. 집에 무슨 일 있는 거니?"

순형은 고개를 숙이며 기어들어가는 목소리로 아니요, 했다.

"방과 후에 선생님 좀 만나고 가."

아이들은 다시 실험에 열중하느라 소란스러웠다.

방과 후 아이들이 돌아간 빈 교실에 순형은 선생님 책상 옆에 예원과 둘이 앉았다.

"순형인 동생도 2학년에 다닌다고 했지?"

"네."

"집에 엄마, 아빠, 어디 가셨니?"

"아니요."

"선생님은 속이지 못해. 분명히 순형이 얼굴에 집에 무슨 일이 있습니다, 하고 씌어있는걸."

순형이 네? 놀라는 얼굴로 반문했다.

"무슨 말을 해도 선생님은 이해 할 수 있으니까 말해봐. 괜찮으니까."

순형의 눈에 금세 눈물이 솟았다.

"어떤 얘기든 괜찮아, 선생님을 믿고 얘기해 봐. 그래야 선생님이 순형일 도울 수가 있어."

순형인 한참을 말없이 앉아있었다. 둘만이 앉아있는 교실은 적막하기만 했다. 이윽고 순형이 결심한 듯 입을 열었다.

"전…… 아빠가 미워요."

"왜?"

"……"

"왜 그런지 이유가 있을 게 아냐?

"이제 곧 우리 집에 새엄마가 오셔서 함께 살게 돼요."

“엄만 어디 가시고?”

“엄만 병원에 계신댔어요.”

“그럼 요새 밥은 누가 해주시니?”

“파출부 아줌마가 매일 오셨댔는데 요즘은 시골서 할머
니가 와 계세요.”

“그럼 도시락은 할머니가 싸주셨구나?”

“네.”

“엄마가 많이 편찮으시니?”

“몰라요.”

“병원에 계신지 오래됐니?”

“여섯 달쯤 됐어요.”

“그래? 그렇다고 준비물도 안 갖고 오면 되겠니? 그럴수
록 더 공부에 열중해야지. 선생님이 엄마를 만나보면 어떨
까? 병문안을 한번 가고 싶은데……”

순형은 고개를 수그리더니 나중에 아빠한테 물어보고 말
씀드리겠다고 답했다.

순형은 새엄마에 대해서 이야기하기 시작했다. 울먹이며
이야기를 끝낸 순형의 얼굴에선 눈물 자국이 선연했다. 예
원은 손수건을 적셔서 순형의 얼굴을 닦아 주었다. 그리고
순형의 상처에 대해 곰곰이 생각했다. 여린 꽃대가 꺾였을

때 살아날 수 없는 절망감이 순형의 가슴에 가득했다.

"그래, 오늘 늦었는데 그만 가봐. 집에는 선생님이 전화해줄게."

순형을 보내고 예원은 순형의 집에 전화를 했다. 순형의 할머니가 전화를 받았다.

예원은 순형이 좀 늦게 보냈는데 걱정하실까봐 전화 드렸다고 했다. 노인은 우리 순형이 말 잘 듣지라우? 공부도 잘 하지라? 지 애비 닮아서 머리가 좋은께, 손주 자랑에 두서없는 말을 늘어놓았다.

순형이가 예원에게 한 애기를 통해 들으며 정숙은 그 시절 어렸던 아이들이 머릿속에서 되살아났다. 함께 살았던 시절은 거기에서 막을 내렸기 때문일 것이다. 돌아올 수 없는 그 시절은 그림이 되어 자라지 않는 아이같이 정숙의 가슴에 새겨져 있었다. 정숙은 숨어있던 아픈 추억들이 떠올라 오며 가슴을 짓누르는 듯하다. 또한 그런 자신을 보며 흠칫 놀란다. 낯선 모습이었다.

순형은 방과 후에 자주 담임선생님인 예원과 애기를 나누게 되었다. 순형은 동생 순미 애기도 가끔 꺼내었다.

순형의 동생, 순미는 오빠가 나오길 기다리며 교문 옆 학교 담 밑에서 쪼그리고 앉아 있다가 땅에 낙서도 하고 그림도 그려가며 기다리고 있었다. 가끔씩 운동장을 살피기도 했다. 순형이 나오는 출입구를 바라보던 순미는 운동장으로 나오고 있는 순형을 발견했다.

순미는 순형에게로 몇 발자국 뛰었다.

"오빠, 왜 이렇게 늦었어? 오빠 친구들은 다아 벌써 나갔는데."

"신발주머니 집어. 빨리 가야지. 할머니 또 수선피우지 않게."

시무룩한 표정으로 말한 순형은 공을 차며 뛰어 놀았던 운동장이 갑자기 멀어진 친구 같아 보였다. 집에 간다는 것이 낯선 운동장만큼이나 거리감이 느껴졌다.

"오빠, 새엄마가 오면 새 아빠도 데리고 오는 거야?"

순미는 여전히 종잘댔다.

"야, 이 바보야. 아빠는 그냥 우리 아빠고 엄마만 바뀌는 거야. 이 병신아."

"그렇다고 뭘 욕까지 해?"

"병신이 뭐가 욕이야? 맹추 같은 소리만 하니까 그렇지."

"쳇! 자긴 뭐 얼마나 똑똑해서……"

순미가 뛰어가기 시작했다. 차들이 순미 가까이 지나가자 순형은 소리쳤다. 야, 위험해. 천천히 가!

순형과 순미가 집에 오니 동욱은 콧노래를 부르며 거실의 그림 액자를 바꾸어 달고 있었다. 화가인 친구가 선물한 그림이라며 흐뭇한 눈으로 감상하고 벽에 대보고 있었다.

"고만하고 쉬어, 낼 또 출근 해야제."

순형의 할머니는 안쓰러워했다. 순형은 물 먹으러 냉장고를 향해 가다가 부엌을 들여다보았다.

새엄마가 될 혜영이 탕수육을 만들고 있었다. 그녀는 고기튀김을 덜어내다가 순형과 눈이 마주쳤다.

"오늘 늦게 왔네?"

"네."

가라앉은 순형의 목소리다.

"탕수육 먹자. 순형인 탕수육 좋아한댔지?"

부엌으로 쪼르르 달려온 순미가 참견했다.

"오빠, 탕수육은 우리 엄마가 짱이었는데, 그치?"

그들을 바라보던 동욱의 시선과 마주치자 순미는 아이 참, 하고 한손으로 입을 가렸다.

"넌 언제나 그래서 탈이야."

순형이 순미의 머리를 탁 치고 자기 방으로 들어가 버렸다. 혜영이 큰 접시에 가득 담은 탕수육을 들고 거실로 나왔다.

"자, 먹자. 순형인 방에 들어갔니? 순미야 오빠 나오라고 해."

혜영이 순형의 닫힌 방문을 보며 말했다. 순미가 호르륵 뛰어가 순형의 방문을 열어 젖혔다.

"오빠 좋아하는 탕수육이야! 안 먹어?"

"나 책 본다구 해. 너나 실컷 먹어."

"그래봤자 오빠만 손해야, 쳇!"

순형이 순미를 돌아보며 눈을 흘겼다.

테이블에 앉은 동욱이 한마디 거들었다.

"왜, 순형인 안 나오니?"

"먹기 싫대요. 대신 제가 오빠 몫까지 먹을래요."

"그 녀석은 똥고집이 탈이야."

동욱이 혜영의 눈치를 슬쩍 살피며 말했다.

"아빠, 고집이 아니라 오기에요 오기."

"내가 들어가 볼까?"

할머니가 집던 젓가락을 놓고 자리에서 일어났다.

"아니, 가지 마세요. 신경 쓸 것 없어요."

동욱이 못마땅한 듯 제지 시켰다. 혜영이 곰곰이 생각하다가 슬그머니 일어나서 순형의 방으로 갔다. 그녀는 순형의 방 안으로 들어가서 방문을 닫았다. 책에 몰두 하고 있는 것 같은 순형.

"순형아, 만든 사람 성의를 생각해서 먹는 척이라도 하는 거야."

"아줌마가 어떻게 엄마가 될 수 있어요? 우리 엄마는, 엄마는 엄연히 따로 살고 계신데."

"그건 이미 아빠와 엄마와의 약속이잖니? 남이 끼어들 수 없는 문제야…"

"어른들은 다 꼴 보기 싫어요!"

어린아이의 생각의 한계 속에 어떻게 어른의 세계를 접목해서 이해시켜야 할지 혜영은 암담해졌다.

정숙은 짐짓 태평한 표정을 짓지만 눈시울이 뜨거워옴을 느끼며 예원 모르게 눈물을 찍어낸다. 오랜 세월 동안 바위덩이 같이 굳어있던 자신의 아픔이 속에서 춤을 추어대는 것이다. 정숙은 처음 보는 예원에게 자신의 그간 살아온 이야기를 한다는 것이 부끄럽기도 했지만 왠지 가족 같은 정이 느껴지는 예원에게 속이야기를 풀어 놓는다.

담요 한 장 펴고 동욱, 정숙, 순형, 순미가 동그랗게 앉아

도둑잡기 트럼프 놀이를 하고 있었다. 많이 맞아서 팔뚝이 새빨개진 순형은 분해서 식식거리는데 동욱과 정숙은 그 모습을 보며 한바탕 웃었다. 자, 한 번 더 해서 복수를 해야지. 요번엔 누구 손을 때려줄까? 아유, 아빠 겁주지 마세요. 순미가 겁먹은 표정으로 말했다. 요번 한 판만 하고 내일 학교 갈 준비하고 자는 거다. 정숙은 오롯이 내 가정, 내 식구가 가장 소중했다.

밤이 되었다.

여보, 현관문 잘 걸었죠? 내일 출장이라면서 일찍 주무셔야죠. 그러지. 동욱은 텔레비전을 껐다. 아이들 방 돌아보고 올게. 정숙은 잠옷으로 갈아입었다. 아이들 방에서 이불 다 독여 주고 들어온 동욱의 팔을 베고 정숙은 잠이 들었다.

새벽이었다. 방문이 살며시 열렸다. 정숙은 순미가 가끔곰 인형을 안고 들어왔으므로 순미로 알았다. 어렴풋 깨어 있는데 전지불이 방안을 훑었다. 정숙은 직감으로 도둑이구나, 알아채고 겁이 나서 자는 척 했다. 가만히 그냥 도둑맞는 게 나을 것이라는 판단이 섰던 것이다.

정숙은 동욱도 알아채고 잠든 척 하고 있는 줄 알았는데, 불빛이 눈에 비추자 누구야? 동욱이 소리치며 일어나 앉았다. 강도는 칼날을 동욱의 턱밑에까지 들이대었다.

소리치지 마! 강도는 두 명이었다.

한 놈이 동욱의 손과 발을 묶었다. 한 놈은 정숙을 앞세우고 돈을 내놓으라는 몸짓을 했다. 정숙은 다 드릴 테니 사람을 건드리지만 말아달라고 겁먹은 눈으로 빌며 애원했다. 정숙은 현금과 다이아 반지 등, 금붙이를 내놓았다. 재빠르게 가방에 넣은 한 놈이 정숙의 두 손마저 테이프로 여러 겹 붙이고 잠옷을 벗겼다. 동욱이 몸부림 쳤으나 손과 발을 뺄 수 없었다. 한 놈이 발로 동욱의 가슴팍을 찼다. 얼굴도 발로 차자 동욱의 얼굴에서 코피가 흘렀다. 정숙은 남편 보는 앞에서 강도에게 윤간 당했다.

동욱은 아무에게도 이 사건을 말하지 않았다.

그는 회사에서도 말없는 사람으로 변해갔다.

"부장님, 어디 편찮으십니까?"

결재할 서류를 내민 부하 직원들은 고개만 가로젓는 동욱의 모습을 보며 수근 대었다. 동욱은 퇴근이 늦어졌고 그때마다 그는 술로 위로를 삼으려 했다. 너희들이 뭘 알아, 몰라, 아무도 몰라…

대문 앞에 쓰러져 있는 동욱을 순형과 순미가 부축해서 들어오기도 여러 번. 그는 자포자기 했다. 그때마다 정숙은 방바닥에 엎드려 흐느껴 울어야 했다.

한 달이 지나도록 동욱은 정숙과 얼굴이 마주치면 시선을 피했다. 정숙은 좌절했다. 할 수 없이 정숙은 안방에서 부엌방으로 거처를 옮겼다. 동욱은 안방 문을 걸어 잠그고 문을 열지 않았다. 일요일엔 방안의 재떨이에 담배꽁초가 수북이 쌓여 있었다.

어느 날 정숙은 문을 열어달라고 해도 잠그고만 있는 동욱을 향해 큰소리를 질렀다. '내가 무슨 잘못이야? 내가 뭘 잘못했냐고? 불가항력이었잖아? 누군 상처받지 않았어? 오히려 당신이 나를 위로해 줘야지……' 정숙은 큰소리로 몸부림치며 울었다. 여러 달이 지나도록 동욱의 태도는 바뀌지 않았다.

동욱의 단짝인 친구, 정신과 의사인 허성호는 동욱을 설득시켰다.

"그만하길 다행이지. 육체는 아무것도 아냐, 정신과 마음이 전부인 거야."

침묵만 하던 동욱이 힘겹게 입을 열었다.

"자넨 정신과 의사니까 그렇게 말할 수 있겠지. 허지만 난, 아내 곁에 있기도 서먹하고 살을 대기는 더욱 싫어. 앞으로 어떻게 살까가 문제야…… 실제로 보지만 않았어도 치유되긴 쉬웠을 거야. ……아내를 사랑하지만 모든 게 틀려져 버렸어. 내 이성은 좀 더 아내를 아끼고 상처를 치유해 줘야지 하면서도 감정은 그 반대로 치닫고 있어. 눈이 마주치는 것도 괴로워…… 나, 나, 나쁜 놈이야. 나 좀 살려줘. 나를 좀 살려 달라구……”

동욱은 통곡했다. 동욱 자신도 자신의 행동을 이해할 수 없었다.

“아이들 장래와, 아내와의 가장 재미있게 살던 때만 기억에 남기며 살도록 노력하게.”

“그게 안 된단 말이야, 어떻게 말처럼 그렇게 쉽게 될 수 있겠어? 내가 성인군자가 아니잖아?”

“아내의 상처에 대해선 생각 못해봤나? 그 상처는 자네보다 몇 배 더 클 걸세.”

친구 성호는 취한 동욱을 부축해서 자신의 집으로 갔다. 성호의 아내가 남편의 파자마를 내주며 갈아입히라고 성호에게 건넸다. 성호는 찬물과 함께 파자마를 그 방에 갖다 놔주었다.

성호의 아내가 방문을 닫고 나온 남편에게 수심에 쌓인 채 물었다.

“아니, 벌써 몇 개월째를 저렇게 지내요?”

"이혼하겠대. 안 되겠어. 상처가 너무 깊어. 아내에 대한 애정이 깊으면 깊을수록 더욱 상처가 깊은 게 사실이겠지."

"그래도 이혼 한다는 건 말도 안돼요."

"어떤 말도 통하지 않아. 어떻게 방법이 없네. 앞으로 살아갈수록 생활은 점점 더 잿빛으로 변해 갈 텐데."

"그게 어디 부인 죄에요?"

"그건 알아, 허지만 남자에겐…… 기묘한 본능이 있……."

"당신 정신과 의사라는 사람이…… 지금 본능이 문제에요? 순형엄만 어떤 심정이겠어요? 당신 같으면 본능 앞세워 백 번두 더 이혼 하겠구려."

"이 사람이 지금 나한테 시비야?"

부인의 불행이 곧 자신의 불행인데 수습하려들지 않고 헤어진다는 것은 책임지지 않겠다는 것이 아니고 무어란 말인가. 성호 부인은 동욱의 그 점을 용서할 수 없었다. 남편 하나만 믿고 살아온 아내에게, 인간의 탈을 쓰고 어떻게 그럴 수 있단 말인가.

도대체 성性이 무언데? 다리가 하나 잘려 나갔어도 그랬을까? 성호 아내는 분노로 숨이 차올랐다.

"우선 별거라도 하여 잊혀지도록 노력하는 것도 한 방법이겠지. 시간이 지나서 서로 상처가 아물면 그때 다시 시작

하면 어떨까? 사람마다 고통을 이겨내는 방법이 다 다르거
든?"

성호가 방법을 제시해 보았다.

"그렇게 되면 완전히 끝나는 거죠 뭐. 누구에게도 그런
위험이 닥쳐올지 모르는데, 나 같으면 남편까지 저렇게 밖
으로 돈다면 벌써 미쳐 버렸을 거예요. 순형엄마는 어떻게
극복해 가는 가 몰라, 전화 한통도 없고. 내가 먼저 연락을
하려 해도 상처를 헤집어 놀까봐 두려워서……"

성호부부는 창문이 환하게 밝아오도록 잠을 이루지 못했다.

정숙은 장롱 속 옷들을 꺼내어 짐을 꾸렸다.

트렁크 속에 속옷과 겉옷 몇 가지를 넣었다. 더 이상 동욱
의 냉랭한 태도를 견디기 어려웠다. 정숙은 신이여, 이 가정
을 지켜 주소서. 저는 이제 어디로 가야합니까?…… 울면
서 기도했다. 정숙은 대책도 없이 집을 나갔다.

그 일 년 후, 허성호 병원으로 전화가 왔다.

"날세, 동욱이…… 나 곧 재혼하기로 했네."

언제나 놀라는 법이 없던 성호는 그래? 속으로 충격을 감

추며 반문했다.

"집사람 집 나간 지 벌써 1년이 넘었어. 막연히 기다릴 수만도 없잖아? 아무리 생각해도 그 사람 쉽게 돌아올 것 같지 않아. 세달 전에 선을 봤는데 웬만하면 그냥 해버리겠어. 아내의 빈자리를 채워줄 것 같다는 느낌이 들었어."

"그것 축하해야겠네. 아이들과 자네의 마음에 상처가 치유만 될 수 있다면야…… 허지만 동욱이, 순형엄마의 마음도 치유된 뒤에 그때 재혼하면 어떻겠나? 자네완 별거하더라도 순형엄마가 정상적인 생활을 할 수 있도록 해줄 의무가 있는 걸세."

"좋은 충고이네만 이 기회를 잃고 싶지가 않아, 난 하루라도 빨리 상처를 잊고 싶어. 서두르고 싶다네……"

이 소식을 들은 성호의 아내는 분노했다.

"세상에, 이 세상사람 다 못 믿는다 해도 박동욱씨만은 다를 줄 알았어요."

"원래 부인과 사별한 사람도 사이가 좋았던 부부일수록 더 빨리 재혼하는 법이야. 심리적으로 그 공허를 메우기 더 힘들거든? 사이가 지겨웠던 부부라면 그렇게 빨리 하지 않지. 한 번 더 심사숙고하기 때문이야. 안 좋았던 생활을 떠올리게 되니까……"

"참, 남자란 코에 걸면 코걸이 식이요, 귀에 걸면 귀걸이 식이지 뭐예요?"

두 사람은 자신의 일들처럼 마음이 허공에 떠 있어서 좀체 침착을 유지할 수 없었다.

이튿날 성호의 집에서 모여 술 한 잔 하던 친구들은 한마디씩 떠들어댔다.

"동욱이, 이 친구 왜 이리 안 오지? 처녀장가 갈 생각하니 시간 가는 줄도 모르는 모양이지? 참 세상 알다가도 모르겠어. 얼마 전 우리 아파트 앞 동에서도 강도가 들어왔는데 귀중품 훔치고 여자를 덮친 거야. 남편 앞에서. 신고도 하지 않더군. 소문나면 창피하니까.

몇 달 조용한 것 같아 잘 사나 보다 했더니 아내 말이 요사이 이혼했다더군. 남편이 더 못살겠더라나. 여자는 충격으로 인해 정신병원에 갔고 결국 이사를 가버리더군. 보지 않고 당한 장면을 상상을 하는 것 하고 현장을 본 것 하고는 천지 차이인 거야. 아무튼 가정 파괴범들은 사형에 처해야 한다고."

잠자코 술잔만 만지작거리던 또 한 친구가 말했다.

"범인은 반드시 가정적으로 불행하게 자란 놈 일거야. 행복한 가정을 파괴시킴으로써 자신의 불행을 보복하고 싶었던 것 아닐까?… 새 부인이 재혼하는 여자라면 남의 남자가 데리고 살던 사람일 텐데, 그건 순결한가? 외도한 것도 아니고, 부인이 불가항력으로 당한 걸 어쩌겠어?"

"그럼 자네 같으면 웃으며 넘길 것 같아?"

"아니, 자신 없어. 내가 닥쳐도 한가지일 거야."

"다 그런 거라구. 이혼과 감정은 별개야. 자, 자, 술들 마시고 그런 일 없도록 일찍일찍 들어가 문단속 잘하라고. 참, 세상 말세야, 말세."

그들은 동욱의 가정 일을 마구 떠들어 대었다.

예원은 학교에 남아 아이들 일기장 검사를 하고 있었다.

아이들은 일기나 글쓰기를 한다고 하면 있는 그대로를 쓰기 보담은 미화시키거나, 행동보고장처럼 무얼 하였다는 위주로 써낸다. 주로 착한 일을 한 것을 과장되게 표현했다.

자신의 생각과 비판은 전혀 들어가 있지 않았다. 일종의 자기가 한 부정적 행동을 쓴다는 것은 고발 하는 것처럼 느껴지는 모양이다. 도대체 왜 그런 이중적 사고방식을 갖게

됐는지, 예원은 문제라고 생각해 왔다. 그리고 대부분 아이들은 글쓰기를 싫어했다. 항상 연필을 든 채 공책 위에서 짜증스런 표정들을 지었다.

교실 문을 두드리는 노크소리가 났다. 이어서 문이 열리고 학부형이 한사람 들어섰다. 예원에게 공손히 인사한 학부형은 순형이 어머니 될 사람입니다, 하고 자신을 소개했다. 예원은 의자를 빼내며 앉으시라고 권했다.

"순형이 통해서 대충 얘기는 들었습니다."

예원이 말했다.

차분해 보이는 여자는 예상대로 침착했다. '김혜영'이라고 했다.

"환경이 바뀌어서 순형이가 혹 산만해지고 안정감을 잃을 까봐 걱정이 돼서 왔습니다."

"순형인 다른 애들보다 더 예민하고 비판력이 보통이 넘어요. 속에 구렁이가 몇 개나 들어있는 아이죠. 매사에 능숙하게 잘하는데 근래에 와서 준비물도 잘 챙겨 오지 않더군요…… 그리고 요새 좀 풀이 없어 보여요."

"성적은요?"

"상위권에 속합니다. 수학을 제일 잘하고 있어요. 이번 수학능력평가시험은 무척 어려웠는데 반장 부반장 다 제쳐

놓고 순형이하고 어떤 여자아이만 백점을 받았답니다. 순형이가 얘기 안 해요?"

"아직 그럴 단계가 안됐어요."

김혜영은 무안스럽다는 듯 배시시 웃었다. 예원 책상 위에 일기장들이 수북이 쌓여 있었고 예원이 검사한 것들과 안 한 것들을 갈라놓는데 혜영은 순형이 것도 여기 있나요? 궁금해 하며 일기장들을 들춰 보았다. 예원이 예, 여기 있네요. 보시겠어요? 몇 개를 들추고 그 중 순형이 것을 빼내어 혜영에게 주었다.

0월 0일 수요일. ◍구름.

난 아빠가 밉다.

누가 잘했는지 못했는지는 엄마 말을 들어보지 않아서 모르겠지만 아빠가 엄마를 용서하지 못 하는 건 같다. 엄마가 불쌍하다. 오늘은 그 여자가 와서 탕수육을 만들어 줬는데 순미와 할머닌 꾸역꾸역 잘도 먹는다. 엄마를 배신하는 건 같았다. 엄마가 만들어 줘서 먹던 때가 생각났다.

순미도 그 생각을 하는 건 같았다. 눈물이 나오려는 건을 억지로 참았다. 그 여자도 밉다. 순미도 할머니도,

제일 미운 건은 우리 아빠이다. 두 얼굴의 사나인 우리
아빠다.

순형의 일기를 읽고 난 혜영은 표정이 굳어지는 걸 애써
부드럽게 바꿔보려고 했다.

"맹랑하게 썼네요. 요즘 애들이 다 이렇게 맹랑하데요.
세월이 가면 모두가 회복될 겁니다. 곧 제가 순형이와 순미
를 잘 보살피게 될 테니 결혼할 때 까지, 그동안 그 공백동
안만 선생님께서 신경 좀 써주세요."

"알겠습니다. 걱정하지 마세요."

"이것 케이크 좀 사왔어요. 죄송합니다. 선생님."

"아유 그냥 오셔도 되는데…… 고맙습니다."

"그럼 부탁드리고 가겠습니다. 수고하세요."

"안녕히 가세요."

복도 끝을 향해 사라져 가는 순형의 새어머니가 될 혜영
의 뒷모습을 보며 예원은 중얼거렸다. 남자들이란 돌아서
면 그렇게 금방 미련이 없어질까. 참 무서운 세상이야…….

혜영은 순형의 담임을 만나보고 학교를 나와서 순형의
집으로 갔다. 순형이 할머니가 현관으로 나오며 반겼다.

"그래, 학교는 잘 갔다 왔지라?"

“예, 곧 잘 될 거에요. 담임선생님께 신신당부를 해놨거든요.”

“그랴, 그랴, 내야 뭐 젊은이들 하는 대로 따라가는 거구만, 뭘 알아 야제…… 요샌 애비가 한결 몸이 나아졌지라. 반찬이 입에 맞는다며 식사를 잘하는구먼. 내가 담근 김치는 맛이 없다 헌게 어서 김치나 담가 놓구 가, 배추 저려 놨거덩? 혼수 준비하느라 바쁠 것이고만.”

혜영은 앞치마를 두르고, 절인 배추를 함지박에 쏟아 고춧가루를 붓고 버무리기 시작했다.

동욱은 회사 앞 전통찻집에 앉아서 혜영을 기다리고 있었다. 혜영이 들어서는가 싶어서 자주 입구 쪽을 쳐다보게 되었다. 이윽고 약속시간이 지나서 혜영이 성급히 들어서는 모습이 눈에 띄었다.

“바빴구려. 나보다 뒤에 오는걸 보니.”

“예, 김치 담가놓고 오느라고요.”

“대충 대충 해요.”

“이제 다른 준비는 다 끝났어요. 농만 고르면 돼요.”

“집에 있는 농도 새 건데.”

“그건 안돼요. 순형엄마의 분위기 속에서 신혼을 보내긴 싫어요. 순형 아빠는 재혼이지만 저는 이 나이라도 처음 하는 결혼인데.”

동욱이 고개를 끄덕였다.

“피곤 할 텐데, 뭐 맛있는 거 먹으러 갈까?”

“피곤해도 동욱씨만 보면 피로가 다 달아나 버려요.”

살가운 혜영의 말에 동욱은 흡족한 미소를 지었다.

“난 그런 말 사양할 줄 몰라, 백번 들어도 전부 다 받아들이니까 거짓은 빼야 돼요.”

두 사람은 웃으며 정겨운 시선을 교환한다.

이때 민정숙은 병원 응급실에 있었다.

음독 자살미수였다. 순형이가 병원의 연락을 받고 택시를 타고 할머니와 같이 병원에 들어섰다. 병원에 도착하니, 허성호와, 그의 부인이 먼저 도착해 있었다. 허성호가 근무하고 있는 병원의 응급실이었다. 이어서 동욱이 들어섰다.

간호사는 혼수상태에 있는 정숙을 위세척해 내고 있었다. 담당의사는 고비를 넘긴 듯 안도의 숨을 쉬었다.

“생명은 건졌습니다. 술에 약을 타서 먹으면 약이 곧 녹아 풀어지는데 이상하게도 알약 수십 개가 거의 녹지 않았더군요. 위세척을 했으니 곧 회복될 겁니다.”

허성호가 담당 의사를 향해 수고했다고 인사를 건넸다. 환자는 입원실로 보내졌다.

순형의 할머니가 살아나는 거냐고 몇 번을 물었다. 허성호는 염려하시지 말라고 안심을 시켰다. 순형의 뺨에서는 뜨거운 눈물이 흘렀다. 순미는 동욱의 팔뚝을 잡고 아빠, 엄마가 불쌍해, 하면서 순형이처럼 울었다.

순형이 할 말 있다면서 동욱을 잡아끌었다. 복도로 나간 두 사람을 순미가 빠끔히 문을 열고 내다보았다.

"아빠, 새엄마를 끊어낼 수 없어요? 다시 엄마와 살 수 없나요? 난 이제부터 학교도 가지 않고 엄마 옆에서 떠나지 않을래요. 내가 간호할 거예요. 엄마가 불쌍해 죽겠어요."

팔뚝으로 눈물을 훔치는 순형을 동욱은 착잡하게 내려다봤다. 성호의 부인이 동욱에게로 왔다.

"며칠 전에 순형이 엄마한테서 전화가 왔었어요. 아이들이 보고 싶다고 울기만 하기에 제발 일단 들어오라고 하면서 순미아빠 곧 결혼할거란 소식을 전해 줬었어요. 안 나타날까봐 날짜를 잡았다는 소식도 전했어요. 그런데 이런 일이……"

동욱의 가슴이 까맣게 타들어갔다.

하루가 지나자 정숙은 의식을 회복했다. 순미가 정숙의

손을 잡고 울먹였다.

"엄마, 눈 좀 떠봐, 아빠도 와있어. 엄만 우리만 믿고 산다고 했잖아? 그런데 이렇게 죽으려고 하면 어떻게?"

까칠한 정숙의 뺨에 눈물이 흘렀다.

"엄마, 난 사람이 다 싫어. 이제부터 엄마하고 둘이 살 테야."

순형의 말에 순미가 거들었다. 나두야, 엄마. 순형이 순미를 흘깃 쳐다봤다.

"넌 새엄마가 더 좋다고 했잖아, 할머니 하고. 넌 우리 집서 나가야 해. 꼴도 보기 싫어."

"새엄마가 만든 음식이 좋다고 했지, 언제 내가 엄마보다 더 좋다고 했어?"

순미가 무안을 감추듯 순형을 향해 눈을 흘겼다.

동욱의 휴대폰이 울렸다. 동욱이 받았다. 혜영이었다.

"아, 나요."

"할머니한테서 얘기 들었어요. 깨어 나셨어요? 놀라셨겠네요."

"미안하오. 여기 순형이, 순미도 아직 있어요. 내 다시 연락 하리다."

동욱은 휴대폰을 접었다.

허성호의 부인은 생각하고, 망설이다가 혜영에게 전화를
걸었다.

"누구시죠?"

혜영은 낯선 중년부인의 목소리에 의아해 하면서 물었다.

"저 - 박동욱씨 친구 분 되는 허성호씨 집입니다."

"……?"

"좀 만나 뵙고 말씀을 나누고 싶은데요?"

혜영은 유쾌한 약속은 아니지만 만날 장소로 향했다. 그
녀들은 전통 찻집에서 마주 앉았다. 성호의 부인은 조심스
럽게 입을 떼었다.

"죄송해요. 제가 끼일 일이 아닌 줄 잘 압니다만 이렇게
만나 뵙자고 해서."

"아니요, 괜찮습니다."

혜영이 심란해지는 마음을 가라앉히며 말했다.

"지금 우리들은, 친구와 새엄마라는 입장을 떠나서 한 여
자의 인생을 보며 대화를 나누고 싶어요…… 한 가정이 파
탄이 나고 모두가 그 불행에서 헤엄쳐 나오고 있습니다. 오
직 한사람인 순형이 엄마가 혼자서 십자가를 짊어지고 있
어요.

우리가 한 여자의 그 불행을 도와서 덜어주지는 못할망

정 십자가에 매달고 못 박아서야 되겠어요? 그 집은 얼마든지 새로이 밝은 가정으로 돌아설 수 있습니다. 또 순형이 엄마는 오직 남편뿐이었어요. 제가 보기엔 남편이 아니면 일어서기 힘들어요.

절대로 동욱씨만이 순형엄마를 살릴 수 있어요. 아이들에게까지 멍을 들이는 일은 깊게 생각해봐야 하지 않을까요? 물론 동욱씨의 선택이 문제입니다마는, 순형엄마의 일이 우리 일이라고 가정하고 입장을 바꿔서 다시 생각해 봤으면 해요."

혜영은 심각히 성호 부인의 말을 듣고 있었다. 한참을 묵묵히 있던 그녀는 무겁게 입을 열었다.

"……말씀은 충분히 알겠습니다마는 이미 동욱씨는 순형엄마와 결정을 내렸고 새로운 출발을 하고 계십니다. 저의 입장에서도 생각을 해보셔야지요. 모든 결론은 순형엄마와 제가 내리는 것이 아니라 동욱씨가 하셔야할 줄 압니다. 깊게 생각은 해보겠어요. 더 생각해 볼 여유를 가져 보겠어요……"

그들은 서로가 착잡한 마음으로 헤어졌다. 성호 부인은 혜영이 침착하고 보기 드물게 지각 있는 여자라고 생각되었다.

저녁시간에 일찍 퇴근하고 들어오는 성호에게 성호부인은 '박동욱씨는 참 부인복도 많은 남자'라고 이죽거렸다. 아내의 얘기를 들은 성호는 쓸 데 없는 짓 하고 다닌다고 화를 내었다.

동욱과 혜영은 괴로운 선택에 놓이게 되었다.

혜영은 동욱에게 전화를 걸어 조용한 카페에서 만났다. 심각한 얼굴로 창밖을 내다보고 있는 동욱에게 혜영은 말했다.

"좀 더 시간을 갖고 다시 깊게 생각해 보기로 해요. 동욱씨는 순형엄마에 대한 애정이 없는 게 아니었어요. 다만 순형엄마가 떠난 그 허탈을 이겨낼 수 없어서 저라는 사람을 선택한 것뿐이에요. 저는 그 공간을 메우기 위한 하나의 방편이었던 겁니다. 저는 애정으로 선택받고 싶어요. 그때를 기다리겠어요."

"전부가 그런 건 아니요. 당신에 대한 새로운 정을 느꼈던 건 사실이요."

"더욱 중요한 것은 여태껏 저는 사실을 사실대로 알고 있지 못했어요. 순형엄마의 단순한 외도로 인한 이혼인 줄 알았었어요. 그게 아니고 가정파괴범에 의한 파탄이라면 동욱씨가 나빠요.

어떻게 십수 년간을 쌓아올린 탑을 한순간에 그렇게 쉽게 무너뜨릴 수 있나요? 누구에게도 그런 위험은 도사리고 있지 않나요? 내가 그렇게 됐다고 가정 했을 때, 그때 동욱씨가 저를 배신한다고 생각한다면 전 지금부터 당신을 믿을 수가 없어요.”

동욱이 놀라서 혜영을 바라보았다.

“오랫동안 쌓아올린 그 부부만의 높은 담을 제가 어찌 무너뜨릴 수 있겠어요? 저는 당당하게 선택받고 싶어요. 누구의 대신이 될 수 없단 말예요. 한가지, 가능성은 있어요. 순형이 엄마가 모든 걸 정리하고 저에게 동욱씨 부인이 돼달라고 애원한다면 그땐 가능하겠죠. 다시 깊게 생각하세요.”

동욱은 혼절하고 싶은 심정이 됐다. 혜영의 인간적이고도 그 현명한 판단에 아무 말도 할 수 없었다. 다만 이런 생각이 들었다. 혜영이 그렇게 똑똑하고 심성이 곱기 때문에 아무도 그 꽃을 꺾지 못했던 것이었다고. 모두가 자신의 탓이었다. 동욱은 자신의 지혜가 부족한 탓으로 돌렸다.

동욱이 순미의 손을 잡고 정숙의 입원실에 들어 갈 때에, 복도에서 환자인 한 할머니가 탄 휠체어를 밀고 가는 할아버지가 있었다.

‘영감한테 내가 못 할일을 시키는 구료. 어서 가야하는데……’

그 소린 동욱의 귀에까지 들렸다. 할아버지는 펄쩍 뛰었다.

“그런 소리 말아요. 대, 소변 얼마든지 받아내도 좋으니 어서 건강해지기나 해요.”

간호사 두 사람이 그 곁을 지나가며 대화를 나누었다.

“저 노인 부부는 인간적 사랑이 아니라 영혼으로 뭉쳐진 신앙적 사랑이야…… 정말 병원 근무 10년 만에 저런 부부애는 처음 봐.”

영혼적 사랑. 신앙적 사랑. 동욱은 중얼거려 보았다.

동욱이 병실에 들어서니 순형이 누워있는 엄마의 손을 꼭 잡고 있었다.

“엄마 뭐 좀 드셨니?”

동욱이 순형에게 물었다.

“미음 반 공기 정도 잡수셨어요.”

병실의 엄마 곁에서 간호하는 순형은 엄마가 옆에 있으니 푸근해진 마음으로 이것저것 지껄여대었다.

“엄마가 집 나가신 뒤부터 매일 밤 한 시간씩 간절히 빌었는걸요. 분명히 누군가가 제 기도를 들어주고 계셔요. 악

마가 도망갔다고요. 질려서요. 우리 집을 시기했던 건 악마
탓이었어요. 제 기도를 하느님이 들으시고 다시 찾아주셨
어요.”

옆에서 듣고만 있던 순미가 한마디 거들었다.
“우리 모두 기도해요. 새 엄마에게.”
순형이 놀란 눈으로 순미를 바라보았다.
“악마가 아니고 새엄만 천사기 때문에 떠나간 거야.”
동욱은 자신의 이기심 때문에 그렇게 괴로웠던 건 아니
었을까 돌이켜 보았다. 이어서 혜영이 참 괜찮은 여자였다
고 생각되었다.

이야기가 끝나자 촛불은 촛농으로 덮여 꺼질듯 펄럭인다.
예원과 민정숙의 이야기가 얽혀서, 하나의 사건 속에 대
화를 나누는 두 사람의 삶이 부분적으로 다 들어가 있었다.
민정숙은 새로 초를 하나 꺼내서 그 위에 붙인다. 그리고 한
숨을 쉬며 이렇게 말하는 것이다.
“그런데 내가 받아들일 수가 없었어. 한때 날 버리고 다
른 여자와 결혼하겠다던 그 남자의 배신을. 그 과거를. 그때
그의 이기심을 용서했더라면 난 아마 이런 생활을 하지 않
고 아이들과 함께 살고 있겠지.”

예원은 묻는다.

"후회 하세요?"

"한때는 했어. 하지만 지금은 안 해. 다 내 업보인걸. 신은
내가 이 세상에 태어나 '너는 이만큼의 괴로운 장벽을 넘어
야 된다'는 숙제를 주시는 것 같아. 누구나 괴로운 문제없이
살아가는 사람은 없어…….

똑같이 인간을 행복하게만 만들었다면 무슨 발전이 있겠
어요? 우리 영혼을 진화시키려고 각자 다르게 만드신 거야.
이제 그 고통을 이겨내니까 숙제를 다 한 기분이야…… 난
남편을 용서하고부터 마음의 평화를 얻었어. 자기의 고통
은 자기가 짊어져야지. 피할 수가 없는걸."

민정숙은 먼 신기루를 응시하는 눈빛이 된다. 이번엔 정
숙이 예원에게 묻는다.

"…… 그런데 한 선생님은 어쩌다 이 산중까지 왔소?"

정숙의 조심스런 물음에 예원은 희운의 증발부터 기철과
의 만남까지 거슬러 정숙에게 이야기를 해준다.

촛불이란, 아픔을 고백하기에 적당한 어둠으로 밝혀주고
있다. 예원의 이야기를 다 듣고 난 정숙은 무거운 얼굴로 예
원을 주시하며 묻는다.

"자신을 숨겨버린 그의 심정이 뭘까요? 성희운씨의 고뇌

가……”

“……”

“그 짧은 생애에 이혼이라는 멍에를 쓰고 본인과 남편과 아이에게까지 깊은 상처를 주고 살아가는 군요.”

“짧은 생애라뇨. 70 인생이라면 절반을 넘어섰는걸요.”

하룻밤 사이 만리장성을 쌓는다더니 두 여자는 새벽 동이 터 올 때까지 이야기를 나눈다.

다음 날 아침에, 다시 오겠다고 인사를 남기는 예원의 손을 정숙은 맞잡는다. 짧았지만 끈끈한 정을 서로의 가슴에 묻는다. 두 사람은 이 특별한 인연에서 헤어짐이 섭섭하다.

예원은 이른 아침에 정숙의 집을 떠나갔다.

조용히 자신의 살아온 이야기를 하던 예원. 정숙의 생각에 예원은 사려가 깊은 여자 같았다. 정숙은 산언덕에서 그녀의 머리카락이 바람에 나풀거림을 보았다. 바람이 그녀를 스쳐 가는가 보았다. 어딘지 쓸쓸함이 느껴지는 예원의 뒷모습이었다. 들꽃 같던 예원. 길 가다가 흔한 꽃 하나 꺾어들고 보면 다시는 똑같은 그 꽃을 만나기 어려운 것이 들꽃 아닌가. 화원에 꽂혀 있는 인공 재배한 꽃들은 쉽게 만날 수 있다. 그러나 거기에 들꽃의 고고함과 자유로움은 없다.

“여왕과 접시, 둘 중 하나를 택하라면 난 서슴없이 접시를 택하겠어요." 하며 웃음 짓던 예원. 정숙은 천천히 걸어서 언덕을 내려온다. 그녀는 떠났어도 같이 듣던 새소리, 물소리, 바람소리는 여전하다. 이렇게 까지 외로웠었나, 정숙은 얼마나 오래된 것처럼 예원의 체취가 그리워진다. 그녀는 습관처럼, 우물에서 물 길어 올리듯 <자비경>을 몸속 저 깊은 곳에서 퍼 올린다.

모두가 탈 없이 잘 지내기를
모든 이가 행복하기를
살아있는 생물이면 어떤 것이든 모두 다
약한 것이거나, 강한 것이거나
길거나 크거나 아니면 중간치거나
또는 짧거나 미세하거나 거대하거나
눈에 보이는 것이거나 눈으로 볼 수 없는 것이거나
또 멀리 살거나, 가까이 살거나
태어났거나 태어나려 하고 있거나
모두가 탈 없이 지내기를
모든 이가 행복하기를…

21

예원 앞에 차츰 눈에 익은 길이 펼쳐졌다.

예원이 겨우 길을 찾아 묘법사에 다시 들렀을 때는 자영은 없었다. 그녀는 시어머니의 천도재를 드리고 이틀 후 자살했다고 한다. 자신의 양심을 견뎌낼 수 없었던 것이다. 그녀의 어머니 신보살이 누렇게 뜬 얼굴에 무지룩한 표정으로 말없이 굼뜬 행동을 보이고 있을 뿐이다.

담선 스님은 오십 중반쯤 돼 보이는 아주머니 한분과 마주앉아 빨래 걷은 것을 개며 이야기를 나누고 있었다. 예원이 방에 들어가니 스님이 예원을 반긴다.

"그래, 잘 다녀왔어?"

"예."

쓸쓸함을 감추며 예원이 미소로 답한다.

스님은 두 사람을 인사 시킨다.

"이 보살은 전에 나하고 같이 지냈던 박보살이야. 이쪽은 초등학교 한 선생이고."

예원과 박보살은 인사를 나눈다. 박보살의 표정엔 그늘이 있어 보인다.

담선 스님은 박보살에게 자영의 얘기를 해주고 나서 박보살에게 말한다.

"자네도 며느리 이겨 먹으려들지 말고 비위를 맞춰주게. 며느리 하나 못 다스린대서야 말이 되나?"

박보살이 딱하다는 듯 한마디 한다.

"스님 몰라서 그래유, 돈 없는 부모 누가 모셔주기나 한대유?"

"…… 참 말세지, 말세야……"

스님은 격세지감을 그렇게 표현한다.

"자넨 충청도 사람이라, 영동지방에서 돌던 이런 노래 못 들어 봤나?"

스님의 물음에 박보살은 뭔 노래? 하고 눈을 둥그렇게 뜬다.

─어머니 골난 데는 이 잡아 주고, 시아버지 골난 데는 술 받아 주고, 시누아씨 골난 데는 콩 볶아 주고, 시동생 골난 데는 엿 사 주고, 우리 남편 골난 데는 자 주면 되지.─

박보살은 웃음이 번지는 얼굴로

"무신 집안이 며느리한테 온통 골질만 하는 사람들 뿐이래유?" 하고 묻는다.

"미워 죽겠는 며느리, 그저 시집식구 비위 맞추라는 게야."

"요새 며느리한테 그리면, 당장에 안 살아유, 스님은 가정생활을 안 해보셔서 그래유. 요즘시상은 반대에유. 모든 식구가 며느리 비위를 맞춰야 한다니께유, 안 그래유 선상님?"

박보살이 예원에게 묻는다.

"먹을 것 없고 밥 굶던 시절에야 며느리 먹는 것조차 미워하니 부뚜막에 앉아서 눈칫밥도 먹었겠죠. 지금은 남녀 똑같이 경제권이 있으니 굽히고 살려고 하지 않아요. 또 동등한게 원칙이잖아요?"

예원의 말에 스님이 대뜸 큰소리로 대꾸한다.

"그러니까 약아야 돼. 곰보다 여우가 낫대잖어? 겉으론 지는 척 하면서 비위맞춰주고 속으론 확 휘어잡는 거지!"

스님의 말에 두 사람은 쿡, 터지려는 웃음을 참는다.

"참, 스님도 여우 다 됐시유."

박보살의 이 말에 세 사람은 폭소를 한다.

"참, 아까 말씀하시던 통도사에서 잘 지내시다가 왜 금강산으로 가셨슈?"

박보살이 예원이 방에 들어오기 전에 나누었던 담선 스님의 얘기를 묻는다. 예원도 통도사 내원암 그 후의 얘기가 궁금해져서

"저도 못 들었어요 스님, 궁금해요 뒷얘기가" 하고 물었다.

사람은 늙어 가면 옛날일이 떠오르고 자꾸 회상 쪽으로 흐르는 모양이었다. 노인들은 외로워지면서, 누구든지 진지하게 들어주는 이만 있다면 누군들 상관없이 자신의 삶을 송두리째 얘기하고 싶어 하는 공통점이 있었다.

산중의 여인, 민정숙처럼 담선 스님은 자신에게 관심으로 대하는 사람을 마주하자 혼자만이 갖고 있던 이야기를 또 하고픈 모양이다. 그래서 사람은 혼자 살기 어려운 존재인가.

스님은 지난날의 통도사로 가서, 그때의 얘기를 하기 시작한다.

담선 스님은 통도사 내원암에서 비구니로서 충실한 하루하루를 지내고 있는데, 어느 날 갑자기 군인 하나가 스님의 처소에 뛰어 들었다.

"탈영자입니다. 스님 되고 싶어서 탈영을 했습니다."

탈영자는 담선에게 애원했다.

일주일 전쯤 군부대에서 절에 순찰 나온다고 연락이 왔었다. 여러 명이 나와서 그들을 영접하고 담선은 그들이 타고 가는 군 지프차 뒤꽁무니만 보았었다. 그런데 황당한 일이 일어난 것이다. 담선은 서슬 퍼렇게 그를 내쫓았다. 그런 일 있은 지 3주가 지났는데 부대에서 군인들이 나와서 탈영병을 찾는다며 절을 뒤지는 소동이 났다. 그들은 절 구석구석을 뒤져도 그를 찾지 못하고 돌아갔다.

그 뒤 탈영자는 절에 나타나서 담선을 보며 스님이 너무 좋아 스님 되겠다고 하니 이 사건은 곧장 주지스님에게 알려져서 담선은 절에서 쫓겨났다.

담선은 암담한 가슴을 안고 강원도 금강산 장안사로 향했다.

담선은 장안사로 가기위해 경주까지 와서 서산으로 가는 도중 조그마한 동굴이 있어서 들여다보았다. 서늘한 기운이 돌고 바닥은 반질반질 길이 나 있었다. 옆에는 바위에 물이 스며서 물도 있고 나무도 있고 기도하기에 안성맞춤이었다.

담선은 자리를 펴고 앉아 기도를 하는데 고사리를 꺾으러 온 두 여자가 바구니를 들고 위로 올라가더니 좀 있다가 으악 소리를 내며 굴렀다. 여자들은 호랑이가 새끼를 데리고 있다고 하며 고사리도 버리고 절뚝이는 걸음으로 내려와 담선을 보자 아래로 데려다 달라고 하여 담선은 데려다 주었다. 여자들은 허둥지둥 내려갔다.

3시간 후에 총을 든 군인과 경찰이 올라와서 담선은 겁이 나서 벽에 붙어 섰다. 그들은 무턱대고 바위굴 속으로 총을 스무 발쯤을 쏘아대더니 아무 소리가 없자 툴툴대며 내려갔다. 그때 총알이 바위에 맞아서 튄 돌이 담선의 옷을 뚫고 지나갔다.

담선은 옷이 뚫어져서 이튿날 시장 포목상에 갔더니 포목상 주인은 스님이 범굴에 있었냐고 물었다. 어제 여자들이 바위굴에 간첩이 있다고 신고를 해서 갔는데 경찰과 군인이 아무리 찾아도 없어서 야단만 들었다고 하였다. 귀신도 아니고 어디를 갔는지 무섭다고 하며 포목상 주인은 고쳐준 옷 삯을 받지 않았다.

그 사건 이후 기도가 잘 되지 않아 담선 스님은 애초에 계획했던 금강산 장안사로 갔다. 거기를 누가 가르쳐 주었는지 탈영자 최홍수가 먼저 와서 움막을 짓고 담선을 기다리고 있었다. 밥을 굶으며 숨어 지내는 것이 불쌍하여 담선은 밥도 갖다 주고 옷도 주었다. 어느 날 담선은 최홍수에게 겁탈을 당했다. 담선은 또 도망을 갔다. 금강산 유정사로 갔다. 담선은 너무나 분하여 기도도 잘 안되고 죽고 싶은 생각만 났다. 담선은 해공스님이 너무 그리워서 혹 그런 분을 또 만날까 하여 법화종, 태고종, 조계종 큰스님들을 두루 찾아다니며 법력 높으신 스님들께 많은 것을 배웠다.

담선은 폐교에 선원 교육원을 만들고 혼자서는 안 되니 조그만 단체를 만들어 몇 분이라도 모아 꼭 수행을 닦고 싶어서 대한불교 조계선종禪宗을 창종하기 위해 중국으로 갔다.

중국 조계종, 조계산 남화선사를 가서 혜능대사의 법을 이어 받기 위해 승낙을 받았다. 육조 혜능 대사 육신불이 계시는 법당에서 삼백여명의 스님들과 방장 정전 대선사를 계사로 모시고 가섭존자 ○○대, 육조 혜능대사 ○○대 법손의 법맥과 종풍에 관한 의발을 품수 받고 혜능 대사의 선풍을 알리는데 힘을 쏟았다.

그때의 그 감격과 감사는 지금까지 가장 보람된 기억으로 담선 스님은 간직하고 있었다. 현재까지 대한불교 조계선종을 이어 나가고자 애를 쓰고 계신 거였다. 뜻 맞는 사람 몇 명을 모아서 승가복지원을 만들어 고아 아이들과 함께 지내는 중, 많은 아이들이 교육원을 거쳐 나갔다. 담선 스님은 '부처를 알려면 먼저 부처님의 말씀을 되살려야 한다'는 말을 늘 강조해왔다.

박보살이 묻는다.

"아이들이 나가서 잘되면 스님을 찾아 오나유?"

"웬걸, 못사는 놈들은 찾아와도 잘사는 놈들은 안 찾아와. 때론 와서 사기도 쳐서 차를 잃기도 했어. 심부름한다고 차 키를 달래서 줬는데 그대로 내빼고 안 나타나는 거야."

하며 담선 스님은 허탈한 웃음을 짓기도 했다.

"부자도 만나고 가난한자도 만나봤지만 중中자 들이 가장 행복해, 내가 보기에. 잘사는 집마다 남자들이 바람을 피워 신경병 안 걸린 부인이 없어."

예원이 묻는다.

"그 후, 최홍수는 어떻게 됐어요?"

"알코올 중독자가 돼서 죽었어. 첫날 왔을 때 물어보았던 천도재란 그 사람재야. 나 때문에 그렇게 된 것 같아 지금까지도 재를 지내주고 있지."

"참, 한 가지 빼먹었다. 박정희 시대 때 일제히 모든 국민들이 주민등록을 하게 돼있어서 고향을 내려갔지. 물벼락을 만났던 그 사람이 읍장이 돼있더구먼. 차를 한잔 대접하면서 지금까지도 궁금한 점이 있었다며, 그때 왜 내게 물벼락 씌웠으며, 간이 어쩌구 했는데 그게 무슨 소리냐고 물어. 내 간을 빼먹으려고 한다고 아버지가 한 그 얘기를 하니까 폭소를 하는 거야. 하하하하……”

세 사람은 모두 함께 웃는다.

“이런 얘기를 지금 어디 가서 듣겠어요?”

예원은 셋이서 얘기를 나누는 동안, 희운을 찾으러 갔던 자신의 얘기가 오히려 까마득히 옛일 같았다.

예원이 사시 공양 때 법당을 들어가니 영가 전에는 자영과 그녀의 시어머니의 사진이 나란히 놓여 있었다. 예원은 그들의 악연이 저세상에서 풀어지기를 기원했다.

예원은 절 뒤 산언덕으로 올라간다.

바람이 많이 차가워 졌다. 예원은 희운이 흘려 쓴 글씨가 적혀있는 노트를 갖고 나왔다. 업무노트가 아닌 이상 그의 심경이 적혀 있을 테고 혹 그가 있을법한 곳을 추측하는데 단서라도 잡을 수 있지 않을까, 그런 생각이 드는 것이다.

보지 않고 갖고 있던 노트와 편지를 담담하게 받아들이리란 다짐을 하며 예원은 노트를 펼친다. 중간쯤에서 글씨가 적힌 부분부터 한 장 한 장 꼼꼼히 살펴 나간다. 그 중에 약 2페이지 정도에 걸쳐서 예원에 관계된 내용이 눈에 띈다. 예원은 흐트러진 글씨들을 읽으며 냉철하게 객관적으로 정리해 본다.

남 기철. 그는 언제부터인지 나의 병원에 진료 받으러 오기 시작한 환자였다. 부인이 초등학교 교사이며 유치원 다니는 딸아이가 하나 있다. 진맥결과 심하지는 않으나 간 기능과 신장이 좋지 않았다. 본인도 깐깐한 성격으로 종합병원에서 검사한 자료를 참고로 보여 주었다.

그의 시선이 의사인 나를 예리하게 살펴보곤 했다. 문득 나의 시선과 마주쳤을 때 얼른 고개를 돌리는 모습에서 나는 심상찮은 분위기를 느꼈었다. 나는 그날 그의 진료서류를 살펴보았다. 보험증에 피보험자가 한예원으로 나와 있었다. 틀림없었다. 예원의 전남편이었다. 의처증이 있었다는 전남편 남 기철이 확실했다. 무엇을 알고 싶어서 왔을까. 예원의 주변 인물을 캐고 다니는 것 아닌가, 하는 생각이 들었다. 그때 나는 그를 진맥 후 의사로서 이런 말을 한 것 같다.

"요즘 사람들은 간실증이 많은데 간이 부은 것이죠. 간실증은 속에 꽁하는 마음을 갖고 있기 때문이며 이것이 스트레스입니다. 스트레스가 간에 저장되면 간실증이 초래하는데 근본적으로 스트레스가 쌓이지 않게 하는 것이 최선입니다.

간실증이 아주 심하면 가슴이 답답해지고 심기, 즉 화기를 비정상적으로 돕게 되어 변덕이 심해지고 종잡지 못할 사람이 되고, 더 진행되면 옹고집이 되어 눈물을 흘릴 때는 펑펑 울다가도 인정 없이 잔인해지는 면이 있습니다.

결국 위장병이 생기게 되는데 위궤양을 치료하려면 간을 다스리는 것이 급선무이에요. 위궤양치료제를 몇 개월, 몇 년간 장복하는데 임시방편이죠. 오랫동안 복용하면 자율신경이 제 기능을 상실하여 몸이 망가지게 됩니다."

나는 병의 원인과 치료방법에 대해서 열변을 토했던 것으로 기억한다.

"병든 간을 치료하려면 음식이나 약에 의존하는 것보다 가시처럼 자신을 괴롭히는 사람들에게도 은혜의 혜택을 베풀면 간의 병은 자연히 없어집니다."

기철은 환자로서 의사인 나의 말을 신중하게 들었던 것 같다.

"심장에 구멍이 나도 걱정하면 죽지만 그럴 리가 없다고 믿으면 스스로 구멍이 막히는 것이 인체입니다. 우리의 무의식은 의식의 명령을 받으면 무조건 실행에 옮깁니다. 그래서 추호의 의심도 없이 낫는다고 믿으면 무의식의 세포는 스스로 낫는 작용을 합니다. 마음을 평화롭게 먹는 것이 모든 병을 낫게 하는 근원이 됩니다."

기철의 표정은 복잡해졌다가 단순해지기도 하며 어린애처럼 순박한 웃음을 웃기도 했다. 그 당시 진료할 때 나는 조금

치도 그 환자가 예원의 전남편이란 사실을 눈치 채지 못했다.

나는 환자를 상담하고 진맥을 토대로 해서 환자의 성격상 특성과 현재의 정신적 스트레스를 받는 부분이 뭔가를 얘기 하며 참고로 해서 환자의 근본적인 문제점이 무언가를 알아낸다. 심리적으로 고민거리를 털어놓으면 훨씬 마음이 가벼워지는 것을 알기 때문이다.

바쁘지 않은 시간에 환자가 면담을 요청하면 따로 만나 그들의 문제점을 들어주는 것이다. 그리고 치료 때에 병의 원인을 참고 하는데 대부분 환자들은 심리적으로 고민되는 일 때문에 소화불량과 자신의 육체의 약한 부분이 더욱 훼손되어 표면적으로 드러나는 것이다.

상담 기록을 보니 다섯 번째의 상담에서 기철은 자신의 고민거리를 털어 놓았다. 같이 강의를 들었던 환자들이 돌아가고 기철은 나와 면담을 했다. 기철은 부인과 이혼을 했다는 것이었다. 이야기를 듣던 중 예원의 사연과 비슷해서 가족사항을 물어보니 분명 예원의 전남편 남기철이었다.

"어느 때 부터인지 항상 혼자 놉니다. 공원산책도, 가끔 가는 등산도 늘 혼자 다니지요. 사람 사귀기는 어려웠고 힘들었어요. 늘 혼자가 편했는데 이젠 좀 넓혀 보려구해요. 너무 우울함에 갇혀 있었던 것 같아서죠."

“사람을 많이 사귀며 자신의 삶과 비교도 해보아야 의식의 폭이 넓어집니다. 사람은 누구나 불완전한 존재이기 때문에 콤플렉스가 없을 수 없는데 대부분 성장과정에서 받은 상처가 씻을 수 없는 요인이 되지요. 콤플렉스란 걸림돌 때문에 정당한 방법을 취하지 못하고 소극적인 행동을 하게 되는데 문제는 어른이 되도록 늙어서까지 그 콤플렉스를 극복하지 못한다면 그것 역시 불행한 소인이 되고 말지요. 콤플렉스를 극복하느냐 못하느냐에 따라 자신을 다스릴 줄 아는 대인과 영원히 그늘에서 못 벗어나는 소인으로 구분 됩니다. 정도가 지나치면 사이코가 될 확률이 높습니다. 심리치료를 받아야지요.”

“누가 뭐래도 저는 제하고 싶은 대로 하고 목표대로 삽니다.”

“자기의 반대의견을 포용하지 못하면 덕이 없는 것이고 그 대가로 늙어 죽을 때까지 외로움에 절어서 눈물 흘리고 살아야 합니다. 자신이 만든 구덩이지요. 덕이 없으면 사람이 붙었다가도 떠나간다지요? 친구가 없어요. 얼마나 외롭겠어요? 인간에게 외로움처럼 무서운 형벌이 또 어디 있을까요? 남이 나를 좋아하게끔 연구해보고 노력해보세요.”

“……”

한동안 뜸한 것 같더니 그는 다시 진맥을 하러 왔다. 진맥보다는 그는 상담을 더 하고 싶어 했다. 그리고 이런 말을 하는 것이었다. 집사람이 이 병원에 다니는 줄 얼마 전에 알았습니다. 선생님은 한예원씨와 각별한 사이시지요?

"……?"

"선생님, 저는 아직도 예원을 사랑합니다!"

그런데 궁금한 것은 나와 예원이 결혼을 전제로 교제중이며 두 사람은 사랑하는 사이란 것을 기철이 알고 있는 것인지, 모르고 있는 것인지 전혀 알 수가 없는 것이었다. 기철과 예원의 재결합이 전혀 불가능한 것은 아닌지 어떤지 나 자신도 갈피를 잡을 수 없었다.

이즈음 희운은 예원에게 전화하지 않았다. 바쁜 중에도 하루에 두 번씩까지 보내던 메일도 일체 보내지 않았다. 아마 냉각기를 가짐으로써 예원이 냉철한 판단을 하게 내버려 두자는 판단인 것 같았다.

최종적으로 만난 두 달 전의 상담에서 기철은 나에게 예원을 설득하여 달라는 부탁을 했다. 자기로서는 불가능한 것이라고 판단했기 때문일까.

"선생님, 부탁입니다. 예원을 설득시켜 주십시오. 저는 예원 없이는 살아 갈 수 없다는 걸 깨달았습니다. 다시 재결합하고 싶습니다. 어차피 용서하지 않을 텐데 용서는 구해서 뭐해, 아니 말하지 않아도 알겠지. 이렇게만 생각해 왔었어요."

나는 황당하고 착잡한 표정으로 이렇게 말했다.

"한예원씨를 아무리 잘 안다 한들 두 사람 사이의 일을 제가 어떻게 끼어들 수 있습니까? 상대방이 당신을 용서하는 것과 상관없이, 당신이 그에게 용서를 구하기 위해 노력할 때 진실로 자신의 잘못을 깨닫게 되고 자신의 죄를 용서하기위해 노력하게 됩니다. 자신을 먼저 용서하십시오."

기철은 심각하게 받아들이는 것 같았다. 나는 곰곰이 생각을 정리해 보았다. 예원은 기철과의 결혼생활이 불행했고 3년 전에 이혼을 했다. 예원은 그때 위궤양이 생겨서 모친의 소개로 나의 병원에 다니기 시작했다.

나와 예원은 격의 없이 가까워졌고 서로가 호감을 가졌으며 두 사람 다 초혼에 실패한 독신이라는 것도 알았다. 나는 결정적으로 예원에게 청혼을 했다. 그런데 그보다 먼저 우연히 기철이 병원에 옴으로써 나의 환자가 되어있었다. 나는 그 환자가 예원의 전남편이라는 것을 몰랐다. 그는 상담에서 예원과의 재결합을 원하며 아직도 전부인인 예원을 사랑하고 있다고 드러내었다.

눈물을 글썽이며 말하던 기철의 간곡한 표정을 나는 잊을 수 없었다. 거기에 그는 건강도 좋지 않았다. 예원과의 결합에 대한 마지막 희망이 꺾일 때 그는 세상에 대한 절망으로 자살할지도 모른다. 나는 마지막 그의 희망을 꺾을 수 없었다.

희운은 착잡하고 괴롭다는 것을 끝으로, 글은 여기서 끊겨있었다. 기철이 희운에게 자신은 지금도 예원을 사랑하고 있으며 재결합을 위해 예원을 설득시켜 달라는 부탁을 받고 그 후 희운은 자취를 감추었다.

예원은 생각해 보았다.

기철이 희운에게 부탁한 재결합에 대해서. 기철은 예원에게 새로운 연인이 나타났을 경우 자신과의 재결합은 더욱 가망이 없을 것으로 판단, 희운에게 자신의 심경을 고백한 후 부탁을 하여 희운으로 하여금 예원을 포기하게 만들자는 속셈 아니었을까?

아니면 기철이 너무도 애절한 심정이 되어 희운 만이 예원을 설득할 수 있을 것이란 확신 아래 그런 일을 저질렀을

지도 모른다는 추측도 가능해졌다. 희운은 예원에게 이 사실을 알려야 하나, 아니면 두 사람이 결정짓도록 그대로 모른 척 해야 하나, 고뇌했을 것이다.

예원은 노트를 덮고 그 뒤에 끼워져 보지 않고 갖고 있던 하얀 편지봉투를 차분한 마음으로 뜯는다. 편지지를 펼치는 예원의 손이 담담한 마음과는 달리 가늘게 떨려온다. 하얀 백지에는 세 줄의 글이 단정하고 분명하게 적혀 있었다.

<예원씨, 우리 다음 세상에 오게 되면 그때는 꼭 만나서 같은 길을 걸어갑시다. 결국 모든 것은 내 안에서 찾아야 한다는 걸 이제야 깨닫습니다.>

예원의 호흡이 잠깐 멈췄다. 온몸에서 기운이 쑥 빠져나가는 것 같았다. 멍해져 바라보는 예원의 주변 전부가 갑자기 어둠으로 뿌옇게 덮인다. 시야가 보이질 않는다.

예원은 깊은 숨을 몰아쉰다. 성희운의 숨결, 그의 삶, 그의 사랑은 무엇이었을까.

그가 사라져간 자리. 그가 향한 길. 예원은 그가 간 길을 이해해보려고 애쓰며, 그것이 무엇일까? 곰곰이 생각하기 시작한다…….

예원은 희운을 찾지 못한 채 여정을 끝내고 집으로 돌아
왔다.

22

"어디 나가게?"

"예, 약속이 있어요. 엄마, 왜요?"

"저…… 낮에, 준희 고모한테서 전화 왔었어."

"전화?"

"널 한번 만나고 싶대."

"날 왜요?"

"글쎄…… 한번 전화 걸어 보려무나."

예원은 기철의 누나인 정례를 만났다. 그녀의 얼굴은 수척해 있었다.

"잘 있었어?"

두 사람은 어색한 웃음을 머금었다.

"별일 없으시고요?"

“별일…… 글쎄…… 준희 아범이 지금 병원에 있어. 공장에 불이 나서 화재로 다쳐 입원한지 열흘 됐어.”

“화재요?”

“그래…… 준희를 부르며 헛소리를 하더니 삼일 만에 의식이 돌아 왔을 때 준희엄마 이름을 부르며 한번 만나고 싶다네.”

예원의 가슴에 불안이 스쳐간다.

“많이 다쳤나요?”

“걱정할까봐 알리지 않으려고 했는데…… 건물에서 뛰어 내렸는데 가스폭발로 유리파편에 시신경을 다쳤다네, 시각장애인이 되지 않을까 염려가 돼.”

“눈이요?”

충격으로 인해 예원의 가슴이 졸아드는 것만 같다. 헤어진 사람이라도 잘돼야 준희나 모두에게 좋을 것인데…… 그래서 마음속으로 빌어 왔던 것인데…….

“이제 의식은 완전히 돌아왔어. 다리 화상은 이식수술을 했는데 아직까지 거부반응은 일지 않아서 다행이야, 그런대로 수술이 잘 되었어. 다른 외상은 심하진 않아서 식염수로 계속 닦아내니 덧나지는 않았는데 고통이 심해……”

“……”

“저…… 병원에… 한번 가보지 않을래?”

정례는 조심스럽게 말을 더듬었다.

“지금 고모님 따라 가보죠.”

두 사람은 자리에서 일어난다. 그들은 거리로 나와서 택시를 잡아탄다.

깊은 숨이 예원의 입 밖으로 토해지면서 마음속으로 이 사람은 끝까지 나를 괴롭히기만 할 것인가, 하는 생각이 스친다.

병실에 들어서니 기철이 깁스한 다리는 침대위에 뻗쳐놓고 압박 붕대로 감은 머리는 천정을 향해 있다. 눈은 아직 2차 수술이 남아있다는 것이다.

“준희 애미 왔다.”

정례의 말을 들은 기철이 소리 나는 쪽으로 고개를 움직이려 움찔한다.

깊은 숨이 예원의 입에서 탄식처럼 흐른다.

“준희가……, 준희가 보고 싶어.”

모두 침묵하니 숨소리만 들릴 뿐이었는데 기철이 말했다.

그랬구나. 준희고 뭐고 관심 끊고 냉철히 사는 사람인줄 알았는데 보고 싶은 마음이 그에게도 있었던 게로구나.

가끔 ‘아빠는?’ 하고 불쑥 묻던 준희도 아빠가 그리워서

였겠지.

"잘 있으니 염려하지 마세요."

예원은 겨우 그렇게 뿐이 말할 수 없었다.

누군가 해준 말이 예원의 머릿속에 떠오른다. 사람이 병신이 되고 쾌유하고 죽고 사는 것은 필연이지 우연은 없다. 항공기 사고가 나도 다 죽는 것이 아니다. 죽을 사람은 죽고 살 사람은 살고 다칠 사람은 다친다는 것이다.

똑같은 병에 걸려도 고치는 사람 있고 못 고치는 사람 있는 것 보면, 좋은 약이나 의사나 병원도 자신이 만든 시절인연에 따라 만나게 되는 것이지 자기가 잘 찾거나 해서가 아니라고 한 말이 떠오른다.

그때 자신에게 닥친 병원이나 의사나 약도 결국은 그가 만든 업연대로 가는 것이라고 했다. 이는 어느 누구도 막지 못한다고. 많은 돈을 들여 훌륭한 약을 구하는 자체도 다 업연으로 이루어지는 것이란다. 예원은 노력 여부에 관계없이 죽을 사람은 죽고 살 사람은 사는 것이 우리의 인과응보 때문이란 말이 맞을 것 같다는 생각을 해본다.

그렇기 때문에 병든 사람은 여러 가지 마음 정리를 해서 자신이 그간 잘못 살아온 부분들을 뉘우치고 반성해서 바로 잡아야 한다고 했다. 그러면 병이 낫기도 한다는 것이다.

정례와 예원은 보호자 휴게실에서 자판기에서 뽑은 차를 마시며 얘기를 나누고 있다. 정례가 묻는다.

"아직 재혼 안했지?"

"네. 결혼이라면 아직도 몸서리가 나는걸요."

"준희 아범은 몹시 후회 하더라고. 자신한테 잘못이 있었다면서 말이야. 준희 애미한테 못 해준 것이 몹시 마음 아프다네…… 용서를 빌고 싶다고도 했어."

"……"

"그나저나 준희를 몹시 보고 싶어 해서 어쩌나……"

정례는 한숨 섞인 소리로 말한다. 예원은 답변을 하지 않는다. 어색한 자리를 모면하듯 예원은 가겠다는 인사를 하고 병원을 나온다. 정례와 헤어진 후 예원이 기철의 퇴원소식을 들은 것은 두 달 후였다.

준희는 아빠와 나무 그늘 밑에서 놀고 있다.

햇살이 눈부시다. 아빠가 돗자리를 그늘 쪽으로 옮긴다. 아빠가 읽어주는 백설 공주는 일곱 난쟁이들과 살고 있다. 엄마는 3시간 후에 나를 데리러 온다고 했다. 백설 공주와 일곱 난쟁이는 매일 저녁이면 반가운 얼굴로 만나 저녁을 먹고 숲속의 호숫가에서 새들과 같이 얘기하고 놀기도 한다.

가끔 나의 콧물을 닦아주는 아빠는 잘 보이지 않는 모양이다. 사고로 다쳤다더니 아빠는 나 모르게 자주 눈물을 찍어 내고 있다. 그렇지만 나는 다 안다. 아빠의 마음이 아프다는 것을. 엄마는 여기가 좋겠다며 돗자리를 차에서 꺼내와 펴주고 나와 아빠와 동화책과 먹을 것들을 내려놓고 사라졌다.

볼일이 있다며 가버렸는데 나는 서운해서 아빠를 보니까 아빠도 섭섭한 얼굴을 감추고 있었다. 엄마가 곁에 있었으면 아빠는 좀 더 기운이 났을지도 모른다. 나는 누가 가르쳐주지 않아도 아빠의 눈빛과 표정만 보면 알 수 있다. 아빠가 한집에서 같이 살 때부터. 아빠를 보는 엄마의 눈빛은 늘 얼음장처럼 차갑고 몸이 오그라들 만큼 추웠다.

엄마가 백설 공주가 되고 아빠가 난장이가 돼서 매일 저녁이면 집으로 돌아왔으면 좋겠다. 나는, 새도 되고 난장이도 되고 백설 공주도 됐으면 좋겠다. 그리고 가끔은 마귀할멈이 되어서 엄마와 아빠를 혼내주고 싶기도 하다.

아빠와 엄마가 자주 싸울 때 아빠의 목소리가 항상 컸고 엄마는 건넌방으로 들어가 버렸는데 아빠는 술 냄새를 풍기며 나의 뺨을 까끌한 수염으로 마구 문질러 대었다.

그런데 어느 날 엄마의 목소리가 집을 부숴버릴 만큼 컸고 거실 장식장이 망가졌다. 무서웠다. 엄마가 그렇게 크게 화를 낸 적이 없기 때문에. 나는 엄마 목에 매달려 울었다. 언제나 엄마 아빠가 싸울 땐 아빠의 목소리가 더 컸고 큰소리치는 사람이 이기는 것 같았는데 그날은 엄마의 목소리가 터질 듯 컸고 그날 이후로 아빠는 집에 들어오지 못했다. 더 큰소리가 이긴 것이다.

그래서 그날 이후로 엄마와 할머니와 나, 이렇게 세 식구가 되어버렸다. 그렇게 큰소리를 치는 엄마는 처음 보았다. 아빠는 그날 이후 엄마의 큰소리가 무서워서 돌아오지 못하는지도 모르겠다.

돗자리에 누워서 나의 소꿉장난을 갖고 생각에 잠겨있는 아빠가 불쌍해서 나는 눈물이 나려는 걸 참는다. 엄마가 빨리 일을 끝내고 돌아와서 오늘 하루만이라도 재미있게 셋이서 놀았으면 좋겠다. 아빤 나의 손을 잡고 입을 맞춘다. 물론 나의 뺨에다가도. 나도 아빠의 뺨에 수없이 뽀뽀를 해줬다. 우리랑 같이 못살고 있는 아빠가 불쌍하다.

해가 기웃해서 엄마가 돌아왔다. 집에 가자고 한다. 아빠가 엄마를 좀 앉으라고 권한다. 보온병을 찾는 아빠의 손이 더듬거린다. 얼마큼이나 안 보이는 것일까. 산, 강, 내 얼굴,

자동차 등은 보이는 것 같다. 작은 것들은 두꺼운 안경을 쓰고 자세히 보아야만 보이는 것 같았다. 책을 봐야 할 때는 컴퓨터에 연결해서 소리로 듣게 만들어 듣는다고 한다. 아빠는 할머니 말처럼 정말 죄를 받아서 그렇게 된 걸까?

아빠 때문에 엄마가 부엌에서, 화장실에서 울고 있는 것을 나는 많이 보았다. 나는 그때마다 얼른 엄마에게 안겼지만 왜 엄마만 아빠의 마음에 들게 해줘야 하나 하는 생각이 들기도 했다. 그때마다 나도 아빠가 미웠다.

"준희야, 아빠가 다음에는 자연놀이공원에 데려갈게. 오늘은 이만 놀고 엄마 따라 가."

운전석에 앉은 엄마 옆에 앉아서 나는 창밖으로 가는 아빠에게 손을 흔들었다. 붉은 해가 아빠 머리위에서 같이 걸어가고 있었다.

"엄마, 아빠는 어떻게 가?"

"아빠는 택시타고 갈 거야."

"거기가 어딘데?"

"고모 집 옆에."

"아빠 또 만날 수 있어?"

"왜? 준희는 또 만나고 싶어?"

나는 고개를 끄덕거렸다. 엄마는 아무 말 안했다.

두 번째 롯데월드에서 아빠와 엄마가 나와함께 만났다.

맛있게 점심을 먹은 후 놀이기구를 탔고 넓은 호수에 가서 엄마 아빠는 어두운 표정으로 말을 나눈다. 아빠는 엄마에게 애원한다.

"예원이, 그동안 난 당신이 나를 버리지 말아달라고 얼마나 기도했는지 몰라……"

"그래서 성희운씨의 병원에 가서 그렇게 해달라고 애원했나요? 계획적이었죠? 그래야 그 사람이 떠나갈 것이라고 계산된 행동……"

"그렇지 않아, 나는 나를 발가벗기고 자존심도 없이 부끄러움을 무릅쓰고 애원했어. 예원이 나를 만나주지도 않을 것 같았어. 어떻게 용서를 빌어야 되겠어?"

"쉬운 용서도, 어려운 용서도 다 합당하지 않아요. 나는 영원히 준희 아빠를 용서하지 못해요. 이것이 우리의 슬픈 인연이라고 생각하고 더 이상 연결하는 쪽으로는 생각하지 말아줬으면 해요. 또 더 이상 나도 준희 아빠에게 상처주고 싶지 않아요."

"내 탓이야…… 모두 내 잘못이야……"

"내 잘못도 있지요. 어찌 한쪽만 잘못이 있겠어요? 하지만 지난 얘기 하면 무엇해요?…… 분명한 것은…… 난 성희운씨를 사랑하고 있어요. 어쩌다 발견한 내 생애의 귀중한 보석을 뺏지 말아줘요……"

엄마의 눈이 물기에 젖었다. 어른들 얘기는 뭔지 모르겠지만 아빠의 표정과 엄마의 표정만 봐도 나는 알 수 있다. 그냥 아빠 엄마가 함께 있다는 것만으로도 행복했고 저 호수의 반짝이는 물결이 아름답다. 항상 셋이 함께 있을 때만 오는 행복감이 있다. 그 기분을 나는 표현할 수 없지만 어른들은 모른다. 내 속에서도 물살이 반짝이며 나를 평화롭게 해준다는 것을…….

준희의 생일날이다.

기철은 예원을 불러내었다. 예원은 만나기 싫은 것을 준희에게 선물을 주려고 준비했으니 전해달라는 그의 말에 약속을 했다.

예원은 시내의 한 음식점에서 기철을 만난다. 미리 와서 구석에 앉아있는 기철은 일반안경이라고 보기엔 안경알 색이 짙은 것을 쓰고 있다. 그는 시선으로 보기에 파악이 안 될 때는 듣는 것에 많이 의존하는 듯하다.

검은 눈썹에 선이 굵은 윤곽, 누가 봐도 그는 미남형이었다. 패기 넘치던 그의 얼굴엔 그늘이 드리워져 있고 어느새 중년의 늙음이 풍겨 나왔다. 초라해 보이는 그의 모습에 예원은 인간적으로 가엾은 생각이 든다.

"뭐 먹을래요? 좋은 것 시켜."

기철이 먼저 입을 연다.

음식점 간판, 가까운 건물 등은 보이는 모양이다. 메뉴판 같은 작은 글씨들은 확대경을 들이대야 보이는 것 같다. 사고 때 다쳤던 눈가의 사선으로 난 흉터가 가까이서 보면 크진 않지만 여실히 알 수 있었다. 두 번 수술 후 많이 좋아 졌는데 백내장 수술은 다음 주에 하기로 예약이 되어있다고 한다.

냅킨을 뽑으려고 상위에서 기철의 손이 헛손질을 해댄다. 예원의 입에서 아, 하고 낮은 신음소리가 흘렀다. 예원이 얼른 휴지를 빼서 건네준다. 이제 기철이 무얼 할 수 있을까.

태어날 때부터의 맹인은 숙달이 되어 있어서 살면서 그리 절망하지 않는다고 한다. 후천적으로 실명이 된 사람들은 보이던 때가 그려지며, 인내하기가 어렵고 괴성을 지르고 싶을 정도로 답답해하는 것이다. 적응이 안 되는 세월을 허송하다가 결국 맹학교를 다닌 다던가, 안마시술소 같은

316

곳을 찾아 생활을 하기 위해 배우러 다니는 것이다.

기철이 장난감을 포장한 준희의 선물과 예원 앞으로 하얀 봉투를 내민다.

"이것 통장인데 지난번 사고 때 보험이 나왔어. 여러 가지 보험을 들어봤어도 이런 보장을 받아보기는 처음이야. 내가 준희와 당신에게 해줄 것이 아무것도 없어. 넣어둬요. 준희 대학교 때까지 학비는 될 것 같아⋯⋯."

"이런 걱정 안 해도 돼요. 어머니가 집을 주셨고, 내가 퇴직하면 준희와 나 연금으로 살 수 있어요. 준희 아빠만 잘 살아가면 돼요. 용기 잃지 마시고 성실하게 살아가세요."

"내가 이 세상에서 할 수 있는 마지막 배려야. 넣어요. 그리고 내 걱정 하지 말아요. 나 혼자 몸인데 얼마든지 살아갈 수 있어."

예원의 눈에서 참았던 눈물방울이 톡, 식탁에 떨어졌다. 기철의 자존심을 생각해서 예원은 통장을 핸드백에 넣는다.

밥을 먹고 음식점을 나왔을 때는 오후의 햇살이 빌딩에 가려져서 그늘이 져있다. 신호등 앞에 그들은 섰다. 파란불로 바뀌자 기철과 예원은 건너가기 시작한다.

"맞은편 파란불이 보여요?"

예원이 걸으며 기철에게 묻는다.

“잘 안보여.”

예원의 가슴에서 쿵 소리가 들리도록 컸다. 저것도 안 보인다면…….

“일주일 전까지 지팡이를 짚었는데 많이 나아졌어. 이젠 지팡이 신세는 안 져도 돼요. 의사 말은 백내장 수술을 받으면 훨씬 더 좋아질 거라고 해.”

횡단보도를 다 건너와서 기철은 버스정류장에 선다. 안마시술학교에 등록을 하러 간다며 버스를 기다리겠으니 예원보고 먼저 들어가라고 한다. 공원 담 아래까지 활짝 피어난 개나리가 바람이 불자 노랗게 흔들린다.

예원은 길을 걸으며, 기철이 저렇도록 험난한 길을 걷게 한 것은 깨달음을 주기 위한 천상의 각본 아니었을까. 그가 좀 더 진화된 영혼을 갖고 발전해 갔으면 좋겠다. 그리하여 천상으로 갈 때는 후회 없는 삶을 살았다고, 이승에서의 고통스러웠던 삶이 고마웠다고 말할 수 있었으면 좋겠다고 입안에서 중얼 거린다. 그리고 조금 남은 그의 시력을 마저 앗아가지 않게 해달라고 기도한다. 예원은 돌담 밑을 걸으며 담에 늘어진 그 꽃을 해마다 보아왔지만, 그 노란 꽃이 잔인하게 비춰졌다.

기철은 멀리 사라져가는 예원의 뒷모습을 바라본다. 지

금은 약간의 시력이 남아 있어서 빛을 볼 수 있지만 언젠가
는 지금 보이는 이 세상 모든 풍경들을 마지막으로 간직해
야만 될 때가 올 것이다. 어릴 적 뛰어다니며 놀던 가평의
산과 내천들이 어둠속으로 묻히고 무엇보다 준희의 커가는
모습을 볼 수 없어 안타까울 것이다.

세상이 더럽고 어둡게만 보이던 것은 자신의 마음의 눈
이 더럽혀져 있던 까닭이었다는 것을 기철은 이제야 느끼
고 있는 것이다. 마음에 장애가 없는 맑은 눈으로 세상을 보
고 싶어 할 때 육신의 장애가 올 줄은……

기철은 세상의 어두운 면과 밝은 면 모두를 기억하려고
한다. 그리고 곧 어둠속으로 사라져 버릴 세상의 모습에 적
응하려고 지금 노력하고 있는 것이다. 세상을 밝게 볼 수 있
는 마음속의 아름다운 눈을 만들기 위해.

예원이 집에 돌아오니 예원의 어머니가 궁금한 눈으로
그녀의 입만 바라보고 있다. 기철이 왜 나오라고 했는지 묻
는 것이다. 예원이 어머니에게 준희 학자금이래요, 하며 기
철이 주더라고 통장을 내미니 노모는 시무룩해서 받아 들
고 통장을 펼쳐 본다.

눈살을 찌푸리고 노안으로 통장을 멀리 떼어서 보던 노
모는 이게 도대체 동그라미가 몇 개야? 한다. 예원이 들여

다본다. 1억이었다. 두 사람은 깜짝 놀란다. 웬 일억씩이나. 애, 앞으로 살아 갈 일도 막막한 사람이. 어서 갖다 줘라.

아무리 위자료 한 푼 못 받은 처지라도 그 돈은 너무 크다. 그 사람 성의를 무시하는 게 될 테니 준희 고모에게로 전달해라. 예원도 그런 생각이 들었다. 노모는 '쯧쯧쯧······ 철들자 망령이구나······' 혀를 찼다.

23

　정례는 기철의 병실 침대를 정리 정돈 한다. 수술 중인 기철이 곧 끝나고 나올 것이다. 안과에서는 백내장 수술은 간단하다며 바로 퇴원해도 된다고 하였으나 하루 병원에서 안정하고 가는 것이 좋을 듯하여서 그렇게 하기로 했다.

　정례는 예원이 한번만 마음을 돌이키고 준희를 위해서도 다시 기철과 재결합 하였으면 하고 간절히 비는 마음이 된다. 그러나 그녀는 너무나 이기적인 생각인지도 모른다고 고개를 흔들어 버린다. 기철의 의처증 때문에 예원은 너무나 피 마르는 고생을 했다. 이제 기철과 헤어지고 마음 편하게 살만하니 아무리 기철이 반성을 하였다 해도 그런 말을 할 수가 없다.

　노크소리가 나고 예원이 들어선다. 정례는 예원을 볼 때마다 미안한 감이 든다. 정례가 먼저 예원의 손을 잡는다.

“수술은 잘 되었어. 의사 말이 시력이 훨씬 좋아질 거라고 하네.”

“다행이네요……”

두 사람은 창가로 가서 병원 정원을 내려다본다.

“벌써 목련이 활짝 폈네요.”

“벌써가 뭐야, 어느 잎은 바람에 나풀대며 떨어지던걸, 저것 좀 봐.”

나뭇가지에서 떨어진 하얀 꽃잎이 바람을 타고 허공을 나른다.

“활짝 피었다가 어쩌면 저렇게 미련 없이 똑 떨어져 내릴 수 있을까? 참 도도해요. 아프다, 슬프다 변명 안하고…… 단번에 딱 떨어져 내려요. 인간 같으면 온갖 핑계를 늘어 놨을 텐데……”

“……준희, 잘 크고 있지?”

“네, 그리고 저— 지난 준희 생일 때 준희 아범이 보험 탄 돈이라며 제게 큰돈을 줬어요. 아무리 생각해도 준희 아범한테 돈이 많이 들어 갈 텐데 고모님께서 갖고 계시다가 준희 아범에게 도로 주세요. 저희는 그 돈 없어도 충분히 준희 가르칠 수 있어요. 제가 벌잖아요.”

예원은 핸드백에서 통장을 꺼내 정례에게 내민다.

정례생각에, 예원은 충분히 그렇게 마음이 고운 사람이지만 기철이 가진 것도 없어서 위자료 한 푼 없이 헤어졌는데, 그럴 수는 없었다.

"넣어 둬. 아주 그것조차 받지 않아야 완전히 인연을 끊게 될 테니까 도로 주려는 거야? 부득이 준다면 그렇게 해석하겠네."

정례는 단호히 거절한다.

"그래도 준희가 있으니, 준희 학교 들어 갈 때나 큰일 치를 때 연락은 줄 수 있지?"

정례가 다짐하듯 묻는다. 예원은 침묵한다.

그때 기철이 간호사의 부축을 받고 병실로 들어선다. 정례가 그를 침대에 누인다. 정례는 베개를 기철의 머리 밑에 넣어주고 이불을 어깨까지 덮으며 다독여준다.

"준희 엄마, 미안해, 나 한 시간만 나갔다 올 테니 준희 아범 좀 보살펴줘. 병원 정문 앞에서 누굴 잠깐 만나기로 했거든? 전달할 게 있어서."

"빨랑 오세요."

"응, 그래 끝나는 대로 바로 올게, 미안해."

정례는 부리나케 가방을 챙겨서 병실 문을 열고 나가 버린다.

정례가 나가자 병실이 적막해진다.

“…… 바쁜데 온 것 아냐?”

막막했던 공기를 가르며 기철이 미안해한다.

“괜찮아요. 한 시간 정도는.”

“…… 요새 컴퓨터 화면으로 확대해서 책을 보는데, 의식과 무의식에 관한 책을 보고 있어. 무의식을 제대로 통제하지 않고 내버려 두면 전부 자아를 상실하여 빙의가 될 수 있다네. 의식이 강한 사람은 절대로 최면 따위에 정신을 잃지 않는다고 보았어…….”

“……”

“무의식은 실현 가능한 쪽으로만 작용하기에 상식적으로 아주 불가능한 일을 가능케 하고 치유 불가능한 병을 그대로 낫게 하기도 한대. 불치 진단을 받은 사람이 기도해서 낫는 것이 바로 이런 이유인데, 앉은뱅이가 즉시 걸어가고 두 팔을 퍼덕여 공중에 날 수 있는 것들 말이야.

많은 사람들이 기적을 바라지만 이것은 의식이 무의식을 지배했건 못했건 자신이 추호의 의심 없이 믿으면 믿은 대로 여래장如來藏이 즉시 발동한 것이요, 긴가민가하고 이를 믿지 못하면 실현 불가능한 거라는 거야. 이런 것은 현대의학에서는 전혀 모르는 분야야.”

“책까지 읽게 되면 시력이 더 나빠질 텐데요…….”

예원은 자신의 말이 별 의미 없는 소리라는 느낌이 들면서, 사람은 희망이 없어져 막다른 절망에 도달 했을 때 기적을 바라는지도 모른다. 기철은 앉은뱅이가 일어서는 것처럼 생생한 시력이 돌아와 주길 꿈꾸는지도 모른다는 생각이 들었다. 각막은 이식이 가능하지만 망막을 다치면 이식도 할 수 없다는 것을 그도 알고 있을 텐데…….

“……의식과 무의식을 어떻게 구분하느냐, 그것이 문제겠지요.”

“의식이란 육감에 의하여 감지될 수 있고 생각될 수 있는 것이고, 무의식은 육감을 초월한 것이라 할 수 있지. 예를 들어 지갑을 잃어버렸다고 할 때 두고 온 자리에 찾으러 가는데, 그때 찾을 수 있을 때는 이상하게 안도감이 들면서 마음이 편안해지는 거야, 그런 느낌을 말하지. 못 찾을 때는 불안하고 초조한 마음이 드는 느낌이 무의식으로 아는 것이야.”

“……”

“글자를 읽어주는, 소리로 듣는 프로그램을 깔았기 때문에 주로 음성으로 듣는데 어떤 것은 화면으로 크게 확대해서 보기도 해.”

정례가 나가자 적막하고 답답해지는 분위기가 싫어서 기철은 이것저것을 늘어놓으며 예원과 대화를 이어가고 있다.

“지난번 준 통장은 앞으로 준희 아빠 건강 때문에 쓸 일도 많을 텐데 도로 고모님께 드리겠어요. 아까 펄펄 뛰시면서 안 받겠다고 하셔서 아직 내가 갖고 있어요.”

“그건…… 그건 안 돼. 준희를 위한 거야. 보상비 받은 것과……”

또 무엇을 받았단 말인가. 예원이 그의 입을 바라보았다.

“이런 얘기하면 내가 비밀을 지키지 못한 사람이 되는데…….”

“괜찮아요. 어디서 났어요?”

“보험 탄 돈과…… 성…… 성희운 선생님이 주셨어……1억을 만들어서.”

“뭐라고요? 그분이 왜 돈을?”

“그 정도 돈은 부담스럽지 않은 금액이래. 예원을 돕고 싶다고 하시던데……”

“이럴 수가…… 이럴…… 수가……”

“예원의 허락 없이는 못 받겠다고 했는데, 너무나 간곡하셔서……”

아아, 예원은 무어라 형용할 수 없이 심리가 복잡해진다. 물론 희운은 순수한 마음으로 돕고 싶었을 것이다. 더구나 경제적 능력이 없는 기철을 볼 때, 준희를 생각할 때 딱한 심정이 됐을 것이다. 예원에게 직접 주자니 혹 자존심을 건드리는 게 될 것 같고, 절대 비밀로 하라며 기철에게 주지 않았을까?

거기엔 기철을 돕고 싶은 심리도 있었을 것이다. 물론 희운으로서는 큰돈이 아닐 수도 있다. 그러나 그의 마음은 충분히 헤아릴 수 있다. 어서 그가 나타났으면 좋겠다. 그는 예원이 기철과 다시 결합하기를, 그렇게 마음을 바꾼 건 아니었을까?

“그게 언제였어요?”

“사고 나기 전이었던 것 같아, 마포에 들렀을 때니까…….”

미루어 볼 때 그가 증발한 시점이 될 것 같았다.

정례가 병실 문을 열고 들어오자, 예원은 가겠다고 몸조심하라며 인사하고 병실을 나왔다. 예원은 병원 현관 앞에서 택시를 기다리며 하늘을 올려다본다. 어디선가 희운이 자신을 바라보고 있을 것만 같다.

예원은 도로를 따라 걷는다.

'선생님은 도대체 어디 계신 거예요? 꼭 그렇게 숨으려고만 한 이유는 뭐예요? 다른 것 다 필요 없어요. 믿고 의지하고 싶은 사람으로만, 제 곁에 계셔주시기만 하면 돼요. 그것마저 허락을 해주시지 않는다면 나는 죽은 목숨이나 다름없어요……'

예원은 솟구치는 눈물을 주체하지 못하며 거리를 걷는다. 서러움이 복받쳐 올랐다. 예원은 뜨거운 눈물을 꿀컥 삼킨다.

24

바다의 먼 수평선이 지구의 끝에 와서 바라보는 것처럼 아득하지 않다.

다가와 덮칠 듯이 파도는 발밑까지 밀려오고 있다. 희운은 지금 자신이 하고 있는 행동은 비판받을 행동이 아닌지, 여러 사람에게 폐해를 주는 것은 아닌지 곰곰이 생각에 잠겨있다.

스스로가 선택한 결정에 대한 책임은 스스로가 져야한다. 한부분이 충족되면 다른 한부분이 상실되는 고통을 준다. 책임감 있는 선택이란 자신의 선택이 어떤 결과를 가져오게 될지 깊이 생각해보고 결정하게 되는 것이다. 어떤 선택이 현명한 것일까, 고심할 때 여러 가지 선택으로 인해 펼쳐지게 될 경우를 상상해 보자.

'이것이 정말 내가 원하는 것인가?'

'이 선택이 누구에게도 상처 주는 것이 아닌가?'

항상 의식적인 자세로 자기 선택의 결과를 고려한다면 우매한 짓은 하지 않게 되겠지. 희운은 바닷가를 걸으며 생각의 심연 속으로 빠져든다.

— 영혼 속에서 그녀와 나는 한 마음. 이미 그녀는 내 안에 들어와 있으며 나 또한 그녀의 마음 한 가운데 있으니 같이 고통하며 같이 평화를 누리고 싶다. 그런데 왜 이러고 있는 것일까? 무엇이 문제인가……. —

미련을 갖는다는 것은 후회한다는 쪽일 것이다.

'이 일을 결정한 후 생기게 될 어떤 결과도 모두 받아들일 수 있는가?'

의식적으로 책임 있는 선택을 하는 것은 명확하고 지혜로운 일이며 발전적인 전환이라고 하지 않는가? 그러나 한 사람의 소생할 수 있는 희망을 무참히 꺾고 선택한다는 것은 과연 축복받을 행위인가?

인간 본연의 심리는 오로지 자기 자신만을 위주로 생각한다. 인간의 이기적 속성으로 사물을 인식하거나 오감으로 다른 사람과 교류를 할 때는 깨닫기 어려운 부분이 있다. 엄연한 사실조차 자기식의 해석으로 오류를 범하여 거기에 힘을 실어주면 돌이킬 수 없는 결정을 하게 되는 것 아닌가.

자신 안의 선을 향한 영혼은 자신의 비양심적 허상으로부터 자유로워져야 한다. 우리의 의식은 겸손함과 순수함의 의지를 가지고 현실을 만들어 가기로 선택했을 때, 무한한 힘을 얻게 되는 것이다.

기철은 두 손을 모았다.

"선생님, 저는 예원에게 너무 많은 잘못을 저질렀습니다. 내 하고 싶은 대로 멋대로 하고 살았습니다.…… 예원과의 재결합만이 이 세상에서 가질 수 있는 희망이라고 절실히 느꼈습니다. 선생님, 한 번만 그녀에게 용서를 빌 기회를 주십시오. 다시는 예원의 눈에서 눈물이 나지 않도록…… 그녀의 모든 것은 저의 목숨입니다.…… 저는 아직도 예원을 사랑합니다.……"

희운은 그때 무릎 꿇고 빌던 예수의 모습을 떠올렸다.

"아버지, 아버지 어찌하여 나를 버리시나이까!……"

죽음을 앞두고 마지막 눈물을 흘리던 예수의 피맺힌 눈을 보았다.

자신을 버리지 말아 달라는 예수의 애원이 기철의 눈에서 눈물로 떨어져 내렸다. 벼랑 끝에 서서 진실로 구원을 바랄 때 인간의 높낮이가 어디 있단 말인가. 희운은 심장에 통증이 오는 듯, 바늘로 명치끝을 찔러대는 아픔을 느꼈다.

인간의 선량함에 의해서 완성된 완벽함을 본 적이 있는가, 힘의 본질은 무엇일까? 진정으로 강한 인간이 된다는 것은 무엇을 의미하는 것일까, 위대한 성인들은 자기의 뜻대로 다른 사람을 휘두를 수 있는 능력을 과시하지 않았다. 그런 힘에는 내적인 안정성이 없으며, 시간적인 한계성에 부딪쳐서 세월이 지나면서 그 힘도 퇴색되어 왔다.

자신이 처해있는 현실은 영원하지 않다. 환상이라는 것을 깨달아야 한다. 그런 깨달음은 진정한 힘의 일부분이다. 마음 깊은 곳에 들어 있는 욕구들의 정체를 확실하게 들여다보자. 자신의 욕구가 인간으로서 당연히 가져야 할 정당한 욕구인지, 아닌지……

가짜 자아와 스스로를 분리시키기 시작할 때 어디선가 맑은 물이 흐르듯 투명한 자신을 볼 수 있었을 것이다. 희운은 혼돈이 온다. 진정한 욕구는 맑은 물이 흐르는 영혼에 속한다. 우리는 모두가 똑같이 사랑하고 사랑 받을 필요가 있다. 거기에는 기울어짐이 있어서는 안 된다.

내안의 나를 성장시켜야 하고, 완성된 인격을 향해 의식적으로 노력해야 하는데 무엇이 나를 힘들게 하는가…… 인위적인 욕구는 인간의 가변성일 뿐인데……

삶의 이기와 그에 따른 행위로부터 벗어나 참다운 지혜를 찾기 위해 기구하며 소망해야 한다. 우리가 사는 이 세상은 언제나 덧없어 세월 따라 모든 것이 변하지 않음이 있었던가. 기쁨과 슬픔이 서로 상반되는 원인에서 출발된다고 생각하지만, 그들의 원인은 자기 속에 있는 것이다……. 자기안의 마음을 다스려야 한다고 희운은 생각한다.

세속에 젖은 눈으로 세상을 보지 말고, 우리가 겪는 온갖 고통도 한낱 허상일 뿐이니 환상에 얽매여 삶을 낭비하지 않아야 한다는 것을 희운은 너무나 잘 알고 있다.

반야심경에 뒤집힌 꿈같은 망상을 멀리 여의라 했고, 마침내 모든 것 '공空'이라고 했다. 그러나 '공'이란 것을 깨닫기까지 인간들은 그 과정에서 얼마나 많은 고통을 삭이며 살아야 하는 걸까.

희운은 새롭게 다가오는 파도에서 허무만을 만드는 바다를 무연히 바라본다. 물거품 같은 삶이 안타깝다. 슬프다. 미친 듯 몰려오는 파도가 자신을 덮어 버릴 것만 같다. 뒤집힌 꿈을 다시 뒤집어 바르게 행동으로 옮겨야 할 때는 고통을 수반한다.

돌고 돌아 결국 무無로 돌아가는 것이 우리의 삶 아니던가…….

25

 기철은 오랫동안 갖고 있던 소지품들을 정리하기 시작했다. 기철은 책상 서랍에서 예원이 연애시절 부쳐왔던 편지 묶음들을 들춰 본다.

 그 중에 그녀가 써준 '로이 크로프트'의 시 한편이 눈에 띈다.

> 내가 당신을 사랑하는 것은
> 지금 당신이 당신이기 때문에도 그렇지만
> 당신 곁에서 내가
> 또 다른 나로 변하기 때문입니다
> 내가 당신을 사랑하는 것은
> 내 삶의 목재로, 헛간이 아니라 신전을 짓도록
> 내가 날마다 하는 일을 꾸중함이 아니라
> 노래가 되도록 도와주기 때문입니다
> 내가 당신을 사랑하는 것은
> 어떠한 신앙보다도 바로 당신이

나를 더욱 선하게 만들었고
어떠한 운명보다도 바로 당신이
더욱 나를 행복하게 만들었기 때문입니다
손도 대지 않고 말 한마디 없이
기적도 없이 당신은 모두 해냈습니다
당신이 자기 자신에게 충실했기 때문에
이 모든 것을 이루어낸 것입니다
어쩌면 그런 것이
참된 친구인지도 모르겠습니다

차분했던 예원의 처녀 때 모습이 떠오른다. 지혜로워 보였던 20대 예원의 눈빛이 지금 바로 앞에서 자신을 바라보는 것만 같다. 아아 예원이……

그때 예원이 자신과 결혼하지 않았다면 어떤 삶을 살고 있을까. 아니, 지금 그녀는 그때의 편안했던 시절로, 행복했던 시절로 돌아가고 싶어 하지 않는가. 자신을 배제한. 성희운씨가 예원과 재혼한다면 그들은 충분히 행복한 밭을 가꿔나갈 것이다. 그들의 만남에서 그런 예감을 뚜렷이 받았었다. 이제라도 예원이 행복한 길로 걸어 나갈 수 있도록 자신이 걸림돌이 되어서는 안 된다. 패자. 나는 인생의 패자이다, 라고 기철은 생각한다. 아무런 희망도 없는……. 여지껏 기철은 예원이 자신의 삶을 인도해주는 길눈이 되어 다시 한 번 그때의 행복을 만끽하고 싶었다.

많은 편지들을 들추어 보니 기철은 금방 눈에 피로가 온다. 방문이 열린다. 정례였다.

"누나…… 안 돼……"

찻잔을 들고 들어오는 정례에게 기철이 소리쳤다.

"……?"

정례는 기철을 의아하게 바라본다.

"내가 맡으면, 내가 예원이와 다시 재결합 한다면…… 예원일 불행하게 만드는 거야. 내 욕심만 생각 했어…… 놔 줘야 해. 예원인 성의사와 얼마든지 행복해질 수 있어."

"나도 그런 생각 안 해본 건 아니지만 그래도 준희한테는 엄마 아빠가 있어야 돼, 우리도 엄마 아빠 없이 서럽게 컸잖아? 물론 할머니가 계셨지만."

"단순히 그 이유뿐이라면, 예원에게는 너무 가혹해…… 내가 가로막고 있으면 안 돼."

창문 밖으로 넘어가는 석양이 너무나 곱다. 나 하나 없어 진다면 예원에 대한 모든 것이 순조롭게 진행될 것 아닌가, 기철은 자꾸 그런 생각으로 결론짓게 된다. 유리창까지 물 들이는 노을을 바라보는 기철의 눈에 물기가 서린다.

동생에 대한 가엾음이 애틋하게 정례의 가슴을 파고든다. 이 세상에 태어나 오로지 혈육은 동생 기철뿐이다. 정례는 왜 이렇게 우리 남매는 불행으로만 치닫고 있나, 그나마 자신은 믿음직스런 남편 때문에 결혼 후의 생활은 비교적 행복한 편이었다. 정례는 준희를 생각할 때, 앞으로 더 늙었을 기철을 상상할 때 기철을 맡아줄 사람으로 염치없지만 그래도 준희 어미가 적격이라고 생각한 것이다. 기철의 의처증이 많이 나아졌기도 하고. 정례는 동생이라는 안타까움 때문에 이기적인 줄 알면서도 기철에게 예원과의 재결합에 대한 희망을 넌지시 풀어 보인 것이었다.

정례 생각에 기철은 그렇게 간절히 기도하며 소망해왔던 꿈을 접은 것 같았다.

정례는 예원과의 재결합에 대해 기철이 내린 단호한 결심이라면 그녀로서도 어쩔 수가 없다. 정례는 기철이 예원을 한 인간으로서 진실로 사랑하고 있다고 느꼈다. 정례는 마음 착한 예원의 행복을 빌고 싶다. 그런데 성희운은 지금 자취를 감추었다잖은가. 오히려 희운의 잠적에 대해 걱정스러워졌다.

기철은 희운에게 예원과의 재결합을 빌어달라고 애원 했을 때 그가 황당했으리라고 뒤늦게 떠올린다. 성희운과 예원은 누가 봐도 서로 잘 맞는 상대라고 보여 진다. 기철은 희운에게 고뇌를 안겨준 것뿐이 안됐다. 이제 자신으로 인한 오해를 풀고 희운과 예원이 자연스런 결합을 했으면 한다.

기철은 잠바를 걸쳐 입는다.

"나가게?"

"공원 산책 하고 올게."

"그래, 방에만 있으면 답답하니 바람 좀 쐬고 오렴."

밖으로 나오자 기철은 쌀쌀한 바람이 선뜻 품속으로 들어와 잠바 앞 지퍼를 목까지 올린다. 공원 안에서는 청소년 아이들이 농구를 하느라고 열심히 뛰는 모습이 생기발랄하다. 산책길 입구에서 준희 또래의 아이가 세발 자건거를 타고 있다. 아빠가 아이를 이끌어 준다. 기철은 준희를 떠올린다. 끈끈한 부녀의 정. 준희의 체온이 기철의 몸속에 스며드는 듯하다. 보고 싶다. 준희도 지금쯤 아빠를 떠올리고 있지는 않은지…….

기철은 언젠가 그 모두를 두고 가야 한다는 상상을 해본다. 마치 무대의 커튼이 내려오는 것처럼 자신의 삶에 막이 내릴 것을……. 인터넷의 한 카페에서, 죽음을 앞두고 투병하고 있는 사람이 쓴 글 <비극은 인생이 짧다는 것이 아니라 정말 중요한 것이 무엇인가를 너무 늦게 깨닫는 것>이란 글귀가 온몸으로 절감케 했다.

인간은 누구나 언젠가 죽는다. 그렇기 때문에 잘 죽기 위해서는 잘살아야 한다는 공식이 나온다. 죽음이란 단어가 주는 교훈은, 우리네 삶을 돌아보게 하며 똑바로 살아야 한다는 걸 가르치고 있다. 기철은 삶에 대한 그 이상의 강력한 교훈은 없다고 믿는다. 그렇기 때문에 <죽음>이란 단어가 생각하기 싫은 불길한 언어가 되어서는 안 된다고 생각한다.

사람으로 이 세상에 태어나서 살아가야 한다면 도대체 무엇 때문에 세상에 나왔으며, 무슨 목적으로 이 세상을 살아가며, 또 이생을 마친 뒤에는 과연 어떻게 될 것인가? 이 답을 얻을 수 있다면 그는 분명히 이 세상을 잘 산 사람이리라.

이렇게 앉아있는 자신은 누구로부터 의식을 물려받은 것인가. 몸은 부모에게서 태어났으되 자신의 본성은 누가 주었으며, 또 누가 관장하는 것인가. 죽음이 곁에 왔어도 결코 자기는 죽지 않으며, 영원할 것처럼 생의 마지막 순간까지 굳건히 믿는 것이 어리석은 인간. 그래서 기철은 근래에 간절히 기도하는 것은 '지혜와 건강'을 위해서이다. 지혜가 부족하여 한 순간 선택을 잘못하면 운명이 뒤바뀌는 수가 있다. 때문에 재물보다 지혜가 더 중요하다고 깨달은 까닭이다. 또한 이기적으로만 살아온 자신의 삶에 대해서도 누군가에게 용서를 빌고 싶다.

언제 죽더라도 원망스럽지 않게 가리라. 준희에게 지혜

를 주도록 기도하니, 지혜로서 세상을 바르게 살며 행복하게 살 수 있도록……. 애타지 않게 세상을 편히 떠날 수 있도록 기도하리라. 한 맹인이 말하기를 전생에 경전을 보는 것을 비웃은 적이 있어 후세에 눈을 다쳐 장님이 되었다고 한말이 기억에 남는다. 전생, 현생, 내생, 밝고 곧게 순리에 맞게 사는 것이 자연이고 하늘이고 우주의 진리이다. 하느님, 부처님, 이 모든 것이 기철은 하나라고 믿는다. 사람은 땅을 본받고 땅은 하늘을 본받고 하늘은 도를 본받고 도는 자연을 본받는다고 했던가…….

정례는 기철이 없을 때 컴퓨터 책상 앞에 앉았다. 기철의 부탁으로 자주 기철의 메일을 체크해 주고 있다. 컴퓨터를 키면 기철의 시력이 더 악화될 것이란 우려 때문이었다.

정례는 기철의 메일을 열어 놓은 채 문득 희운에게 편지를 쓴다. 그가 하루 빨리 나타나 예원과의 결합에 진전을 시켰으면 하는 바람이 든다. 정례는 희운에게 편지를 쓰기 시작한다.

성희운 선생님,
지난날 저의 경솔함을 용서하십시오
저는 모든 걸 포기하고 앞으로의 새로운 계획을 세우고 있습니다.
물론 예원과의 재결합이란 소망도 접었습니다.
모든 것이 저의 욕심이란 걸 깨닫고 후회했습니다.

여기까지 쓴 정례는 좀 더 강하게 어필할 수 있는 말이 무얼까, 그리해서 메일을 보자마자 희운이 금방 나타날 수 있게 할 수 있는 말은…… 생각하다가 이렇게 덧붙였다.

지금 예원의 속에는 새 생명의 씨앗이 생장하고 있다고, 임신인 것 같다고 썼다.

정례는 이쯤 되면 희운이 나타나지 않을 수 없겠지 하고 생각한 것이었다.

예원과 희운은 영혼적 결합이었고 그들은 서로가 정신적 버팀목이 돼주었다. 정례는 남녀 관계를 통속적으로만 해석했다.

기철이 공원에서 돌아와 정례가 자리를 비운 사이 컴퓨터 앞에 앉았다. 자신의 메일을 연다. 받은 편지를 클릭해서 읽고 수신확인을 클릭했을 때 희운에게 보낸 자신의 편지가 떴다. 편지는 아직 읽지 않은 채 그대로 봉해져 있었다. 기철은 놀라움에 급한 손짓으로 무조건 발송취소를 클릭한다. 가슴을 쓸어내리며 안도의 한숨을 쉰다. 보나마나 정례의 짓이다. 기철은 내용을 펼쳐본다. 기철은 편지 내용 중 맨 마지막 줄에 씌어 있는 예원의 '임신'이란 단어에서 숨이 막힌다. 사실일수도 있겠다는 생각이 들기도 했지만 그보다 먼저 가슴 밑바닥으로 절망의 태풍이 지나갔다.

잠시 슈퍼에 갔던 정례가 기철의 방으로 들어온다. 기철의 분노가 폭발했다.

"누가 이따위 편지 쓰랬어? 누나가 나랑 의논 한마디도 없이 어떻게 이런 편지를 써? 그 사람이 어떻게 생각하겠어? 나중에 누나가 쓴 것이라고 알 때 그 집은 누나까지 이상하다고 웃을 것 아냐? 그리고 확실히 알지도 못하면서 어떻게 임신이란 소릴 적을 수 있어? 예원에게까지 똥물을 끼얹어도 유분수지!"

기철의 입에서 내뿜는 분노의 숨이 뜨겁다. 그의 몸 전체가 부르르 떨린다.

"임신한 사이가 아니라면 얼마나 폭소 하겠냐구?"

기철의 노기에 정례의 목소리가 움츠러든다.

"얘, 기철아, 진정해. 대개의 남녀관계란 그렇잖니? 벌써 오래 동안 좋아하는 사이였다는데……"

"누나 같은 정조관념 없는 사람이나 그래, 예원인 그런 사람 아냐."

"그런데 넌 왜 의처증에 걸렸는데?"

"몰라서 물어?"

기철은 옆에 있던 도자기 컵을 집어 던져 버렸다.

"내 목적은 그 사람이 빨리 나타나주길 원하는 마음에서 그랬어."

"우리 집 DNA는 못 속여, 혈통이라고."

"얘, 조상까지 욕 먹이지 마라, 그건 싫다."

"저, 알량한 자존심. 사람들의 성정도 다 DNA에서 출발한 거야."

"그래 네 의처증도 거기서 비롯된 거라고 해둬라. 그럼 위로가 되니?"

"그런 짓을 하니까 내가 누나를 못 믿겠는 거야!"

기철은 기철대로, 정례는 정례대로 의미가 다른 깊은 한숨을 쉰다. 그러면서 두 사람은 정말 희운이 어디에 숨은 걸까. 그는 왜 그래야만 했을까. 복잡한 문제에서 도망치고 싶어서였을까. 괴로움 때문에? 그래서 해결될 문제가 아니란 걸 그가 모를 리가 없다. 자신의 의사를 간접적으로 표현하기 위한 방법이었나…….

두 사람은 머릿속 미로를 헤매던 중 같은 뜻을 품고 서로를 바라본다. 그들의 희운에 대한 이해는 거기까지였다.

26

예원은 다시 희운의 병원에 들른다.

혹 그 사이 희운에게서 무슨 소식이라도 왔을까 하는 기대가 그녀의 발걸음을 마포로 향하게 했다. 병원은 여전히 조용하다. 미소로 예원을 맞은 부원장은 아무 일도 없었던 듯 예원에게 차를 대접한다. 너무나 자연스러운 그의 태도에 오히려 예원은 발가벗은 자신을 드러내 논듯 어색하고 부끄러움이 인다. 내재해 있는 실내의 평화가 예원에게는 배신감마저 느끼게 한다. 차를 마시고는 지나가다 들렸다며 금방 일어서는 예원을 부원장과 간호사들은 병원 현관 문까지 따라 나와 배웅인사를 한다. 실망감으로 병원 문을 닫고 나오며 예원은 자신과 희운과의 함축적 거리를 냉철히 측정하여 본다.

기철과 예원, 두 사람은 이미 헤어졌고, 희운과 예원은 아무 거리낄 것이 없는데 그는 왜 물러서려는 걸까. 마지막 남은 기철의 희망을 짓밟을 수 없어서? 그렇다면 그 판단은 예원에게, 우리가 갖고 있는『도덕적 양심』이란 것에 해부를 해보자는 뜻으로 해석되었다.

현실은 그런 희운을 조소하듯 엉뚱하게 바라볼 것이다. 예원은 희운을 설득시키고 자신을 설득시키기에 이렇듯 힘들었던 때가 또 있었던가, 돌이켜 본다.

예원은 자신이 희운을 진실로 사랑하는가, 그 사람을 위해서 참고, 노력하는 것이 과연 가치 있는 일인가? 자신은 그에게 소중한 존재인가, 그 노력을 다른 데다 쏟는 것이 더 가치 있지는 않은지? 가장 힘들 때 생각 난 사람이 희운이라면, 희운은 자신에게 뭘까, 뭐가 되는 걸까, 자신은 그에게 또 무엇으로 존재하는 것인지……

모두가 불충분한 답이 나온다면 생각과 마음을 끊어야 하지 않을까? 궁극적으로 자신이 그에게 원하고 있는 것이 무언가…….

예원은 거리를 걷는다. 그리고 더 이상 희운을 찾지 않기로 한다. 어느 쪽이든 그는 심정이 정리가 되면 나타날 것이다. 안개 걷히면 사물이 드러나듯, 희운이 그렇게 자신 앞에 나타나리라 그녀는 생각한다.

살아간다는 것은 무엇을 말하는 것인지 아득하기만 하지만 예원은 관계에 대한 집착을 버리고 상대방의 있는 그대로를, 그가 가진 조건과 존재 자체를 그대로 포용하는 것이다. 그래야 기쁨과 사랑과 꿈을 만들 수 있고 진실이란 단어를 쓸 수 있는데 자격이 주어지지 않을까, 예원은 생각해 본다. 상대방을 이해하는 것이 사랑의 실체라고.

희운이 쓴 글이 나직이 그의 음성이 되어 곁에서 속삭여 주고 있다.

—지금까지 우린 서로 마주 보며 오감으로 사귄 게 아닙니다.
포용하며 몸으로 사귄 것도 아닙니다.
영혼의 촉수로 예원씨의 감정의 결을 더듬었고
텔레파시로 예원씨의 정신과 공명하며 실존의 상처를 눈여겨봤습니다.
적어도 내 편에서는 '운명적인 유대감' 이었습니다.
괴로운 일 잊고 삽니다.
아픈 추억은 늘 칼이 되어 가슴에 박히고 고슴도치 바늘 세우듯 도사리며 더는 상처 받지 않겠다고 눈을 감아도 보란 듯 다시 떠오르는 그 얼굴.
믿든 곱든 마음속에 한 사람을 품고 산다는 일 가시밭

길이더군요…….

사랑이 이루어져야만 사랑인가.

희운이 얼마만큼이라도 예원을 생각한 시간을 간직했었다는 것에 예원은 가슴이 흔들리고 있다. 그리고 깊은 감사로 받아들인다. 같은 하늘아래에서 숨 쉬고 있다는 것만도 그가 곁에 있다고 생각하며 고맙고 위로로 받아들이고 싶다. 예원은 생각의 심연속으로 들어간다.

희운이 소중한 만큼, 예원은 자신의 소중함도 깨닫는다. 마음속 깊은 곳에 심어져 있는 그를 바라본다. 우리의 영혼은 마음 가는 곳에 함께 움직이고 있지 않은지. 절대적인 것은 인간내부의 가장 깊숙한, 영적인 곳에 존재하고 있다. 신은 우리에게 영적인 능력을 주고 자신을 닮으라고 이끌고 있는 것 같다…….

예원이 살아오면서 가장 크고, 긍정적으로 받아들이게 된 믿음이었다.

— 예원씨를 사모하면서, 난 잃었던 나의 '내적 자유'에 대한 희망을 품었어요. 해방이지요.

얽매이지 않는 자유를 얻기 위하여 내면의 소리에 귀를 기울입니다. 깨달음을 위하여. 부활을 위하여.

진실한 사랑은 그 중심에 오직 상대방이 있을 경우라야만 완전한 것이라고 믿고 싶습니다.

예원씨, 당신을 사랑합니다.

예원의 눈에 눈물이 가득 차오른다.

깨어있게 하소서. 그리하여 그와 함께 있게 하소서. 그가 어디에 있건 그건 물체의 소유일 뿐, 그가 잠시 방황을 멈추고 깨어있을 때 그와 자신은 하나 되어 어떤 큰 풍파에도 떠내려가지 않을 큰 섬을 만들 것입니다…….

예원은 마음속으로 기원하던 말 <선생님, 기다리겠어요.> 그 말을 한자 한자 지워 나간다. 그리고 이렇게 쓴 말을 가슴 가득 채운다. <내가 있어야할 자리에 있게 하소서!> 사랑의 향기가 사라지지 않고 멀리 갈 수 있도록, 살아있게 해주는 것은 인위적인 것에서 떠나 자연의 순리대로 순응 했을 때 일 것이다.

희운이 한 말을 되새겨 본다.

<예원씨, 우리 다음 세상에 오게 되면 그때는 꼭 만나서 같은 길을 걸어갑시다. 결국 모든 것은 내안에서 찾아야 한다는 걸 이제야 깨닫습니다.>

　희운은 세상이 알아주지 않아도, 그의 선택은 에덴동산에서 길을 잃고 방황하는 자의 길이 되어가리. 막연히 떠오르는 그 상념이 한줄기 빛이 되어 예원을 안내했다.

　석양이 그늘지는 퇴근 무렵의 거리엔 사람들이 물결을 이루고 있다.

　그들은 어딘가로 바삐 걸어가고 있다. 그들이 머물 곳은 어디인가. 멀리서 성당의 저녁 삼종기도를 알리는 종소리가 거리에 울려 퍼진다.

　돌아보니 예원은 어느덧 자신의 길을 걷고 있었다.

　그가 사라져간 자리, 그가 향한 길, 그를 찾는다는 것은 결국 '나'를 찾아가는 길이었던가.

바람에 가랑비가 날리고 있다.

예원은 한 뼘쯤 커버린 준희의 손을 잡고 야산을 오르고 있다. 열흘 전 기철은 자살했다. 집 뒤에 있는 산 위로 올라가 나무에 목을 매었다. 희망이 꺾인 삶은 누구도 견디기 어려웠을 것이다. 무無에서 태어나 파란만장한 삶을 살다가 무無로 돌아가는 것이 우리의 삶이라면, 변하지 않는 것은 우주의 섭리뿐인가.

아직 떼를 입히지 않은 봉분은 붉은 흙 그대로였다. 기철의 무덤 앞에서 고개 숙인 예원을 준희는 물끄러미 바라본다. 기철은 또 다른 삶을 찾아 지구에서의 삶을 인위적으로 마감했다.

산속의 깊은 정적만이 예원의 가슴속에 쌓인다. 세상과 좋은 인연으로 끝내지 못하고 가버린 기철의 상처가 그녀의 가슴에 아려온다. 슬프다, 아프다, 그 어떤 말로도 위로될 수 없는 답답함이 예원을 짓누른다.

기철은 이 글을 유언처럼 희운에게 보낸 것을 끝으로 세상을 하직했다. 예원은 정례를 통해서 소식을 들었다. 마지막 떠나가면서 기철은 희운이 하루빨리 나타나기를 바라는 소망을 적었다. 그가 나타난다면 자신은 평화를 안고 떠날 수 있다는 말은 예원이 진실로 행복하기를 바라는 마지막 기철의 인사였다.

예원이 준희의 손을 잡고 산을 내려오는데 검은 승용차 한대가 천천히 그녀에게로 다가오고 있다. 예원은 차가 지나갈 수 있도록 준희와 밭둑으로 내려선다. 차는 그녀 옆에 멈추어 선다. 예원이 준희의 손목을 잡아끄는데 누군가 예원을 가로막는다. 예원은 그를 바라본다.

"예원씨!"

"헉…!"

희운이었다. 그가 이제야 나타난 것이다. 예원은 벌어진 입이 다물어지지 않는다. 어떻게 소식을 알고 기철의 죽음을 찾아온 것일까. 희운은 기철의 무덤 앞으로 가서 잠시 묵념하였다. 묵념은 기철의 영혼에 대한 의식이었으리라.

두 사람은 산비탈을 내려간다.

어둠도 밝음도, 희운과 예원 그 앞에서는 무의미 했다. 예원의 눈에 시야가 뿌옇게 흐려온다.

"용서하세요…… 나를…… 예원씨……"

그제서야 예원은 이제껏 그의 잠적을 궁금해 하며 태백산으로 그의 병원으로 헤매던 자신이 떠올라 넘치는 눈물을 감출 수 없었다. 이어서 절망과 분노가 예원을 휩쌌다.

"가세요! 안 나타나셨다면 더 좋았을걸요."

예원은 가슴속 분노와 절망감을 누르자 먹먹함이 되어 그렇게 말이 나왔다. 희운의 굳은 목소리가 바람소리와 함께 산속에 울렸다.

"다시는 예원씨 곁을 떠나지 않겠습니다!"

예원의 뺨을 타고 흐르던 눈물이 턱에서 떨어졌다.

예원은 허망했다. 그리고 부질없었다. 우는 것도, 웃는 것도, 분노하는 것도 전부 부질없었다. 다만 예원은 자신이 하늘의 뜻에 어긋난 삶을 살지 않으며 자연을 닮은 모습으로 살아갈 수 있다면 그것으로 만족하리란 생각을 했다.

희운이 앞산의 능선을 바라본다.

예원도 시선을 준다. 잿빛 하늘에 하얀 무지개가 걸려있다. 세상의 한 중심에 서 있다는 수미산. 산꼭대기에는 제석천이, 중턱에는 사천왕이 살고 있다는 상징적인 산. 별도, 달도 태양도 모두 수미산을 중심으로 회전하므로 수미산은 곧 우주의 총체라 한다. 그것은 마음의 산이 아닌가. 우주의 섭리는 신의 섭리이므로 산자와 죽은 자의 영혼들을 다스리는 신들이 사는 거룩한 산인지도 모른다고 예원은 '믿음의 산'으로 형상화 하고 싶다.

희운이 정적을 깼다.

"공空이란 아무것도 없는 것이 아니라, 집착하지 않는 마음이 바로 공이란 걸 배웠습니다."

"……"

참다운 상태의 마음은 꾸밈없고 순수한 공空이라 깨끗하고 비었으며, 실재의 투명한 빛이 자기 자신의 마음속에서 빛나지만 많은 사람들은 다른 곳에서 그것을 찾는다.

"효봉 선사는, 세상의 모든 일에 마음 흔들리지 않고 슬픔 없이 안온한 것이야말로 더없는 행복이라고 말씀하셨어요. 어떤 경전에서도 찾을 수 없는 훌륭한 가르침 이었습니다……."

　"……"

　"진실하여 변하지 않는 것은 공空 하나뿐입니다……"
　"……"

　하얀 무지개를 이고 서있는 산은 말이 없었다.
　가랑비가 거센 바람을 타고 산 아래서부터 중턱까지 지나간다. 바람에 안간힘을 쓰던 나뭇가지들이 서로 엉키어 날리고 있다. 산은 마음을 내려놓은 채 말없이 모두를 품어 안는다.

　비어있는 산, 존재하지도 않는 산, 그러나 가득한 산.
　수미산은 공空을 향해서 옷을 벗고 있었다. ♠

---

* <참고 서적> 꿈에서 나는 이와 같이 들었다.

■ 작가의 말

<말이 없다 하여 상자 속에 눕혀놓은 이가 노래 부르고 있음을, 산자는 우느라 못 듣고 있지> - 어느 시인이 쓴 한 구절이, 마음을 잡아당겼다. 산사람과의 교감만 느끼고 살아왔음을 생각하며 영혼계의 생각파장과 교감하고 싶은 충동이 났다. 그때부터 무의식과 의식의 광장에서 먼저 자신을 만나 보려고 애썼다. 내 안의 혼란한 나를 가라앉히고 고요히 눈을 감고 명상을 해보았다.

방황하고 있는 내 영혼에 도움이 될 법한 이런 저런 책들을 많이 뒤져서 읽었다. 그러다 우연히 접하게 된 <꿈에서 나는 이와 같이 들었다>란 책에서 많은 지혜를 얻을 수 있었다. 작품에 필요한 내용이 많아 힘을 얻었다. 한의학 관련 부분에서 참조를 많이 했는데, 혹여 원문에 누를 끼친 것 있다면 넓은 해량을 구한다. 내 공부가 부족한 탓이다.

- 그대에게 의미 있는 삶은 무엇인가? 누가 묻는다면 나

는 서슴없이 내 삶의 의미를 느끼게 해주는 것은 소설이다, 라고 답하겠다. ―

모든 예술이 그러하듯이 창조는 인간의 정신을 표현해내는 사람들의 작업이다. 마치 조각에 영혼이 들어가 있지 않고 물질로만 만들어졌다면 돌덩이 외에 무슨 의미가 있겠는가. 내게 소설 쓰기는 자신의 부족한 갈증을 채우기 위한 자기만의 몸부림 아니었을까.

물질적인 세계보다 영혼적인 세계가 더 넓고 깊고 확고하다. 이제는 무엇을 위해 쓴다기보다 삶의 한 방편이 되어버린 것 같다. 아니 전부가 되어버렸다고 해야 맞을 것 같다. 모든 의식이 그 쪽으로만 열려 있으니까.

그러나 가끔은, 저 좋아서 하는 일이긴 하나 물질 만능시대에 누가 우러러 봐주기를 하나, 돈이 되기를 하나, 그런 외길을 가는 자신이 문득 외로워지기도 한다.

젊은 날의 신기루 같기만 하던 미래는 어디로 가버렸는지, 인생도 문학도 아득하기만 하고…… 때론 삶이 슬퍼지는데 어떤 땐 견딜 수가 없다. 돌아보니 산다는 것 너무 짧지 않은가.

그럴 땐 배를 탄다. 나는 포말을 좋아하기 때문이다. 어쩌다가 이지만 배의 끝에 서서 하얗게 일어나는 포말을 보고 있으면 신이 난다. 인간 드라마를 보는 것 같다. 거기엔 수많은 기쁨과 슬픔 희망 고통 모두가 엉켜서 꿈틀대며 우리네 삶을 보여주는 듯하다. 이어서 무섭게 일어나던 하얀 거품은 멀리 사라지며 잔잔한 물결로 본래의 평화를 찾아가고 있음을 본다. 포말은 무無로 돌아가는 것이다. 삶이 한바탕 꿈인 것처럼…….

법정스님은 －평화의 적은 어리석고 옹졸해지기 쉬운 인간의 그 마음에 있다. 또한 평화를 이루는 것도 지혜롭고 너그러운 인간의 그 마음에 달린 것이다. 우리는 싸우기 위해 태어난 것이 아니라 서로 의지해 사랑하기 위해 만난 것이다. 지극한 자비에는 멀고 가까움이나 원수와 동지가 따로 있을 수 없다. 그러니까 자비는 인간 심성의 승화라고 할 수 있을 것이다.－라고 말씀하셨다. 인간이 나가야할 도道를 말하고 있다.

나는 이 소설에서 상업적이기 보담은 남는 소설을 쓰고 싶었다. 우리의 영혼에 먹이가 돼주는 글을. 세상은 너무나 이기적으로만 치닫고 있어서 언제부터인지 그런 생각을 하

게 되었다. 도道를 향하여 - . 내가 이 작품에서 쓰고자 했던
목표였다. 부끄러운 작품을 독자들께서 따뜻한 시선으로
읽어주시고 더 많은 미지 세계의 지식들을 가르쳐 주시길
소망해 본다.

이 소설을 쓰기 위해 한국문화예술위원회의 후원을 받아
'토지 문화관'과 담양의 '글을 낳는 집'에서 신세를 많이 졌
다. 작가들에게 '나랏밥'을 먹으며 편히 쓸 수 있게 조용한
공간을 주시니, 몰두할 수 있었음에 감사한 마음 가득하다.
또한 고 덕주 시인님의 작품에 대한 애정 어린 성원과 늘 백
일기도를 해주시는 석종사 스님들과 작품을 드리면 기꺼운
시선으로 읽어 주시는 혜국 스님께도 감사드린다.

2012년
봄을 바라보며
윤 정옥

■ 약력

윤정옥 ───────────────────────────────

▸ 한국소설가협회 중앙위원
▸ 국제펜클럽한국본부 회원으로 활동 중
▸ 강서문학상, 대한민국횃불문학상, 인터넷문학상을 수상함
▸ 저서 : 소설집『또 하나의 고백』
　　　　　에세이집『다시 사랑할 때까지』(문예진흥기금 수혜)
　　　　　동화집『왕따 만세』
▸ 공저 :『2004 올해의 우수소설』우수작 선정
　　　　　여성 10인 작가 소설집『들꽃 향기』
　　　　　『한국소설 베스트선집』
　　　　　『한국·중국 정예작가 초대 소설집』
▸ 장편소설『그 여자의 전설』등을 출간함

수미산 옷을 벗다

초판 1쇄 인쇄일 | 2012년 2월 27일
초판 1쇄 발행일 | 2012년 2월 29일

지은이 | 윤정옥
펴낸이 | 정구형
출판이사 | 김성달
편집이사 | 박지연
본문편집 | 정유진 이하나
디자인 | 정문희 김현경 장정옥
마케팅 | 정찬용
영업관리 | 김정훈 권준기 정용현
인쇄처 | 현문
펴낸곳 | **새미**
　　　　　　등록일 2006 11 02 제2007-12호
　　　　　　서울시 강동구 성내동 447-11 현영빌딩 2층
　　　　　　Tel 442-4623 Fax 442-4625
　　　　　　www.kookhak.co.kr
　　　　　　kookhak2001@hanmail.net

ISBN | 978-89-5628-590-0 *03800
가격 | 12,000원